KB061752

장원의 심부름꾼 소년

장원의 심부름꾼 소년

백민석 소설

한겨레출판

차례

검은 초원의 한편

il로부터 그 얘기를 들었을 때 나는 그가 농담을 하는 줄 알았다. 그는 자신의 스무 평짜리 아파트에, 무언가를 키운다고 했다. 키우고 있다고 했다. 그건 식물성이야. 그는 크로스워드 퍼즐의 빈칸을 채워 넣듯 재빠르게, 그러나 약간 주저하는 목소리를 냈다.

식물성이라? 나문가? 풀? 난? 분재?

응, 아니……. 아, 미안해, 그건 식물성만은 아니야. 물론 식물이 자리를 많이 차지하고 있긴 하지. 구십 퍼센트쯤.

구십 퍼센트? 그렇다면 뭐 또 다른 게 있다는 거야?

그래, 많지. 참 많아. 앞으로도 더 많아질 거고. 내가 키우는 그건 식물성은 아니고 뭐랄까, 공간성이야.

*

자기가 뭘 키우는지 실체도 파악하지 못하고 있다니. 헛갈리고 있다니. 하긴 뭘 키우고 있는지 알아서 뭣하겠는가, 즐기면 되지. il은, 내가 캐묻지 않아서도 그랬겠지만, 자기가 애완하고 있는 것에 대해 별다른 얘기를 덧붙이지 않았다. 공간성이라? 애완용 공간? 뜻밖의 얘기긴 하지만, 공간을 가꾸고 키운다는 은유적 표현이라면 이해할 수 있다. 거실이나 앞마당, 주방을 애완하는 취미. 그런 내성적인 심성이 그의 어디에 숨어 있었나. 공간을 키운다면 그건 드문 취미가 아니다. 〈행복이 가득한 집〉이나 〈메종〉 같은 홈 인테리어 잡지의 판권만 보더라도 생활공간을 애완하는 취미의 흐름이 얼마나 오래전부터 형성되어, 우리나라 중산층 문화의 한가운데를 조용하지만 거대하게 흘러왔는지 알 수 있다.

il은 자신의 표현에 스스로 아리송해하는 표정을 짓고 있었다. 확신도 그다지 없고, 표현이 맘에 들지도 않는다는 표정이었다. 왜 식물성이니 동물성이니 하고 상투적인 분류를 내놓지 못한 것이 맘에 걸려서였나. 왜 좀 더 촌티 나게, 나는 오렌지색 털을 가진 샴고양이를 길러, 나는 퍼그 잡종을 키우는데 생각보다 사나워, 하고 구체적이지 않아서였나.

하지만 나는 그 표현이 좋았다. 그 말, 근사하게 들려. 헤어지며 내가 한마디 했다.

"무슨 말?"

"공간성."

벌써 일 년 전의 일이다. 나는 il의 회사 앞에서 헤어지며 나도 공간을 좀 키워보면 어떨까, 하고 생각했다. 그래, 난 다락방에 흥미가 있었지. 맞아, 그럼 그걸 키워볼까.

그러다가 이상한 소리를 들었다. il이 별거에 들어가더니, 혼자 나와 살기 시작했다는 소문이었다. 나는 왜, 하고 물었다. 목소리에 하품이 섞여 뿌옜다. 건강이 좋지 않아져서 와이프가 그러자고 요구했나 봐. 누구 건강? il. 나는 건강이 어떻게 좋지 않은데? 하고 또 하품 섞인 뿌연 목소리를 냈다. 글쎄, 얼이 빠졌대. 얼이 빠져? 응, 그래. 내가 아는 건 그뿐이야. 또 다른 소문에는 그가 아니라 그의 와이프가 집을 나와 친정인가 언니 집인가로 들어갔다고 했다.

얼마쯤 후에, 다른 소식이 또 들렸다. 이번엔 직장에서의 근무를 상근에서 시간제로 바꿨다는 얘기였다. il은 건축설계 사무소에 다니고 있었다. 나는 그 일을 좋게 받아들여야 할지, 좋지 않게 받아들여야 할지 얼른 판단이 서지 않았다. 서른 되기 전에 생활에 여유를 가져보는 것도 괜찮겠지. 하지만 언젠가 il로부터 불황기엔, 일감이 줄어들면 하급 직원 일부를 그렇게 파트타임으로 돌린다는 푸념을 들은 것도 같았다.

도대체 왜?

그 친구, 머리가 아프대. 소문이지만.

il이 와이프와 완전히 결딴이 나고 고향으로 내려갔다는 소문도 들렸다. 또 다른 얘기로는, 유학 이민을 준비 중이라는 것이었다. 이민 비용을 마련하기 위해 친구들에게 자꾸 전화를 해대는데, 참고 들어주기가 어려울 지경이라는 것이었다. 잠적했다는, 아무한테나 달라붙곤 하는 흔한 소문도 끼어들었다. 이혼을 했든 이민을 준비 중이든 그건 모르겠지만 그가 귀향했다는 건, 틀린 얘기였다. 그의 고향은 서울의 서대문구였다. 내려가거나 귀향할 만한 고향은 아니다. 그리고 내가 알고 있는 현재의 거처도 거기서 얼마 떨어지지 않은 구파발 근처였다. 외가나 친척 누구가 지방에 살고 있나? 거기까진 알 수 없었다.

그쯤 해서, il의 근황을 묻는 내 목소리엔 하품기가 말끔히 걷혀 있었다. 그에 대한 형편없이 낮아진 소문의 질 앞에서 긴장하고 있는 것일까. 그럴 수도 있고, 한껏 지저분해진 대기 탓일 수도 있고, 조깅 탓일 수도 있다. 그 무렵 나는 뛰고 있었다. 막 조깅을 시작한 참이었다.

다락방 대신에 내 생활을 애완하기로 한 것이었다. 금전적 여유가 그저 그래서, 다락방은 좀 더 윤택해진 다음에 키우기로 했다. 생활을 애완하기로 한 나는 우선, 조목조목 생활 계획표를 쓰고 확대 출력해선 작업실 벽에 붙여놓았다. 알람 시계에 새 건전지를 넣고, 조깅화를 사선 몇 번이고 고쳐가며 끈을 맸다. 자, 이제 달리기만 하면 되는 거야.

정신에든 육체에든 조깅만큼 좋은 약은 없다잖아.

어느 날 나는 이건 예의야, 라고 생각하면서 폰북을 열곤 il의 집
전화번호를 찾아 전화를 걸었다. 그의 회사 앞에서 그와 점심을 같
이한 지도 꽤 되었다. 그는, 낮에는 받지 않았고 밤 열한 시쯤에 받
았다.

"나야."

나는 나야, 하고 운을 뗀 다음, 그가 얼른 알아듣지 못해 내 이름
을 대곤. 필리핀인가로 이민 갔다더니 그냥 집에 있네 하고 끅끅,
웃었다.

"도대체 누가 날 그렇게 씹어?"

"몽땅. 세상에 네 편은 하나도 없어."

"서울이 어딜 봐서 고향이 되겠어? 고향이 아니라, 그냥 출생지
지."

il은 아무 데도 가지 않았다. 와이프가 집을 떠나 있는 건 맞지만
그건 별거도 이혼도 아니고, 와이프의 수술 후유증 때문이었다. 작
년에 아이를 지웠는데 수술이 잘못됐는지 후유증이 심각하다고 했
다. 요양차 경기도 산본의 언니 집에 가 있는데, 통원 치료를 함께
다니고 있다고 했다. 오늘도 서초동 병원에서 한나절을 보냈다고
했다. 직장은 주 삼 일 근무로 바꿨다고 했다. 서른도 되지 않았는

데 그만 늙어버린 것 같아서, 주제에 방황을 좀 했다고 했다. 원래가 오 일 근무였으니 삼 일 근무면 겨우 이틀밖엔 더 쉬지 않는 것이라는 아쉬움도 덧붙였다. 이민 소문은 자기로선 황당할 뿐인데 그러고 보니, 어디 중동이나 북아프리카쯤으로 몇 년쯤 장기 여행 다녀오는 것도 괜찮을 것 같다고 했다. 거기, 일에 참고할 만한 건축물들이 많다는 얘기였다.

목소리뿐이었지만 소문처럼, 얼이 빠졌다거나 머리가 아픈 사람처럼은 느껴지지 않았다. 늘상 듣던, 반듯하고 단순하고 재치 없는 목소리였다. 나는 사람의 정신이 망가져갈 때 전화 목소리가 어떠한지 대충이나마 체험으로 알고 있다.

il은 이제야 궁금해졌다는 듯이 너는 어떻게 지내느냐고 물었다. 나는 우습게 지낸다고 했다. 나는 작년과 똑같이 우습게 지내며 재작년에도 우스웠으며, 재재작년과 비교해도 우스운 정도에는 변동이 없고, 그리고 아마 내년도 올해와 다를 바 없이 우습지 않겠느냐고 했다. 그러자 그는 아픈 얘기를 했다. 네가 재재작년하고 똑같은 것은 도무지 자기를 아낄 줄 모르기 때문이야. 응, 그래서 요즘 조깅을 시작했어. 조깅화 값이 장난이 아냐. 나는 얼른 화제를 딴 데로 돌렸다. 뭘 키운다고 했지? 나는 그가 애완한다고 했던 것에 대한 이야기를 꺼냈다. 어떤 걸 키운다고 했어?

잠시 수화기 저쪽에서 il의 기척이 사라졌다. 대꾸도 숨소리도 없었다. 나는 그의 이름을 부르며 전화기를 들어, 툭툭 바닥에 대고 처보았다. 전화가 끊겼다. 저쪽에서 수화기를 내려놓는 소리가 들린 것 같기도 했고, 또 아니면 이쪽의 잘못일 수도 있었다. 전화기가 워낙 낡은 데다 컴퓨터에 연결해놓았더니 이렇게 가끔 연결이 부실해지곤 한다. 나는 재다이얼 버튼을 눌렀다.

"전화가 끊겼지?"

il은 그랬다고 했다. 전화가 끊겼지, 근데 무슨 얘길 했지? 나는 tt와 sy의 근황을 물었고, 그는 자기도 잘 모른다고 했다. 한 녀석은 캐나다로 유학 이민을 갔다는 얘길 들은 것 같고 한 녀석은 그냥 논다는데, 어느 게 이민 간 녀석이고 어느 게 노는 녀석인지 기억이 잘 나지 않는다고 했다.

나는 언제 한번 보자 했고 il도 그래 언제 한번 보자 했다. 통화는 끝났다. 전화가 끊겼을 때 그냥 놔둘걸 하는 희미한 후회감이 들었다. 그가 이런저런 나쁜 소문들을 제법 잘 견디고 있다는 느낌이 들었다.

그때까지만 해도 il이 애완하고 있는 것을 크게 궁금해하지는 않았다. 누가 뭘 키우고 있는지는 흥밋거리가 아니다. 내가 아는 모두는 항상 무언가를 키우고 있다. 예외도 없다. 나도 한때는 연애도 키우고 그랬다. 강남역 지하상가의 아이스크림 가게에 에어컨 바람을 쐬러 들어갔다가 옛 애인을 다시 만났을 때, 우리는 손뼉을 치며 반가워했다. 내 계산에 옛 애인은 스물아홉이지만, 아직 화사한 기운이 남아 있는 게 이십 대 초반의 아르바이트 학생 같아 보였다. 옛 애인도 뭔가를 키우고 있었다. 유치원생이 된 자식과 재산을 다 털어 넣은 아이스크림 가게를 키우고 있었다. 그리고 사이에 끼인 채로 갈수록 망가져가는, 자기 얼굴이라는 창백하고 조그마한 그라운드 위에서 화장 기술을 키우고 있었다. 아이스크림 가게의 점원은 어려 보여야 한다는 것이었다. 심플한 섹시함이 있어야 한다고.

"어, 어떻게 날 기억하네."

"그러게."

옛 애인은 밤 여덟 시에 셔터를 내리니, 그때 오면 시간을 좀 내볼 수 있을 거라고 했다. 나는 며칠 후에, 아이스크림 가게를 다시 찾았다. 점원 둘이 반쯤 조명을 끈 가게 안팎을 부산하게 오가며 청소를 하고 있었다. 옛 애인 엉덩이께에는 유치원 원복에 개나리색의 유치원 가방을 걸친 꼬마가 달라붙어 있었다. 나는 한 손을 올리곤 안녕? 하고 인사를 했다. 안녕? 안녕, 아저씨. 그녀는 그 녀석을 소개하곤 위대한 유치원생이라고, 언뜻 이해가 안 가는 칭찬의 말을 덧붙였다.

"그날 올 줄 알았는데."

옛 애인은 네가 올 줄 알았더라면 아이를 데려오라고 하지 않았을 텐데, 하고 말했다. 가게 셔터 내릴 시간쯤 해서 아이를 데려다주는 누군가가 있는 듯했다.

"전화라도 하고 올 걸 그랬나?"

우리, 나와 옛 애인과 위대한 유치원생 셋은 역 바깥으로 나와 저녁을 먹었다. 평소엔 셔터를 내리곤 곧장 역구내로 가 지하철을 타곤 한다고 했다. 우리는 좁은 나무 식탁에 둘러앉아 파에야를 먹었다. 사기 단지에 해물을 섞어 밥을 짓고, 치즈를 얹고, 그 위에 다시 치즈와 브로콜리를 뿌린, 나로선 그로테스크해 보이는 것이었다. 아이는 벌써 여러 차례 먹어본 경험이 있는지 열심히 수저를 놀렸다. 서빙이 친절했다. 나는 담뱃갑을 꺼내 재떨이 옆에 두곤 그저 바라보기만 했다.

"네 소식은 듣지 못했어."

"나도."

옛 애인과 나는 누구 소개로 만난 것이 아니었기에 우리에겐, 헤어졌을 때 상대의 근황을 전해줄 소식통이 없었다. 서로의 소식을 듣지 못한 지 육 년인가, 칠 년인가 되었을 것이다. 그래서, 어떻게 살았어? 하는 얘기가 오가는 것이 자연스러울 것 같은데 그 꽃문양이 장식된 스페인식 사기 단지 세 개가 다 비워질 때까지도 서로의 지난 삶에 대해선 아무도 얘기하지 않았다. 아이가 옆에서 귀를 쫑긋 세우고 있어 말을 조심하고 있는 것인지도 몰랐다. 내가 담배에 불을 붙이지 않는 것처럼.

"네가 낸 것 중에 내가 들어봤을 만한 책이 있어?"

"없어."

그녀는 읽는 책이라곤 미용실에서 차례를 기다리며 뒤적이는 여

17

성 잡지가 다라고 했고, 신문 읽기는 워낙 좋아하지 않는다고 했고, 이제 아이가 초등학교에 들어가면 아이 교과서를 주로 읽게 될 거라고 했다. 나는 그렇다면, 주소를 적어주면 책을 보내주겠다고 했다. 적어준 주소를 보니 분당 근처였다. 잘됐어. 뭐가? 아이스크림 장사에 대해 좀 알고 싶었거든. 남는 아이스크림은 전부 버려. 아이도 안 줘. 왜? 장사 못한 내게, 내가 주는 벌이야.

"또 봐야지."

"그래. 조만간."

지하철역에서 헤어지며 나는 나의 옛 애인과 옛 애인의 아들에게 손을 흔들어주었다.

서울 시내에 나갈 일이 있어 볼일을 보고, il의 직장 근처에 가서 전화를 넣었다. 마침 출근하는 날이었는지 그가 있었다. 그는 기다려야겠다고 하곤, 퇴근 시간에 만나 영화나 보고 차나 마시자고 했다. 나는 그에 대한 소문이 들려와도 아무 확인도 해주지 않고 있었다. 잠자코 두고 보며 이 재미있는 소동을 즐기자는 생각이었다. 이혼 후 개인 파산 직전의 그가, 필리핀의 어느 촌구석 농장으로 훌쩍 떠버렸다는 소문이 정설로 굳어지고 있었다. 전화 한 통이라는 별것 아닌 수고만으로도 궁금증의 상당수는 풀 수 있는데도 대개는 그러지 않는다. 그는 여전하고 아무 데도 가지 않았는데, 그의 친구들이 먼저 그를 필리핀으로 쫓아버린 것이었다. 개떼처럼 달려들어

물어뜯는군, 뼈다귀만 남겠어.

il과 나는 버스를 타고 옥수동으로 갔다. 소나탄가 하는 차가 그에게 있었지만 갖고 나오지 않았다고 했다. 처분해야 할지 말아야 할지를 놓고 그는 셈을 하고 있었다. 지출을 줄여야 할 텐데 직업상, 설계 도면을 들고 현장을 쫓아다니려면 차가 없으면 안 된다고 했다. 주 삼 일 근무면 연봉이 얼마야? 내가 물었다. 줄었어, 팍. 그와 나는 옥수동 시장통에 면한 재개봉관을 찾았다. 수험생 시절, 보충 수업을 빼먹고 사십 분이나 차를 타고 여기까지 싸구려 재개봉 영화를 보러 다니던 우리였다.

"헐리지 않았네?"

내가 감탄하자, il은 얼마 전 스포츠 신문을 보다 이 재개봉관의 이름을 발견했다고 했다. 반가운 마음에 그만 기절할 뻔했다고 했다. 우리는 표를 샀다. 표 값은 십 년 전에 비해 거의 세 배나 올라 있었다.

십 년 전이나 지금이나 화장실이 유난히 넓다는 느낌은 여전했다. 옥수동 땅값이 쌌을 때 설계된 영화관 건물이니 그건 당연한 일일 수도 있다고 il은 말했다. 땅값이 싸니 뭐든 큼직큼직하게 나누고 붙이고 할 수 있었을 거라고 했다. 화장실이 넓다는 느낌도 그랬지만, 다른 모든 것들도 여전했다. 화장실 악취며 형광등 갓에 늘어져 있는 거미줄이며 변기에 달라붙은 침전물 얼룩도 그와 내가 고등학생이었을 적 그대로인 듯했다. 객석이 일, 이 층으로 나뉘어 있는 것도 여전했고, 좌석 등받이의 새빨간 천이 하얗게 닳아가고 있는 것도, 앉으면 빈대나 벼룩 같은 것이 옮을 것같이 기분이 찝찝해지는 것도 십 년 전 그대로였다. 도대체 이건 언제쯤 다 닳을까, 형광등 갓의 거미줄은 언제쯤 훑어낼까. 십 년 전 휴게실 매점의 아가씨는 몇십 분이고 마주 앉아 바라보아도 아무 감흥도 일어나지 않는 인상의 아가씨였다. 그래서 그때의 아가씨에 대해선 무엇도 기억나는 게 없지만, 또 바로 그런 까닭에서 지금 우리 눈앞의 매점 아가씨도 십 년 전 아가씨 그대로였다.

그는 영사막 귀퉁이에 꿰맨 자국이 있는 것을 보곤 저게 그때도 있었나 하고 물었다. 나는 고개를 끄덕이다가 젓다가 했다. 우리가 보충수업을 빼먹고 찾아다닌 서울 뒷골목의 재개봉관이 어디 한둘이었나.

il과 나는 일곱 시 반쯤 해서 저녁을 먹기 위해 영화관을 나왔다. 영화는 도입부의 몇 장면만 봤다. 그는 영화관 앞 횡단보도를 건너다 말고 영화관 간판을 뒤돌아보며 아, 우리가 저걸 봤군 했다. 그러고 보니 신문에서 기사를 읽은 것 같아. 흥행은? 재미있대? 몰라. 그와 나는 저녁을 먹곤 호프집에 들렀다가 열 시가 못 돼서 헤어졌다.

나는 il이 미니멀한 삶을 살고 싶어 하는 것 같다는 느낌을 어렴풋이 받았다. 그는 식당에서 몇 마디, 호프집에서 몇 마디를 했는데 그 몇 마디가 며칠이나 내 머릿속을 떠나지 않았다. 이렇게 친구와 식사를 하고 술을 마시는 게 몇 달 만이라는 것이었다. 그간 회사의 회식 자리도 기피해왔고, 아파서 그렇기도 했지만 와이프와의 잠자리도 거의 없었다고 했다. 어떻게 하는 건지 잊어버려서 나한테 수업을 좀 받아야겠다고 했다. 어제 서울 반대편에 사는 어머니한테 전화가 왔는데, 왜 몇 달째 찾아오지도 않고 전화도 없었느냐며 역정을 내시더라는 것이었다. 나는 그럴 수도 있지, 하고 대꾸했는데 그는 나 그 전화 받고 깜짝 놀랐어, 하고 자기도 모를 일이라는 듯 아리송한 표정으로 덧붙였다. 결혼하고 나서도 신혼 때까지만 해도 일주일이 멀다 하고 찾아뵙고 전화드리고 그랬는데 말이야, 어머니 말처럼 난 정말 지난 몇 달간 까맣게 잊고 있었단 말이야. 단 몇 초도 어머니에 대해서 생각을 안 했단 말이야. 마치 내게 엄마란 존재가 애초부터 없었던 것처럼 말이야.

나는 il의 말이 얼른 이해가 가지 않아서, 그럴 수도 있는 거야 하고 대충 대화를 얼버무렸다. 어머니 전화 얘기를 하며 지어 보이던 그의 표정은 언젠가 한번 본 것이었다. 애완하는 것이 공간성이니 뭐니 하면서 스스로도 그게 뭔지 아리송하다는 듯 지어 보이던 그 표정 말이다.

얼이 빠졌다는 소문이 어디에서부터 시작됐는지 짐작이 가기 시작했다. il은 그렇게 살고 있었다. 처음엔 직장에서의 근무 일수를 줄이더니 다음엔 와이프와 떨어져 살기 시작했고, 잡다한 술자리를 애써 기피하고 있으며, 농담이겠지만 잠자리 기술도 잊고, 몇 년 전에 비해 말수도 한참이나 적어졌으며, 어머니라는 존재도 몇 달씩이나 잊어버리고 살고 있다……. 어쩌면 그 좋아하는 담배도 하루한 개비로, 밥도 하루 한 끼로 줄이게 될지도 몰라. 나는 il이 일종의실험을 하고 있다고 여기게 됐다. 그래도 자식, 채식주의자가 되지않은 게 다행이야. 그처럼 미니멀하게 사는 사람들은, 살고 싶어 하는 사람들은, 드러내놓지 않아서 그렇지 우리 주변에 드물지 않게있을 거라는 생각도 들었디. 우선, 나부터가 그렇고.

"무슨 생각해?"

"아무 생각도."

"그러고 보니 처음 만났을 때도 그렇게 물었어. 왜 그런 걸 묻지?"

나는 별걸 다 기억하고 있어, 하곤 소리 죽여 웃었다. 내가 그랬나? 옛 애인은 그게 무엇이든 소리 없이 빨리 해치우고 나지막이, 소곤소곤 수다나 떨기를 바라고 있었다. 건넛방에서 그녀의 유치원생이 잠을 자고 있는 것이다. 열한 시밖에 되지 않았으니 아이는 아직 깊이 잠들지는 않았을 것이다. 나는 그녀가 아이를 달래고 재우는 동안 욕실로 가 샤워를 했다. 내가 선물로 사온 십구 세기 에스파냐 함선 미니어처는 거실 탁자 위에 반쯤 포장이 뜯긴 채 놓여 있었다. 아이는 자기 마음을 그렇게 표현했다. 내가 맘에 들지 않았든가, 선물이 맘에 들지 않았든가, 둘 중 하나였다. 아니, 정적인 장난 감을 원체 좋아하지 않을 수도 있다.

나는 다섯 손가락 끝을 한데 모아선 옛 애인의 옴폭한 명치에 고인 땀을 훑어 올렸다. 그러곤 혀를 댔고, 다시 손가락 끝을 한데 모아 여기저기를 훑었다. 짠맛보다는 엷게, 쓴맛이 혀끝을 타고 올라왔다. 비누 맛일 수도 있었고, 그녀의 살 맛일 수도 있었다. 그녀는 입술을 꼭 다물곤 끅끅거렸다. 여자들은 어쩌면, 섹스보다 간지럼을 더 좋아하는지도 몰라. 마른 체구인데 만져보면 부드럽게 잡혀 올라오는 살집이 있었다. 남편하곤 어쩌다 그랬어 하고 나는 담배를 빼 물며 물었고, 그녀는 비전이 없었어 하고 이젠 그만 지겹다는 투로 답했다.

나는 옛 애인의 아침나절이 얼마나 부산하게 돌아가는지 보곤 깜짝 놀랐다. 유치원생도 그녀 못지않게 바빴다. 주방 식탁에 앉아 느릿느릿하게 수저를 놀리는 건 나뿐이었다. 아이는 점심까지 유치원에서 해결하고 오후 세 시쯤 해서 이모가 자기를 데리러 온다고 했다. 이모가 오지 못하면 엄마가 오는데, 어떤 때는 이혼한 아빠가, 어떤 때는 모르는 아저씨가 데리러 오기도 한다고 했다. 유치원생은 이혼한 아빠, 라는 소리를 서슴없이 하고 있었다. 모르는 아저씨는 또 누굴까.

"다음 주 월요일에 가게가 쉬는데, 어때?"

옛 애인이 아이를 흘겨보며 큰 소리로 물어왔다.

il이 애완하고 있다는 그 공간성 어쩌고저쩌고하는 것의 정체를 전해 듣게 되었다. 소문이 사실인지 아닌지의 판단은 미뤄두었다. 그가 키우는 것은 이를테면, 전체 면적의 구십 퍼센트는 식물성으로 덮여 있고 나지막한 광물성이 한편을 차지하며 그 위를 약간의 동물성이 뛰어다니거나 날아다니는 어떤 것이었다. 거기에 인공 조형물도 하나 있는데, 통나무집이었다. 도대체 뭘까.

"내가 전에 얘기했지? il 그 자식, 얼이 빠졌다고. 그 빠진 얼 중 일부가 거기 가 있었던 거야."

"거기?"

"그 자식이 자기 아파트 거실 한가운데 키우고 있다는 그 이상한 초원에. 그 자식, 자기 아파트 거실 한가운데 초원을 키우고 있대. 그리고 그 자식 영혼의 일부가 분가해서, 지금 그 초원에 캐빈을 짓고 산대……. 그게 정신분열증의 일종이지?"

초원 얘기를 전해준 녀석은, 몇 달 전에 il을 필리핀 촌구석으로 이민 보냈던 바로 그 녀석이었다. il의 대학 동기인데 라이벌 의식을 갖고 있어서, 십 년째 꾸준히 il을 괴롭히고 있었다. 얘기를 그대로 믿자면, il이 애완하고 있다던 공간성을 지닌 어떤 것은 다름 아닌 초원이었고, 식물성은 초원에서 자라는 풀이나 나무였고, 광물성은 바위 언덕이었고, 동물성은 사슴이거나 토끼였다.

il이, 자신의 스무 평짜리 아파트 거실 한가운데에 그 모든 것을 키우고 있다는 얘기였다. 그리고 그의 영혼의 일부가 그에게서 뚝 떨어져 나와서 지금, 그 초원 위 통나무집에 살고 있고. 그는 지금 분열돼선, 영혼도 둘이고 집도 둘이라는 얘기였다. 필리핀에 보내는 것보다 더해! 나는 버럭 소리를 지른 다음 전화를 끊었다.

납득하기 어려운 얘기긴 했지만 이해 못 할 것도 없었다. 전과는 다르게 요새는 가상공간이란 게 있으니까. 컴퓨터 설계 프로그램을 사용해 아파트 안에 갖가지 콘셉트의 초원을 키운다면 그건 말이 된다. 오토 캐드니 월드 빌더 따위 말이다. il은 그런 프로그램들에 전문가 아닌가. 그리고 게임 프로그램도 있다. 나만 하더라도 '심시티 3000'이라는 건설 시뮬레이션 게임을 하고 있지 않은가. 내가 요즘 키우는 '마초'라는 도시는 사천백구십사 제곱킬로미터 면적에, 인구 백사십이만, 연혁이 오백십이 년이나 되는 멋진 테크노 도시다. 물론 도시가 실제로 차지하는 디지털 면적은 책상 귀퉁이, 컴퓨터 안 하드디스크의 이백육십이 메가바이트 정도다.

il이 그 얘기를 한 것일까. 컴퓨터 안 가상공간의 초원을 얘기하는 것일까. 그걸 키우는 걸까. 어디서 좀 큰 규모의 정원을 설계해달라는 주문을 받은 것일까.

나는 il에게 직접 확인을 하기로 했다. 내가 방금 이런 소리를 들었는데, 맞는 얘기냐고. 정말로 그런 걸 키우며 네 일부가 거기 가 있느냐고.

"어찌 된 거야? 그게 무슨 소리야?"

"맞아. 그래."

il은 심상한 투로 대답했다. 처음엔 그 자신도 알 수 없고 이해할 수 없고 어리둥절했지만 이제는, 그 존재의 명백성을 의심하지 않으며 하도 많이 따져보아서 신물이 날 정도라는 얘기였다. 그것은 실제의 공간성을 지닌 초원이며, 내가 상상한 가상 시뮬레이션 프로그램이 아니라는 얘기였다. 그것이 지금 자신의 스무 평짜리 아파트의 거실 한가운데서 한창 크고 있는 중이며 꽤 컸으며 젠장, 시간이 있으면 한번 구경 오라는 것이었다. 나는 홧김에 그렇게 하마, 하고 소리를 질렀다.

나는 낡은 청바지에 트렁크 셔츠를 챙겨 입고 신천으로 나갔다. 신천에서 옛 애인, 그리고 il을 만나기로 약속을 잡았다. 내가 그녀를 데리고 나올 거라고 하자, 그도 그렇다면 자기도 동행이 있을 거라고 했다. 자식이 불륜을? 그녀는 가게가 쉬는 날이었고, 그도 회사를 쉬는 날이었다. 약속 시간 십 분 전에 우리 넷 모두 한자리에 모였다. 그는 나의 옛 애인과 수인사를 나눴고, 나도 그가 데리고 나온 여자와 수인사를 나눴다. 여자는 자기를 kp라고 소개했다. 우리 또래는 아니었다. 내가 농처럼 왜 조카를 데리고 나왔어, 하자 그는 말없이 한쪽 눈을 찡긋해 보였다. 무슨 뜻인지 대충 짐작이 갔다. 어쨌거나 지금 이 순간의 그는, 아무 문제도 없는 사람처럼 보였다. 얼이 빠져 보이지도 않았고, 영혼 일부를 어디 놓고 나온 사람처럼 보이지도 않았다.

우리 넷은 지하철역 부근의 양식집에 들어가 저녁을 먹었다. 우리도 한때는 화려한 날라리였던 적이 있었지. il이 주위 테이블을 돌아보며 소리 죽여 말했다. 십 대 후반에서 이십 대 초반으로 보이는 치들이 와자하게 떠들고 있었다. 화려했던 적은 없었어, 날라리였던 적도 없었고, 하고 나는 경쾌한 목소리를 냈다. 날라리들이 부러워서 그 흉내를 내고 다녔을 뿐이지. 그는 고개를 끄덕였다. 내가 아는 한 진짜 날라리였던 나의 옛 애인은 가소롭다는 듯이 칫, 소리가 나게 웃었다. kp는 관심 없다는 듯이 고개를 숙이곤 꼼꼼히 나이프와 포크를 놀리며 고기를 썰고 있었다. 내가 il과는 어떻게 되시지요? 하고 묻자 그녀는 조카예요, 하고 무표정하게 답했다.

"창녀야."

"뭐?"

나와 옛 애인은 il과 kp를 번갈아 쳐다보며 놀란 눈을 뒤룩거렸다. kp는 창녀야, 소리에 문득 고개를 들었다. 그러곤 우리를 향해 살짝 웃어 보인 다음, 다시 고개를 숙였고 고기를 썰기 시작했다. 그는 이 잔인한 상황을 즐기는 듯한 표정을 짓고 있었다.

"좀 점잖은 표현을 쓸 걸 그랬나? 응?"

il은 걱정 마, 미성년자는 아니야, 하고 덧붙였다. 내가 불렀어, 군대 후배 녀석이 이쪽 일을 하거든. 하루 빌려달라고 했지. 나와 옛 애인은 뺨을 약간 붉힌 채로 어색해진 테이블 분위기에 눌려 말을 잇지 못했다. 오싹함이 느껴지는 순간이었다. il이 언제 이랬던 적이

27

있었던가. 한때 입이 좀 걸긴 했지만 그런 건 다 그의 표현처럼, 우리가 날라리였을 적의 얘기다.

식사가 끝나고 후식이 나올 때까지도 테이블에서 신이 나 떠든 것은 il뿐이었다. 옛 애인은 원체 말이 없는 성격이었고, 나는 한 방 맞은 충격에서 벗어나지 못하고 있었고, kp는 그저 고개만 끄덕이고 있다가 배가 덜 찼다며 감자 수프를 하나 시켰다. 그는 한 번으로 끝내지 않았다. 신변잡사를 길게 늘어놓다가는, 언뜻언뜻 기괴하게 입 모양을 비틀고는 나지막한 목소리로 kp에게 모욕을 주곤 했다. 뒤로 하는 건 안 좋아해? 너 미성년자면 죽어. 아빠한테는 얘기하고 나왔어? 되게 처먹네. 설마 오늘 달 뜬 건 아니지?

kp는 아무 반응도 보이지 않았다. 모욕감을 느끼곤 얼굴이 벌게진 건 나와 옛 애인이었다.

"그만해. 창피한 줄 알아."

나는 옆자리에 앉은 옛 애인의 손을 꾹, 내리누르며 으르렁거렸다. 실은 kp보다는 옛 애인의 반응이 더 걱정됐다. 옛 애인이 언제 그만해, 썹새끼야, 하고 소리 지르며 커피를 그의 얼굴에 부어버릴지 몰라서였다. 하긴, 그렇게 성질부리는 것도 그녀가 날라리였을 적의 일이지만.

우리는 뭐라 얘기도 꺼낼 수 없는 분위기에서 한참이나 더 뻣뻣하게 앉아 있었다. kp는 십 분이나 화장실을 다녀왔는데, 아이섀도가 말끔히 지워져 있었다. 웨이터가 테이블을 치웠는데도 아무도 일어나자는 얘기를 꺼내지 않았다. 나는 이 상태로 이 모임을 끝낼까 어쩔까 고민했다. il, 이 자식, 정말 미친 거 아냐? 나는 자리에서 일어나 카운터로 가 계산을 하곤 바깥으로 나왔다. 담배를 빼 물곤 뒤돌아서 보니, 다들 우중충한 얼굴로 띄엄띄엄 내 뒤에 서 있었다. 여덟 시 반이었다.

"좋아."

내가 말했다.

"기분 좀 내자고."

나는 신천 유흥가로 일행을 끌고 들어갔다. 옛 애인이 길을 확실히 기억하고 있었다. 나로선 칠팔 년 전쯤에 두어 번 가본 경험밖엔 없었지만, 그녀는 한때 그곳에서 차장이라고 불릴 만치 단골이었다. 내가 며칠 전에 전화를 걸어 그곳 얘기를 꺼내자 그녀는 손뼉이라도 칠 듯 기뻐했다. 까맣게 잊고 있었다고 했다. 아직 거기 있을까? 글쎄. 안 가봤지? 가도 지금은 들여보내주지 않을걸. 하긴. 간판만이라도 보고 싶어, 정말 멋진 간판 아니었어?

"간판 좋다."

il은 레스토랑을 나온 후로 처음 입을 열었다. 나는 노래방이나 단란주점이나 뭐 그런 걸로 바뀌어 있을 거라고 내심 여기고 있었다. 나는 고개를 들어 아치형 형광 네온 장식을 한 입구 위에 달린 간판을 보았다. '더 홀 트레인'이라는, 낯이 익다기보다는 그 낯이 내 기

억 귀퉁이에 날렵하게 각인돼 있는, 네온 간판 로고였다. 천해, 천
해. 그는 기분 좋은 듯이 중얼거렸다. 건축설계가 전공이니 인테리
어에도 안목이 좀 있을 것이었다. 사실 나 같은 일반인이 봐도 그
것의 색 배합이나 로고의 뜻이 주변 유흥가 환경과 어울려 자아내
는 느낌은 천함, 그 자체였다. 짤랑거리는 동전 몇 개 같은 천함,
지폐 몇 장의 부담 없는 천함, 언제든 출입이 가능한 천함. 옛 애인
도 표정이 밝아져 있었다. 그리고 아마도, 나도 미소 짓고 있었을
것이다. 어쩌다 내가, 이런 지하 디스코텍에 반가움을 다 느끼게
됐을까.

"이 디스코텍에서 우리가 처음 만났어."

내가 말했다. 도어맨이 행색을 훑어보긴 했지만 우릴 막아서거나
하지는 않았다. 아직 이른 시간이어서 그런가.

이런 곳에 들어와본 것도 몇 년 만이다. 우리 또래는 보이지 않는
다. 반갑긴 했지만 흥분이 일거나 하지는 않았다. 옛 애인도 예전의
기분을 살릴 수 없는 모양이었다. 시끄러워. 옛 애인이 내 귀에 대
고 소리 질렀다. kp만이 맥주 한 잔을 급하게 들이켜고는 플로어로
나갔다. 나머지 우리 셋은 맥주를 홀짝이며 그녀의 청회색 아키라
셔츠가 점차 땀에 젖어드는 것을 덤덤하게 바라보고 있었다.

"나가볼까?"

"애들이 흉보지 않을까."

나는 옛 애인의 손을 잡고 플로어로 올라섰다.

땀만 났지, 여전히 흥은 나지 않았다. 오히려 창피하다는 느낌이었다. 셔츠가 한참 조깅을 하고 났을 때처럼 찐득찐득하게 살갗에 달라붙어왔다. 그래서 조깅을 하는 기분으로 좀 더 버텨보려고 했지만 그것도 맘대로 되지 않았다. 칠팔 년 전과는 달리 허벅지와 허리에 턱없이 군살이 붙어, 팔과 목을 뺀 신체의 나머지 부분들은 조절이 쉽지 않았다. 옛 애인도 마찬가지였다. 살이 붙어서 그런 건 아니지만 예전만큼 동작이 자연스럽진 않아 보였다. 쑥스러워하는 미소가 그녀의 두 뺨에 가득했다. 게다가 우리 둘은 지금, 칠팔 년 전에 유행했던 춤을 추고 있었다. 우리는 이마의 땀을 닦으며 플로어에서 내려왔다.

"이리 와봐."

옛 애인이 내 손을 잡고 통로 한편으로 이끌었다. 룸과 바 사이로 난, 붉은 카펫이 깔린 통로였다.

"아직도 공용일까?"

옛 애인은 나를 화장실로 끌고 갔다. 그녀는 나를 화장실 한편에 우두커니 세워두곤 내 주머니를 뒤져 담배를 빼 물었다. 담배는 끊었잖아? 뭐 하는 거야? 화장실 세면대에 여자 하나가 서선 숄더백을 뒤지고 있었다. 잠시 후, 우리 둘만 남았을 때 그녀는 터져 나오려는 웃음을 억지로 참는 표정으로 화장실 출입문을 걸어 잠갔다. 그러곤 내게 다가와 할래? 하고 새된 목소리로 물어왔다.

"할래?"

"뭐?"

옛 애인은 나를 화장실 칸막이 안으로 밀어 넣더니 뚜껑이 닫힌 좌변기에 앉혔다. 그러곤 내 허벅지 위에 올라앉으며 눈 깜짝할 새에 셔츠를 벗어 올렸다. 아, 그랬었지. 그랬어, 하고 나는 크게 한숨을 내쉬었다.

옛 애인은 지금 칠팔 년 전에 있었던 어느 한순간을 다시 연출하고 있는 것이었다. 칠팔 년 전의 어느 한순간, 그녀와 나는 이 디스코텍의 댄스 플로어에서 처음 만났고, 블루스를 췄고, 우연히 화장실에서 다시 만났고, 그녀는 나를 칸막이로 밀어 넣으며 지금처럼 셔츠를 벗어 올렸던 것이다. 대사까지 그때와 같았다.

"그때는 브래지어를 안 했던 것 같은데."

"안 했지. 하지만 너도 애 낳아봐."

나는 브래지어를 끌어 올리곤 그때처럼, 옛 애인의 가슴에 얼굴을 파묻고 비벼댔다. 아카시아 향이 났다. 그때는 그녀 가슴에 대고 퍽이나 눈물을 닦아냈던 것 같은데, 지금은 그저 어리둥절할 뿐이다. 칠팔 년 전에 내가 울 일이 무엇이 있었나. 나는 그녀의 엉덩이를 꽉 움켜쥐었다. 그러곤 잠시, 그녀의 이 연출이 즉흥적인 것일까 계획적인 것일까, 하고 생각에 잠겼다.

홀로 돌아왔을 때 il과 kp는 플로어에서 꼭 껴안고는 블루스를 추고 있었다. 아홉 시가 넘어 있었다. 우리는 열 시가 될 때까지 맥주를 마셨고, 플로어에 아직 빈자리가 남아 있을 때 놀아보자며 한꺼번에 뛰어올라가 소리를 지르며 흔들어댔다. il과 kp 커플은 기이해 보이리만치 사이가 좋아져 있었다. 서로 부둥켜안고 난리가 아니었다. 나와 옛 애인도 한데 섞였다. 비로소 무엇인가 느껴졌다. 댄스 플로어의 나무 바닥에서 구두 밑창으로, 발바닥에서 뼈와 살을 타고 심장까지 전해지는 음의 박동이 느껴졌다. 우리가 언제 춤을 알아서 췄나. 우리는 다만, 음악에 몸을 자유롭게 싣는 법을 잊어버렸을 뿐이다. 나는 가볍게, 나무 바닥을 울리는 박동의 흐름에 두 발을 올려놓았다.

"삼 차는 우리 집이야."

il이 내 귀에 대고 소리 질렀다.

우리는 택시를 타고 il의 아파트로 갔다. 동네가 낡아 아파트도 낡은 것인 줄 알았더니 지은 지 몇 년 되지 않은 깨끗한 집이었다. 단지는 작아서 겨우 서너 동밖엔 되지 않았다. 그는 슈퍼마켓에서 양주와 맥주 몇 병, 안줏거리를 사선 우리를 자신의 아파트로 안내했다. 칠 층이었다. 나는 거실에 초원을 키우는 놈치곤 행동거지가 차분하다는 생각을 했다. 현관문을 여는 순간 들통날 게 많을 터인데도 표정이 제법 자연스러웠다. 거실에 초원을 키우면, 그럼 우리는 해 떨어진 풀밭에 앉아 술을 마셔야 하나.

il은 열쇠로 현관문을 땄고, 우리는 쫓기는 사람들처럼 허겁지겁 신발을 벗고 뛰어들어갔다. 스무 평짜리 작은 규모의 아파트들이 흔히 그렇듯, 현관 쪽에서 거실이 바로 마주 보였다. kp가 가장 먼저 거실 바닥에 철퍽하고 주저앉았다. 옛 애인은 술과 안주를 담은 봉투를 들고 주방으로 갔다. 미니멀하게 사는, 살려는 사람답게 거실에는 소파 하나, 오디오 시스템 하나 없었다. 맨바닥에 카펫이 깔려 있는 게 다였다. 벽 장식도 없었고, 천장에도 샹들리에를 흉내낸 촌스러운 조명 기구 하나 달려 있지 않았다. 키 큰 스탠드 하나만 거실 입구에 세워져 있을 뿐이었다.

"이렇게 살다가 네가 죽으면 사람들이 뭐라 할까? 흔적조차 남기지 않고 사라졌다고 하겠지?"

옛 애인이 술상을 봐왔다. 짜증을 낼 만도 한데 그녀는 오히려 즐기는 표정이었다. 누군가를 위해 술상을 차리는 게 오랜만이라서 그런가. il은 여성 동지들 엉덩이가 차가울 거라며 방석을 꺼내왔다. kp는 일반인들과 이렇게 오순도순 앉아 술을 마신 게 몇 년 만이라며 눈물을 찔끔거렸다. 우리는 소리 죽여 웃었다. 마치 우리 옆방에 방금 자리에 누운 유치원생이라도 있는 것처럼. 우리는 큰 소리 한번 내지 않고 양주 한 병이 깨끗이 비워질 때까지 자리를 지켰다.

한 시가 좀 넘자 옛 애인이 가봐야겠다고 자리에서 일어났다. kp는 아직 하루가 채 지나지 않았으니 자기는 있겠다고 했다. 내가 어찌해야 할지는 이미 정해져 있었다. 옛 애인을 바래다줘야 하는 것이다.

"좀 더 있지, 왜? 아줌마를 바래다줘서 뭐해?"

"어쩔 거야?"

"어차피 가봐야 해. 내일 누구 결혼식엘 가봐야 해."

il은 나와 옛 애인을 단지 앞 경비실까지 배웅했다. 그는 단지가 워낙 작아 택시도 잘 다니지 않는다고 했다.

"il 씨, 우리 가면 그 조카랑 뭐 할 거예요?"

"자야죠."

아파트에서 단지 앞까지 그 짧은 거리를 걷는 동안 우리는 이런 저런 얘기들을 했다. 옛 애인은 위대한 유치원생에게 컴퓨터를 사 줬는데 일 년 만에 눈에 띄게 시력이 나빠졌다고 했다. 컴퓨터를 다 룰 줄 아는 게 더 중요한지 아니면 건강한 시력을 지키는 게 중요한 지 지금 고민 중이라고 했다. il은 여전히 자가용을 정리해야 할지 말아야 할지를 놓고 손익계산을 하고 있었고, 나는 다음 주말까지 넘겨야 할 원고를 걱정하고 있었다. 그는 언제 강남역 근처에 가게 되면 그녀의 가게에 꼭 들르겠다고 했고, 그녀는 언제 인테리어를 바꾸게 되면 그에게 연락하겠다고 했다. 나는 이 친구는 그런 자질 구레한 일은 맡지 않는다고 했다. 면목동에 있는 국민은행 빌딩이 이 친구 작품이라고 했다.

택시가 왔다. 나는 옛 애인을 밀어 넣곤 따라 올라타며 이렇게 말 했다.

"네가 키우다던 초원은 어딨어?"

"못 봤어?"

"응."

"우리는 방금까지 초원의 풀밭 위에 앉아 술을 마시고 있었잖아?"

"농담."

나는 옛 애인의 아파트로 가 그녀와 함께 새벽까지 수다를 떨었다. 새벽까지 누군가와 함께 깨어 있어본 게 도대체 얼마 만인지 모른다. 그래? 며칠 전에도 우리 집에 와서 놀다 갔잖아. 그녀와 나는 다섯 시쯤에 눈을 붙였다. 잠들기 직전, 나는 그녀에게 il의 그 초원 얘기를 했다. 그녀는 그렇게 안 봤는데 참 멋있는 사람이네, 하고 활짝 웃어 보였다. 나는 우리 모두가 정상이야, 아무도 잘못되지 않았어, 아주 행복하지는 않지만 그럭저럭 행복하게 살고 있다고, 하고 중얼거렸다. 그리고 다음 날 아침, 일어나 바지를 입는데 청바지 엉덩이에 얼룩이 하나 져 있는 것이 보였다. 시커멓지만 아주 시커멓지는 않은, 쉽게 분간되지 않는 다른 어떤 색깔이 극소하게 섞여 있는, 그런 시커먼 색의 얼룩이었다.

*

il은 손님들을 택시에 태워 보내곤 아파트로 돌아왔다. 그는 현관 문을 열기 위해 팔을 들다가 잠시 머뭇거렸다. 곰곰 생각에 잠긴 얼굴을 하고 있다가 다시 손을 뻗어 문을 열었다. 아파트 밀폐 복도의 텁텁한 공기와는 비교도 되지 않는 상쾌한 바람이 그의 콧속을 밀고 들어왔다. 이마가 차게 식었다.

"내가 요즘 이 맛에 살지."

il은 누가 볼세라 재빨리 현관문을 도로 닫곤 천천히 초원의 풀밭 위로 걸음을 내디뎠다. 저 멀리, 풀밭에 앉아 맥주 캔을 홀짝이고 있는 kp의 등판이 보였다. 그리고 그보다 더 멀리, 어둠에 가려 그저 시커멓게만 보이는, 얼마 전 새로 지은 통나무집이 보였다. 설계사의 두뇌가 아닌, 휴식을 꿈꿔오던 그 안의 또 다른 영혼이 지어 올린 집이었다.

"저런 집을 짓는 데는 설계도가 아니라, 영혼의 직감이 더 필요한 법이지."

il은 kp의 곁에 앉아 아무 말 없이 오징어 다리를 뜯었다. 그녀의 어깨에 팔을 올렸다. 안 되겠어, 충분치 않아. 좀 더 넓혀야겠어.

il은 스카이라인을 이루고 있는, 해 떨어진 검은 초원의 한편을 바라보았다.

장원의 심부름꾼 소년

나는 아주 긴 돌담을 따라왔다. 하얗게 바랜 아스팔트 포도가 내 뒤로 오백 미터나 뻗어 있다. 야트막하게 경사가 진 그 포도는 오른쪽으로 조금, 칠 도나 팔 도쯤 휘어져 있다. 건조한 흰빛이다. 바삭하게 마른 이파리들이 드물게 깔려 있다. 돌담 너머에서 날아든 것들이다.

나는 수목 정원에 한 발짝 들여놓았다. 정문은 열려 있었고, 경비실 몇 미터 뒤쪽에서 샛노란 비닐 점퍼를 걸쳐 입은 친구가 낙엽을 쓸고 있었다. 나는 경비실을 통해 이미 수목 정원 저 안쪽, 장원(莊園)의 저택에 연락을 해두었다. 정원로가 좁아지다가 점으로 변하는 그곳에서 누군가 나타났다. 너무 멀어, 그 누군가는 찢겨 날리는 작은 천 조각처럼 보였다.

나는 용건을 말했고, 그는 고개를 끄덕였다. 가까이서 보니, 그리 책임 있는 자리에 있는 사람 같지는 않았다. 낙엽을 쓸다 경비실로 돌아와 턱을 괴고 앉아 있는 친구보다 그저 약간 더 높아 보일 뿐이었다. 어쩌면 시설 관리인일지도 모른다. 쥐색 콤비 위에 얹힌 좁다란 이마는, 바깥의 포도처럼 물기 하나 없이 말라 있었다.

"그분, 이미 죽었습니다."

내 물음에 그는 아주 작게, 그리고 단호하게 답했다. 똑같은 물음들에 어찌나 시달려왔는지 이젠 일일이 대꾸하기도 귀찮아졌다는 기색이었다. 나는 눈을 들었다. 청회빛 모토로라 사옥 빌딩의 상단 일부가, 옥상 안테나부터 맨 위 두어 층까지, 무성하고 널따란 벚나무 수관 위에 기우뚱 걸쳐져 있었다.

"나는 매번 같은 대답을 할 수밖엔 없어요. ……그게 사실이기 때문입니다."

건조한 이마의 시설 관리인이 말했다. 기대했던 대답은 아니네요. 나는 짧게 묵례를 하곤 수목 정원을 나왔다. 그러곤 차를 타기 위해 다시 포도를 따라 걸어 올라갔다. 얼마나 말라 있던지 라이터 스파크만 조금 튀기면 혹 불길이 일 것 같았다.

나는 살아 있는 사람에겐 흥미가 없다. 살아 있는 사람은 말이 너무 많다. 쓸어내도 쓸어내도 정원로에 떨어져 있는 밤나무 이파리의 수에는 변함이 없다. 주워 담는 만큼 떨어지고 태워 없애는 만큼 새로 쌓인다. 죽은 사람은 어떤가. 그를 위해선 그저 책 몇 권만 읽으면 된다. 그의 말은 말끔하게 목록으로 정리되어서 찾기 쉬운 곳에 꽂혀 있다. 전화를 받기 위해 아무 때나 덮을 수 있다.

죽은 사람과의 대화는 그처럼 간편하다. 나는 차를 끌고 다시 포도를 내려와 천천히 장원을 지나쳤다. 십 층, 이십 층짜리 마천루들이 즐비하게, 차 앞창 위를 얇은 기름 막처럼 미끄러졌다.

"그분, 죽었습니다……."

나도 모르게 말끝이 뭉개졌다. 내게는 불쾌감이 치밀 때면, 말꼬리를 뭉개는 버릇이 있다. 나는 장원 시설 관리인의 말을 따라 하고 있었다.

나는 하품을 뱉었다. 누군가가 이미 죽었다는 사실 하나를 설명하기 위해 얼마나 많은 단어가 필요한 것일까. 오직 한 단어면 된다. 사망진단서를 꾸미더라도 많은 단어는 필요 없다. 꼭 한눈에 훑어볼 수 있을 만큼의 양. 성명과 사망 일시, 장소, 사인(死因)이면 된다. 그것만으로 아쉽다면, 선행 사인을 한둘 첨가할 수 있다.

장원을 직접 찾은 건 달리 연락할 길이 없었기 때문이다. 내가 가지고 있는 건 그 장원을 어디 가면 찾을 수 있는가, 하는 십구 년 전 기억뿐이었다. 십구 년 전 내 신상에 일어났던 일들은 대개 지워졌지만 그 장원이 어디에 있는가 하는 기억만큼은 또렷이 남아 있었다. 너무 커서다. 장원은, 잊어버리기에는 덩치가 너무 크지 않은

가. 오백 미터짜리 돌담.

*

기억은 지난주 화요일에 갑자기 떠올랐다. 그렇게 큰 덩치가 내
잔잔한 머릿속에 불쑥 떠올랐을 때 나는 놀라 이게 무슨 일인가 하
고 멍멍해지까지 했다. 이어폰에서 흘러들던 음악 소리도 잠시 도
로 물러가 들리지 않았다. 장원은 눈에 보이듯 훤했다. 화강암 덩어
리를 붙여 이은 끝없는 돌담, 그 위로 넘겨다보이는 울창한 수목 정
원, 여름이면 어찌나 우거지는지 아주 새까맣게 보이는 그늘들, 그
러면서도 기름져 윤이 흐르는 그늘들, 그리고 같은 바람이 불어도
돌담 너머 저쪽의 바람은 소리를 냈다. 새카매 보일 만치 진한 녹색
의 궁륭 위를 휘몰아쳐 내리는 바람은 다른 소리를 냈다. 돌담은 빠
르게 내 오른쪽으로 달아나고 있었다. 십구 년 전의 나는, 달리고
있었던 것이다. 야트막하게 경사진 포도 위를, 돌담을 따라 뛰고 있
었던 것이다.

나는 정지 버튼을 눌렀다. 음악은 그쳤다. 오른손에는 시디플레
이어가 들려 있었고, 왼손에는 커피가 든 플라스틱 컵이 들려 있었
다. 깊이가 채 한 뼘도 되지 않는 하천이 몇 보 앞에서 흐르고 있었
다. 이미 가을이 깊어졌기 때문에 주위 풀들은 누렇게 바래 있었다.
흙은 한껏 거칠어져 있었다. 한 달쯤 비가 오지 않은 탓에 워낙 수

량이 적은 하천은, 물이 맑은 편이 아닌데도 모래 바닥이 비칠 정도로 얕아져 있었다. 나는 벌써 네 시간째 물이 준 하천변에 앉아 있었다. 나 홀로 피크닉 중이었다. 지난 네 시간 동안 내가 한 일이라곤 시디플레이어에 시디를 갈아 끼운 것과 종이봉투에서 참치 샌드위치를 한 조각 꺼내 먹은 것과 보온병에서 커피를 따라 마신 것이 다였다. 소변도 보지 않았다.

난 그저 그랬던 것뿐이다. 그저 가만히 앉아서, 아무 생각할 거리도 없었기 때문에, 그리고 볼만한 구경거리도 전혀 없었기 때문에, 감은 것이나 마찬가지인 눈을 뜨고 머릿속을 비우고 있었던 것이다. 나는 앉아 있는 것이 하루 일의 다인 사람처럼 앉아 있었다. 장원은 그러다가 나타났다. 그것은 포클레인이 훑고 지나간 공사 현장에서 우연히 모습을 드러낸 지난 세기의 폐허처럼, 생각들이 물러간 내 머릿속에서 느닷없이 떠올랐다. 그것은 나타나선 내가 놀라주기를 기다리기라도 하듯이 잠깐 머물다가, 생각들이 밀려들자 곧바로 다시 그 아래 묻혀 사라졌다.

장원은 잊어버리기엔 너무 큰 덩치를 갖고 있었다. 나는 장원을 다시 불러내어 그것이 서울의 어디쯤 자리하고 있는지 되짚어보았다. 내가 사는 서울 근교 신도시의 아파트촌에서 차로 칠십 분 거리였다. 철거되지 않았다면 지금이라도 찾아가 확인해볼 수 있는 거리였다. 그러고 나서 나는 그것이 왜 갑자기 떠올랐는가, 를 생각했다. 지난 네 시간 동안 내가 한 일은 시디를 갈아 끼우고 커피와 샌드위치를 먹은 것뿐이었다. 자극이 될 만한 일은 없었다. 커피는 쓰지도 달지도 않았고, 뜨겁지도 않았다. 샌드위치는 약간 짠맛이 나는 종이쪽 같았다. 음악은 레베카 피전이었지만 그녀의 목소리는 너무 고요하여 머릿속에 아무것도 남기지 않았다.

나는 보온병과 깔개를 챙겨 일어섰다. 그러고는 검은 물이 들기 시작하는 하천에 눈길을 한번 주고는 뒤돌아 한 발을 뗐고 장원을 향해, 십구 년 전을 향해 걷기 시작했다.

나는 장원의 심부름꾼 소년이었다. 두어 정류장 거리에 초등학교가 있었지만 그것은 내 걸음으로 영원히 닿을 수 없는 거리에 있는 것처럼 느껴졌다. 나는 아침 일곱 시나 여덟 시쯤에 일어나, 내 또래 아이들처럼 책가방을 챙기는 대신에 스프링이 달린 작은 수첩과 볼펜을 챙겼다. 그러곤 재잘거리며 등교하는 아이들 틈에 끼어 두어 정류장을 함께 걸은 후에, 혼자 떨어져 횡단보도를 건너 수목 정원이 있는 장원으로 향하곤 했다. 횡단보도 앞에 서선, 등교하는 아이들 중에 친구라도 있는 듯이 손을 흔들어 보이곤 했다.

횡단보도를 건너 장원에 도착하면, 정원로를 쏜살같이 달려 안채 저택으로 갔다. 아침 인사를 드리고 하인 숙소로 가 저택에서 내온 물통들을 찾아 샘물을 받으러 갔다. 내 허리춤까지 오는 커다란 플라스틱 물통들이었다. 그것들은 내 나이만큼이나 수가 많았다. 샘은 장원의 북북서 쪽에 있었다. 촘촘히 심긴 무화과나무들 새에 있었다. 딱히 길이라고 부를 만한 것도 없어서 나는 매번 뻗어 나온 가지들에 머리를 찔리며 나무들 새를 헤치고 나가야 했다. 샘 주변이라 그랬나, 그늘이 짙고 많아서 그랬나, 흙은 검은빛이 돌 만치 젖어 있었다. 그리고 그 위를 풀보다는, 밟으면 흉측하게 문드러지는 이끼들이 덮고 있었다. 물은 두 개의 희고 둥그런 바위틈에 꽂힌 피브이시 대롱에서 받았다. 물통을 놓으면 쪼르륵 소리가 무화과나무 잎사귀들 틈을 울리곤 했다. 샘은 겨울에도 얼지 않았다.

물을 다 나르면 열 시가 조금 넘어 있곤 했다. 그러면 저택에 가서 수첩과 볼펜을 꺼내 들곤, 집사에게 그날 하루치 일거리를 받아적는다. 열 시에는 하녀장을 따라 시장에 다녀와라, 점심을 먹고 난후엔 좀 쉬다가 오리나무 주변에 난 엉겅퀴를 뜯어라, 수레에 부엌 쓰레기 싣는 것을 도와주고 정원사의 연장주머니를 들어줘라, 오물차가 오면 지키고 서 있다가 물로 깨끗이 씻어내라, 층계 황동 난간에 왁스를 칠해라, 토끼장에 새 톱밥을 깔아주고 닭장에 쌓인 닭 털을 쓸어내라. 할 일은 시에 따라 다르고 날에 따라 달랐다. 집사의 기분에 따라서도 달라졌다. 힘에 벅찬 일도 없지 않았지만 지금 생각해보면 집사는, 내가 해낼 수 있는 일만 시키고 있었다.

장원에서의 일은 다섯 시면 끝이 났다. 나는 살색 타일이 깔린 하인 숙소의 목욕탕에 들어가 씻곤 다시 집사에게 가 퇴근 인사를 했다. 시간은 정확했다. 쓸어놓은 낙엽에 불만 붙이면 되는데도 시간이 되면 어김없이 갈퀴를 집어 던지고 목욕탕으로 뛰어갔다. 삶은 주급이었다. 매주 일요일 퇴근 시간에 집사는 속이 비치는 얇은 종이봉투를 건네주었다. 그러곤 수고했어 유태인, 이라며 머리를 쓰다듬어주었다.

주급을 받으면 나는 장원을 나와 오백 미터나 이어진 돌담을 따라 위쪽 동네를 향해 뛰었다. 날이 어둑어둑해지든 말든 상관없었다. 윗동네에는 크지 않은 규모의 유원지가 있었고, 주점 거리와 텍사스촌이 있었고, 그 볼거리들 사이사이를 지쳐 다리가 후들거릴 때까지 쏘다니곤 했다. 매일을 그랬다. 주급은 심부름꾼 소년이 갖기엔 좀 많은 액수였지만, 나는 그것을 모아본 적이 없었다. 다 써버렸고, 남기는 법이 없었고, 누구에게 갖다 준다거나 누구를 위해 써본 적이 없었다. 회전 바구니를 너무 타 웩웩대며 속의 것을 전부 쏟아내면서도, 나는 매일 다섯 시면 돌담을 따라 뛰었다.

"한꺼번에 모든 게 돌아왔어."

나는 xp에게 장원 얘기를 했다. 그녀는 창사 기념일이라 내일은 회사를 쉰다고 했다.

"굉장한 일이야! 왕창 몰려들었어."

나는 십구 년 전 장원에 대한 기억이 한꺼번에 몰려들고 있다고, 몰려들었다고 신이 나서 떠들어댔다. 두 팔을 들어 거대한 해일이 내 이마를 덮치는 시늉을 해 보이기도 했다. 충격을 받은 듯 고개를 뒤로 젖혀 보이기까지 했다. xp는 잘 알 수 없다는 표정을 지었다. 그래서? 그래서라니? 그래서 뭐가 어쨌다는 거야? 몰라? 몰라.
하긴 나도 그게 왜 몰려들었는지 알 수 없었다. 왜? 무엇을 하라고?
하필이면 지금?

"내가 기억하지 못하는 것은 하나도 없어."

나는 이유도 모른 채 고개를 끄덕이고 있었다.

"다시 돌담을 따라 뛰게 되었어."

나는 xp가 바지를 벗고 셔츠를 갈아입고 화장을 지우는 동안 아
래층까지 울리지 않도록 주의하면서, 발끝을 들고 방 안을 맴돌아
뛰었다.

이틀 후에 나는 장원을 찾았다. 십구 년 만이었다.

장원은 정확히, 내가 기억하는 그 자리에 있었다. 역시 사라지기
엔 너무 큰 덩치를 갖고 있었다. 돌담도 내가 기억하는 바대로였다.
누른빛이 약간 도는 화강암 덩어리들이 잘 익은 감 빛깔의 시멘트
로 불규칙하게 엮여 있었다. 그 위를 군청색 점토 기와가 덮고 있었
고 가을이라 당연히, 노랗게 바랜 은행 이파리들이 몇 잎 붙어 있었
다. 포도 쪽으로 길쭉하니 가지를 늘어뜨리고 있던 버드나무도 그
대로였다. 지난 십구 년 동안 그놈이 큰 만큼 나도 컸는지, 돌담 너
머로 넘겨다보이는 나무의 키도 내 기억 속의 그 키였다. 늦은 가을
이라 좀 엉성해진 감이 있지만, 수관들로 이뤄진 궁륭의 그 거대한
규모도 여전했다.

나는 돌담을 따라 천천히 걸었다. 장원은 그대로였지만 장원을 둘러싼 세상은 몰라볼 만치 달라져 있었다. 포도도, 비록 닳고 닳아 하얗게 질려 있긴 했지만, 아스팔트로 번듯이 포장되어 있었다. 덤프트럭만 지나가도 깨져나가던 콘크리트 포장이 아니었다. 솜틀집이 있던 자리에 모토로라 사옥 빌딩이 서 있었다. 윗동네 주택가는 사라지고 없었다. 십 층, 십오 층, 이십 층짜리 빌딩들이 수목 정원의 나무들처럼 빽빽이 들어차 있었다. 백화점도 하나 있었고, 그 밑에서 차들이 기어 나오고 있었다. 빌딩가로 변해버린 윗동네를 놀아다니며 나는, 유원지를 찾았다.

벌써 다섯 시였다. 나는 시장기를 느끼며 어느 모텔의 뒤편에 딸린 자그마한 주차장 앞에 서 있었다. 나는 담배를 물고 있었다. 자갈이 깔린 그 주차장에는 스포티지 한 대가 서 있었고, 땅거미는 그 스포티지의 은빛 지붕 위에 먼저 내리고 있었다. 이쯤 해서 파라솔이 보였어야 했고, 아이스크림 수레가 보였어야 했고, 한결같이 샛노란 비닐 혁대를 차고 아이스크림을 빨고 있는 텍사스촌의 걸레들이 보였어야 했다. 비포장 이 차선 도로가 좌우에 카페와 식당 들을 달고 저 멀리, 유원지 입구까지 이어져 있어야 했다.

지금은 자갈이 깔린 주차장을 가로질러봤자 삼 층짜리 모텔의 뒷문이 나올 뿐이었다. 그나마 가로지를 거리도 채 열 걸음이 되지 않았다. 그 너머에 뭔가 남아 있을 거란 생각도 들지 않았다. 나는 담배를 뱉었다. 옅은 쥐색 자갈들이 내 발밑에서 잘그락거렸다. 그때를 어렴풋하게나마 연상케 해주는 것은 유일하게, 모텔뿐이었다. 그럼 그렇지, 하고 중얼거린 다음에 나는 모텔 뒷문을 열고 들어갔다.

여자를 불렀고, 나보다 서너 살쯤 많아 보이는 그 여자와 섹스를 했다. 여자에게 내가 남편보다 잘해줬느냐 물었고 여자는 아니라고 했다.

여자와 있다 보니 유원지와 텍사스촌에 대해서도 조금씩 떠오르기 시작했다. 장원의 커다란 덩치에 눌려 여태껏 찌그러져 있던 기억들이었다. 유원지로 들어가는 큰길은 둘이었지만 하나는 하천을 끼고 돌아가야 했기 때문에, 나는 텍사스촌이 있는 길을 애용했다. 자갈이 깔린 주차장으로 변해버린 그 길 말이다. 미성년은 입장 금지라는 경고가 판자벽에 붙어 있긴 했지만 나는 아무 제지도 받지 않고 좋을 대로 뛰어다녔다. 경찰과 부딪쳐도 아무 일 없었다. 누가 봐도 나는 장원의 심부름꾼 소년이었던 것이다. 자색 수제 바지에 때 전 러닝셔츠, 천 운동화, 최하급 하인의 차림새였던 것이다. 집사는 내게, 심부름꾼 소년은 심부름꾼 소년다워야 한다고 강조했다. 그러면서 차림새의 모범으로, 정원로를 비질하는 것으로 하루 일을 시작하는 다른 하인을 가리켰다. 주급이 괜찮았으니 그래도 기성복 바지에 멋진 티셔츠 하나쯤은 사 입을 수 있었지만, 그러지 않았다. 일하기엔 더할 나위 없이 편한 차림이었던 것이다.

텍사스촌의 여자들은 도로에 물을 뿌렸다. 플라스틱 세숫대야를 들고 나와, 심부름꾼 소년이 뛰고 있건 말건 물을 끼얹었다. 어느

땐 사방에서, 한꺼번에 끼얹었다시피 했기 때문에 길이 오십 미터쯤
되는 도로 전체가 젖어버리곤 했다. 끼얹으면 흙 위로 흰 거품이 솟
는 그런 물도 있었다. 그러면 나는 왠지 창피한 기분이 되어 더 빨
리 뛰었고, 그렇지만 볼 건 다 보고 있었다.

나는 여자에게 십구 년 전엔 어디에 있었느냐고 물었다.

"방학동."

여자는 내 담배를 몇 개비 챙기며 말했다.

"그럼 여기엔 없었겠어요."

나는 실망한 듯 중얼거렸다. 여자는 그런 나를 의아하게 여기는
표정을 지었다. 나는 뛰고 있는 심부름꾼 소년을 향해 세숫대야의
물을 끼얹고 있는 여자를 상상하고 있었다. 오줌 빛 머리카락에 미
니스커트, 검거나 빨간 팬티, 그리고 샛노란 비닐 혁대를 차고 있는
여자를 상상하고 있었다. 중학교 누나뻘밖엔 되어 보이지 않는 걸
레들도 드물지 않게 눈에 띄곤 했던 것이다. 이 여자가 그때의 걸
레들 중 하나이지 않을까. 그 어린 걸레들이 컸으면 이 여자쯤 되지
않았을까, 떠나지 않고 이 거리에 남아 있었으면 이 여자처럼 돼 있
지 않았을까. 내가 뛰면서, 저 여자들과 섹스를 해보았으면 하는 생
각을 품곤 했는지는 잘 기억나지 않았다.

텍사스촌을 지나면 완충지대인 공터가 있었고, 그리고 유원지 입
구였다. 입장료는 백 원인가 이백 원인가 그랬고, 그것만 내면 밤
여덟 시까지 얼마든지 그 안을 뛰어다닐 수 있었다. 물론 서울 시내

다른 대규모 놀이공원에 비하면 턱없는 수준의 유원지였다. 넓이는 작은 빌딩 서넛 들어설 정도밖엔 안 됐고, 바닥은 시멘트 포장은 고사하고 보도블록 하나 깔려 있지 않은 흙바닥이었다. 놀이 기구도 그저 그래서 회전 바구니, 회전목마, 범퍼카, 전자오락실, 그리고 경품이 걸린 게임장 서넛이 시설의 다였다. 전자오락에 미쳐서 손톱이 깨져 피가 흐르도록 오락기 버튼을 눌러댔던 적도 있었다. 낡았고, 지금 생각해보면 위험했고, 손님이 거의 들지 않던 시설들이었다. 폐장 시간은 여덟 시였고 일곱 시부터 알전구에 불이 들어오기 시작했지만 굳이 그걸 켤 필요가 없어 보일 만치, 그 시각쯤이면 이미 손님들이 적거나 아예 없었다. 나는 아무도 없는 폐장 직전의 유원지 안을 유령들과 함께 뛰어다녔다.

폐장되어 유원지를 나오면 나는 다시 윗동네 여기저기를 뛰어다녔다. 가장 즐거웠던 건 누나들이 많은 텍사스촌을 왔다 갔다 하는 것이었지만 그건 어쩐지 창피스럽게 느껴졌다. 윗동네의 아랫동네, 그 옆 동네, 다시 그 건너 동네를 뛰다 보면 아홉 시나 열 시였다. 그제야 나는 잠을 자러 갔다. 동네에선, 아무리 뛰어다녀도 흥미로운 일을 만나기 힘들었다. 아주 이따금, 늦은 시간에, 강간을 당하고 쓰레기통 옆에서 울고 있는 고등학생 누나를 볼 수 있을 뿐이었다.

주급 심부름꾼 소년의 놀이 스타일은 주로 그랬다.

모텔을 나와 밤이 늦도록 다시 그 근방을 돌아다녀보았지만 내가 기대하고 있던 것은 찾을 수가 없었다. 내가 뭘 기대하고 있는지도 알 수 없었다. 나는 차를 탔고, 장원 앞을 스쳐 곧 서울을 빠져나왔고, 내 아파트로 돌아갔다. 장원은 확실히 거기 있었다.

"그게 거기 있었어?"

xp가 물었다. 나는 그래 거기 있었어, 라고 고개를 끄덕였다.

"그럼 된 거야?"

나는 그럼 된 거라고 고개를 끄덕였다. 그럼 된 거야, 그게 거기 있는지 확인했으니까.

그러고 나서 며칠이 지나서, 토요일 저녁에 xp가 왔다. 내일은 일요일이지만 성당엘 가지 않겠다고 했다. 입에서 찹술 내가 났지만 취한 것 같지는 않았다. 그녀는 소파에 앉아 스타킹을 길게 벗어 던지며 무언가를 끝도 없이 구시렁댔다.

나는 그녀에게 장원의 후속타로, 오늘은 무엇이 떠올랐는지 얘기해주었다. 그녀는 어쨌거나 흥미를 가져보려고 노력했다. 직장 생활 육 년 만에 그녀는, 그 왕성하던 호기심의 삼분의 이 이상을 잃어버렸다. 눈빛도 예전 같지 않아서, 어느 때는 인형의 유리 눈알을 들여다보고 있는 듯한 기분이 든다. 나는 aw의 얘기를 했다.

xp는 내가 하는 얘기들에 귀를 기울였지만 결국 공감하는 데는 실패했다.

"그 aw가 네 어렸을 적 유일한 친구였단 그 얘기잖아?"

"그래, 그런 얘기지."

xp에게는 세상에 친구가 하나뿐인 상황 자체가 낯선 것일 수도 있다. 그녀는 문득 무엇인가에 대해 생각하기가 싫어지면, 나 대신 다른 누군가가 생각해주겠지, 라고 여길 정도로 친구가 많았고, 또 여기저기 잘 섞여들었다. 형제가 여덟이나 되는, 부유하고 화목한 가정환경 탓도 있을 것이다. 부유하고 화목한 가정? 이번엔 내가 공감하기 어렵다.

"그리고 aw에게도 친구라곤 유일하게 너 하나뿐이었고?"

"그래, 그 얘기도 했지."

나는 소파에 올라앉아 xp의 가슴을 정성껏 마사지해주었다. 몇 달 전 왼쪽 가슴이 오른쪽보다 좀 크지 않으냐고, 짝짝이 가슴이 아니냐고 투덜대길래, 틈만 나면 그녀의 가슴을 마사지해주고 있다. 그나마 엉덩이가 아닌 게 다행이다.

"그럼 그게 어떤 관곈가……."

xp는 고개를 뒤로 젖히고 거실 천장을 멍한 눈으로 바라봤다. 잘 상상이 가지 않거나, 여전히 흥미가 생기지 않거나, 졸린 표정이었다.

"어쩔 거야?"

"뭘?"

나는 장원에 다시 한번 가봐야겠다고 했다. 가봐서? xp가 물었다. 가봐서 뭘 어쩌겠느냐는 투였다. 글쎄. 나는 허둥대며 이유를 찾았다. 나는 말했다, aw에 대한 기억이 왜 이제야 떠올랐는지 좀 알아야겠다고. 가면 알까? 네 머리가 나빠서가 아닐까. 그녀는 조소했다.

"가면 그를 만날 수 있을까? 글쎄……."

xp는 고개를 저었다.

그래서 나는 다시 장원을 찾았던 것이고, 건조한 이마의 시설 관리인을 만났던 것이다. 나는 aw를 찾았고, 시설 관리인은 그는 이미 죽은 사람이라고 했다. 나 같은 치들이 많았는지, 같은 대답 하기도 이젠 귀찮다는 기색이 역력했다. 시설 관리인이 내게 알려줄 수 있는 건, 틀림없이 aw가 죽었다는 그 사실뿐이었다. 시설 관리인은 십구 년 전의 그 집사가 아니었다. 집사는 어디로 갔을까? 십구 년 전의 그 집사는 은퇴했을까? 아직 장원에 남아 있을까? 누구 또 다른 심부름꾼 소년을 부리고 있을까? 멀어져가는 장원을 돌아보며 나는 생각했다. 아무튼 xp의 예상이 맞았군.

십구 년 전에 장원에서 내가 쓰던 스프링 달린 수첩은 잃어버려 없지만, 거기 무엇이 적혀 있곤 했는지는 아쉬운 것 없이 기억이 났다. 하는 일은 항상 달랐지만 매일 빼놓지 않고 할당되는 일이 있었다. 시간도 일정해서 오후 두 시부터 네 시까지였다. 그 두 시간은 일종의 대기 상태여서, 안채 저택에서 날 부르는 소리가 날 때까지 하인 숙소의 쪽마루에 멍청히 앉아 있어야 했다. 사실, 내게는 좋은 일이었다. 부르는 소리가 나지 않을 때도 있었기 때문이다. 그러면 그 시간은 온전히 내 휴식 시간이 된다.

부르는 소리가 나면 나는 아랫도리에서 방울 소리가 나도록 안채 저택을 향해 뛰었다. 그렇게 뛴 결과가 무엇이었는지는, 장원에 대한 기억만큼 정확하지도 섬세하지도 않다. 장원의 덩치에 너무 오랫동안 눌려 있어서 그런가. 그때의 기억은 짜부라질 대로 짜부라져 있어서, 똑같이 복원해내기 힘들다. 저택을 향해 뛰는 내 손엔 창고에서 꺼내 온 럭비공이 들려 있었다. 럭비공이 아니면 썰매같이 생긴 것에 바퀴와 브레이크를 단 카트가 들려 있거나 은빛 투구에 방패와 알루미늄제 날 없는 칼이 쌍쌍으로 들려 있곤 했다.

그 모두가, 장원의 심부름꾼 소년에게는 낯선 것들이었다. 솔직히 나는 그런 장난감들이 이 세상에 존재한다는 사실도 장원에 다니면서 처음 알았다. 럭비공만 하더라도 그 생긴 모양이 너무 기괴해서 처음 보았을 때는 욕지기가 쏠리기까지 했다. 은빛 투구와 장검을 보곤 부잣집 아이들은 이런 비싼 것을 갖고 노는구나, 하고 감탄하기도 했다.

"학교는 잘 다녀오셨어요, 도련님?"

나는 저택 현관을 향해 꾸벅 허리를 굽혔다.

"그래, 너 점심은 맛있는 거 먹었어?"

그러면 나는 더 큰 소리로 대답했다.

"그럼요, 도련님."

xp는 내 얘기에 공감하기 힘들어했다. 장원도 그렇고 장원의 aw라는 존재에 이르러서는 더욱 그랬다. 안채 저택의 현관 대에 서서 날 부르던 치는 저택의 도련님 aw였다. 나이는 나보다 몇 살쯤 많았는데, 그러니까 중학교 일 학년쯤 되었을 나이였는데, 용산 어디에 있다는 외국인 초등학교에 졸업반 학생으로 다니고 있었다. 컬러텔레비전이 있어, 에이에프케이엔을 컬러로 보고 있었다. 체구는 나보다 작았다. 가슴은 좁고 가팔랐으며 골격은 가늘고 뻗어나가지 못하고 움츠러들어 있는 듯했다. 머리는 작았고, 손과 발도 계집아이처럼 희고 작고 보드라웠다. 얼굴에서 유일하게 핏기가 느껴지는 부분은 입술뿐이었다. 그러고 보면, 그다지 건강해 보이지 않는 쪽으로 균형이 잘 잡혀 있었던 것 같다.

aw와 나는 다른 사람의 시야를 벗어나기만 하면 친형제 사이처럼 되었다. 나는 도련님 자를 빼고 형이라 불렀고, 그는 위엄 있게까지 들리곤 하던 그의 음성에서 기름기를 말끔히 뺐다. 형제가 없었고, 그래서 그는 내게서 형 소리를 듣고 싶어 했다. 그와 나는 섬향나무로 둘러싸인 자그마한 잔디 운동장으로 나갔다. 그만을 위해 특별히 마련된 그만의 놀이터였다. 장원의 어른들을 위한 놀이터는 정구장으로 장원 반대편에 따로 있었다.

xp처럼, 나도 처음엔 내게 주어진 aw와 관련된 모든 상황에 공감하기 어려워했다. 공감은커녕 이해하기조차 힘들었다. 개중 가장 이해하기 어려웠던 것은, 노는 시간을 따로 정해놓고 노는 아이도 있다는 사실이었다. 나는 아무 때나 놀았고, 놀고 싶을 때 놀았다. 빈틈없이 일정이 짜인 장원의 심부름꾼 소년이라는 사실은 아무 문제도 되지 않았다. 심부름을 하면서 놀 수도 있고, 심부름을 놀이처럼 할 수도 있는 일이기 때문이었다. 그리고 아무리 노력해도 그것이 고통스러운 노동처럼 느껴지면, 집사에게 말만 하면 되었던 것이다. 어렵고, 힘들다고.

aw는 노는 시간이 정해져 있을 뿐만 아니라, 노는 장소도 정해져 있었다. 나와 그는 장원을 벗어나 놀아본 적이 없었다. 그와 나는 장원의 여기저기, 특히 그만을 위한 잔디 운동장에서 놀았고 장원 바깥으론 한 번도 같이 외출해본 적이 없었다. 장원 윗동네를 가보지도 않았고, 유원지를 같이 가지도 않았다. 내가 꼭 보여주고 싶었던 텍사스촌도 물론이었다.

나는 사실 윗동네 유원지나 텍사스촌 이야기는 꺼내지도 못했다. 햇볕이 내리쬐는 운동장 저 끝에 서서 이쪽 끝 나를 향해 길게 럭비공을 던지며, aw는 이렇게 말하곤 했던 것이다.

"난 짜장면 집이 그렇게 큰 건 처음 봤어. 영화에서나 보던 무슨 중국 궁궐 같아. 새우 하나가 네 팔뚝만 해."

"너 진짜 권투 경기 봤어? 아주 가까이서. 피가 얼마나 빨간지 몰라. 굉장해. 사 라운드 케이오야."

"사촌 형하고 같이 들어가면 볼 수 있어. 그건 진짜 전쟁 영화야. 응, 실감 나게 죽어. 내가 열여덟 살 되는 해에, 그런 정글에 데려가 주신댔어."

다시 내 쪽으로 럭비공이 날아왔다. 햇볕 아래 놓인 aw는 활기차게 보였다. 가냘픈 체구지만 병약해 보이지는 않았다. 창백하긴 했지만 피부가 좋았기 때문에 햇볕 아래 서면 그의 얼굴은 무언가 값비싼 물건처럼, 탐이 날 정도로 환히 빛났다. 그러니까 그는 장원에 갇혀 살았던 게 전혀 아니었다. 그는 외출을 자주 했고, 형제는 없었지만 친척이 많았고, 돈도 많았다. 다만 나와 노는 물이 달랐을 뿐이다. 장원이 아닌 바깥 어디 다른 데서 나와 마주치면, 과연 나를 아는 척해줄까? 나와 외출하지 않은 건 어쩌면 내가 창피해서가 아닐까? 내 심부름꾼 소년 행색이 자신과 어울리지 않아서가 아닐까? 이런 의문들을 품었던 적도 있었다. 내가 알기로 그는 이 동네엔 친구가 없었다. 내가 그랬던 것처럼. 그래서였을까, 나는 장원의 바깥에선 그를 본 적이 없었다.

aw는 럭비공을 잡기 위해 운동장 왼 끝에서 오른 끝으로 뛰었다. 일부러 그를 뛰게 하기 위해 공을 그렇게 던졌다. 나이에 맞지 않게 초등학교 육 학년에 다니고 있는 것은 몇 해 전 큰 병을 앓았기 때문으로 알고 있었다. 장원의 어른 한 분이 보신을 시킨답시고 산삼에 약뱀을 달여 먹였는데 그게 잘못돼버렸다는 얘기였다. 약을 잘못 쓰면 보통 몸은 역사처럼 되는 대신 머리는 바보가 돼버리는데, 그는 거꾸로 몸은 말라비틀어져버리고 머리가 더 좋아졌다는 얘기였다. 가슴이 좁다랗게 가팔라진 것엔 그런 사연이 있었다. 그래서 나는 공을 왼 끝으로 던지고 오른 끝으로 던지곤 했던 것이다. 그를 좀 뛰게 하려고, 나처럼. 그러다 럭비공이 섬향나무 숲에 빠지면, 주워 오는 건 내 몫이었다.

공놀이가 지겨워지면 행군 놀이를 했다. 투구를 눌러쓰고 방패와 칼을 들고 장원 사방으로 뻗은 정원로를 구령을 붙이며 행군했다. 앓느라 aw의 유년엔 몇 년의 공백이 생겼고, 그 공백을 만회하기라도 하려는 듯이 그는 깔깔대며 행군 놀이를 즐거워했다. 땀을 뻘뻘 흘리며 두 시간 내내 걷고 뛰고 했던 적도 있었다. 그는 앞장서고 나는 뒤를 따랐다. 어찌 된 셈인지, 나도 그 놀이가 즐거웠다. 그냥 이 상태로 윗동네 텍사스촌까지 행군해가는 건 어떨까, 그런 생각이 들기도 했다. 유원지 안까지 그냥 행군해버리는 건 어떨까, 유원지를 넘어 저 건너 동네까지 마냥 가버리는 건 어떨까.

럭비공은 힘차게 나를 향해 날아왔다. 공이 해를 가리는 순간을 나는 가장 좋아했다. 아찔하게, 햇볕이 내 눈을 찌르는 순간이었다. 공이 해의 한가운데를 가로지르는 순간은 순전히 우연이고 흔치도 않은 순간이었다. 더불어 심부름꾼 소년에겐, 매우 귀한 순간이었다. 나는 내 눈이 햇볕에 맞아 터져버릴 듯 환해지는 바로 그 순간이, 모든 놀이의 모든 순간들 중에서 가장 좋았다. 나는 환희를 즐기기 위해 잠시 멈추었다가, 다시 오른 끝을 향해 공을 던졌다.

aw와 나는 그렇게 놀았다.

기억들을 점검해볼 때, 나와 aw는 확실히 친했다. 우정이랄 것도 있어서, 서로를 친구로 여기고 있었다. 그런 그가 죽었다.

"그게 뭐? 죽은 사람이 한둘이야?"

xp가 말했다. 내 아파트에서 밤을 보내는 날이 부쩍 많아진 그녀였다. 그녀의 독신자 오피스텔은 여의도에 있는데, 이번 달은 보름이나 들어가지 않았다고 했다. 그녀가 내 아파트에서 밤을 보낸 건 열흘 정도였다. 그렇다면 나머지 닷새는 어디서 보냈을까. 내가 그녀에게 청혼하지 않는 데에는 다 까닭이 있다.

"죽은 사람 많지."

나는 내 주위의 이미 죽은 사람들에 대해 생각했다. 친구, 선후배, 친척…… 널린 게 죽은 사람들이다. aw가 죽었다 해도 그것만으론 별 얘깃거리가 안 된다.

"다른 소득은 없었어? 어쩌다 죽었다든지, 뭐로 죽었다든지."

xp가 다시 물었다.

"없었어."

xp는 그럼 손 떼라고 말했다. 그녀는 마치 이 일이 그녀와 나 사이를 훼방 놓고 있다는 듯이 말하고 있었다. 나는 내가 언제 손을 대기나 했나? 하고 중얼거리듯, 누구에게랄 것도 없이 반문했다. 이 일에서 내 몫은 없었다. 나와는 아무 이해관계도 없는 일이었다. 죽은 사람이 십구 년 전에 잠깐 나와 알고 지낸 사람이었다는 사실 빼고는. 그런 정도론 내가 끼어들 아무런 정당성도 성립되지 않는다.

"다시 가봐야겠어."

"응? 또 가?"

"aw의 어머니가 날 아직 기억하고 계실까?"

"뭐?"

지난주에 장원을 찾았을 때처럼 나는 어설프게 행동하지 않았다. 오늘은 어깨에 힘을 주고, 있지도 않은 당당함을 표정 가득 풍기며, 정문 경비실의 비닐 점퍼 친구에게 명령하듯 내 요구 사항을 알렸다.

"주인마님과 통화하고 싶은데요."

나는 aw의 어머니를 대달라고 했다. 집사를 찾으려 했지만 십구 년 전에 그는 이미 반백의 신사였다. 비닐 점퍼 친구는 당혹스러워했다. 나는 죽은 aw의 오랜 친구라고 짧게 밝힌 다음 다시 한번 주문했다. 어쩌면 요즘은 주인마님이란 표현을 쓰지 않고 있는지도 모른다. 비닐 점퍼 친구는 안채 저택으로 전화를 넣었다. 이 녀석은 따지고 보면, 내 까마득한 후배인 것이다.

나는 수화기를 들고 마님, 하고 운을 뗀 다음에 내 이름을 밝혔다.

"누구요?"

기억에 없는 탁한 목소리였다. 목소리만으론 그녀가 마님인지 확인할 수가 없었다. 나는 내가 십구 년 전 장원의 심부름꾼 소년이었다고 했다. 몇 가지 설명도 보탰다.

"아, 그렇지."

목소리는 경비실 친구를 바꿔달라고 했고, 그와 짧게 통화를 했다. 수화기를 내려놓으며 그가 올라가시죠, 하고 말했다. 마님께서 기다리고 계십니다. 마님이란 표현은 여전히 쓰이고 있었다.

정원로를 따라 올라가며, 이 모든 것이 내 기억과 조금도 다르지 않다는 데 연신 감탄하고 있었다. 정원로는 붉은빛이 약간 도는 화강암 포석들로 이뤄져 있었는데, 그 색깔이며 폭이 십구 년 전의 그것과 거의 똑같았다. 지난 십구 년 동안 내가 큰 만큼 이 정원로 포석들도 그만큼, 큰 것일까? 자란 것일까? 버드나무처럼? 내 걸음으로 스무 보폭마다 정원로가 좌우로 갈라져나가고 있는 것도 똑같았다. 그간 내 보폭이 전혀 넓어지지 않은 걸까. 아니면 그새 정원이 더 커진 걸까.

안채 저택의 현관에서 누군가 나를 기다리고 있었다. 잿빛 정장 차림을 한 반백의 신사였다.

"반갑습니다. 말씀 들었습니다. 마님께서 기다리고 계십니다."

신사가 말했다. 내 기억 속의 집사는 아니었지만, 그는 확실히 집사였다. 묻지 않아도 나는 알 수 있었다. 얼굴이 다른 것만 빼면 옷차림이며 반백의 머리칼이며 풍겨 나오는 분위기며 심지어는 키와 어깨너비까지 그는 십구 년 전의 집사를 빼다 박고 있었다. 이중 턱에 있는 잔주름까지도 다르지 않았다. 내가 착각한 것도 무리가 아니었다. 나는 엉겁결에 십구 년 전의 심부름꾼 소년으로 돌아가, 허리를 크게 굽히며 악수를 청하는 그의 오른손을 두 손으로 꾹 눌러 잡았다.

안채 저택도 기억 그대로였다. 잘 삭은 떡갈나무 낙엽 빛깔의 대리석 외장에, 새하얗게 화강암 층계가 깔려 있었다. 거대한 지붕은 아름다운 청색 기와로 덮여 있었다. 장원을 떠난 후로 나는 이 저택보다 더 큰 저택은 보지 못했다. 집사는 나를 저택 아래층의 응접실로 안내했다. 진하게 끓여낸 커피 빛깔의 마호가니 탁자를 둔중한 분위기의 책장들이 삼면으로 둘러싸고 있는 곳이었다. 책장의 책들은 장식용으로, 금박을 입힌 하드커버 전집류가 대부분이었다. 저택 어른들이 읽는 진짜 책들은 볕 잘 드는 서재에 따로 있었다. 응접실 한편으로, 위층으로 올라가는 층계가 비스듬히 보였다. 피식, 웃음이 나왔다. 층계의 황동 난간에 왁스 칠을 하던 기억이 나서였다. 나는 그 황동 난간 앞에서 늘 식욕을 느끼곤 했다. 너무 딱딱해서 먹을 수 없을 것이란 사실을 잘 알고 있으면서도, 내게는 그것이 항상 먹음직스럽게 보였다.

"절 아직도 기억해주시다니요."

내가 감격해서 말하자 마님은 그게 무슨 말이냐는 듯 놀란 표정을 지었다. 당신은 나 같은 하인들을 피붙이처럼 여기고 있어 도무지 한순간도 잊어본 적이 없으며, 무엇이든 잊곤 하는 것은 오히려 우리들이라는 얘기였다. 지난 십구 년 동안 많은 심부름꾼 소년들이 장원을 거쳐갔지만 이렇게 찾아와준 건 내가 처음이라는 얘기였다. 나 이전에도 셀 수 없을 만치 많은 심부름꾼 소년이 있었지만, 그들 모두를 통틀어 장원을 다시 찾아와준 건 내가 딱 세 번째라는 얘기였다. 마님은 크게 기뻐하며, 장성한 내 모습을 보니 눈물이 다 나온다고 했다. 그러곤 정말로 손수건을 꺼내 눈가를 훔쳤다. 응접실 창 너머로 밖을 보니 열두어 살쯤 됐을 꼬마 아이가 어디론가 바삐 뛰어가는 모습이 보였다.

장원의 모든 게 기억과 같았지만 마님만은 내 기억 속 모습이 아니었다. 마님은 할머니가 되어 있었다. 그녀는 오그라들어선, 비스듬히 마주 앉은 자세에서 키가 내 가슴께밖엔 오지 않았다.

"도련님은 어떻게 된 겁니까?"

이런저런 얘기 끝에 나는 aw 얘기를 꺼냈다.

"그래, 그 아이."

상념에 빠진 마님의 눈에서 잠깐 동안 초점이 지워졌다. 십구 년 전의 장원에는 무언가, 내가 한 번도 먹어보지 못한 음식들이 매 끼니 차려지곤 했다. 지금 내 앞에 놓인 차도 마찬가지였다. 이 차는 민트 향이 조금 나긴 했지만 내가 알고 있는 종류의 차는 아니었다. 후추 향이 조금 섞였고, 약간 달콤하며 혀끝을 아리게 하는 맛도 있었다. 창을 통해 들어온 정오 나절의 햇볕이, 찻잔의 둘레에서 찻물 표면으로 반짝이며 흐르고 있었다.

"그 아이는 이미 죽었어."

그건 벌써 내가 한 얘기였다. 나는 할머니가 된 마님을 더 괴롭

혀선 안 되겠다고 생각했다. 나는 집사에 대한 얘기를 했고, 스프링 달린 수첩에 적혀 있던 갖은 일거리들에 대해서도 얘기했다.

"그래, 그 일들 중엔 그 아이와 놀아주는 것도 들어 있었지. 럭비 공이 아직 어딘가에 있을 거야."

대화는 다시 aw에게로 돌아가 있었다. 나는 그래서 다시 한번, 십 구 년 전의 하인 숙소에 대한 얘기로 화제를 바꾸었다. 아직 있느냐 는 둥, 장원에 과일나무가 많아 하인들이 피둥피둥 살이 찌곤 했다 는 둥, 목욕탕 바닥 타일은 아직 살색이냐는 둥 따위의 소리를 지껄 여댔다.

"바뀌긴 했지만 많이 바뀌지는 않았을 거야. 난 그 아이한테 하인 숙소에는 가지 말라고 했어."

아무리 화제를 바꾸어도 마님은 aw를 향해 도돌이표를 찍고 있었 다. 마님의 늙은 머릿속은 한껏 오그라들고 밋밋해져선, 무슨 엉뚱 한 얘길 들려줘도 결국에 가선 같은 자리로 미끄러지고 마는 것이 었다. 하긴 채 열흘도 지나지 않은 일이니 마님에겐 그가, 살아 있 는 것이나 마찬가지일 것이었다.

나는 그래서 장원과는 아무 상관도 없는 얘기를 꺼냈다. 내 근황 말이다. 나는 인력 관리 회사를 열심히, 잘하고 있으며 요즘 운전면 허 시험을 준비 중이고 거짓말이긴 하지만 결혼을 약속한 여자도 있다고 했다.

"무슨 회사?"

"이런저런 일에 사람들을 빌려주는 회사예요. 그러니까…… 집사 같은 일이지요."

"파출부, 그런 거?"

"뭐, 예. 신촌에 있어요. 여기서 멀지 않은 곳이지요."

"그럼 네가 남자 파출부가 됐냐? 그거 유망 직종이라고 하더라."

나는 그 말씀이 옳다고, 고개를 끄덕였다. 낯익은 반응이었다. 내가 어렸을 적 어떻게 살았는지 알고 있는 사람들을 만나면, 항상 보게 되는 반응이었다. 회사에 다닌다고 하면 외판원인 줄 알고, 공장에 다닌다고 하면 기계공인 줄 알고, 건설 일을 한다고 하면 일용 잡부인 줄 안다. 나는 그들의 그런 편견들에 아무 저항 없이 따랐다.

마님의 손에서 사기 찻잔이 흘러내리듯 떨어져 나와 탁자에 놓였다. 정각 세 시였다. 누군가 모퉁이 안쪽에서 재빨리 달려 나와, 마님의 어깨에 샐비어 꽃 빛깔의 숄을 걸쳐주었다. 마님은 까무룩 잠이 들어 있었다. 앉은 자세 그대로 턱만 조금 내린 채로. 왼뺨이 창백하게, 그러나 따스하게 볕에 감싸여 있었다. 늦은 가을 오후 세시의 햇볕이 이처럼 온기 있어 보인 적은 없었다. 마님 연세가 올 몇이더라. 생각해봤지만 알 수 없었다. 꾸미지 않은 겉모습만으론 상당해 보였다.

나는 마님 왼뺨에 내린 햇볕을 바라보다가 자리에서 일어났다. 그러곤 잠시 어쩔 줄 몰라 하다가 이 층 층계를 탔다. 아무것도 바꾸지 않았다면, 곧 aw의 침실을 찾게 될 것이었다. 나는 이미 십구 년 전에 와 있었고 이제 곧, 그 심연을 걷게 될 것이었다.

나는 aw를 질투하고 있었다. 십구 년 전의 내 덜 영근 머리엔 질투라는 낱말조차 없었을 테지만 내 가슴에서 들끓고 있었던 것은 확실히, 질투였다. 그의 놀이 상대가 된 지 석 달쯤 지나서, 내 뛰는 폼이 달라졌다. 그 전까지 내 뛰는 폼은 발바닥 전체가 바닥에 닿는 것이었다. 보폭은 가능한 한 넓게 하고, 팔은 되는 대로 흔들며, 등은 구부정했다. 그러면서 쿵쾅 소리를 냈다. 전형적인 심부름꾼 소년의 뛰는 자세였다. 걸을 때는 더 심해서 저택의 마룻바닥을 온통 시끄럽게 울려놓곤 했다. 집사나 하녀장에게 주의를 받은 적이 한두 번이 아니었다. 사뿐사뿐 걸으라고.

"그건 네가 스스로를 존중하지 않기 때문이야."

aw가 말했다. 알게 된 지 얼마 지나지 않아서였다.

"자존심을 좀 가져봐."

aw의 얘기가 무슨 뜻인지는 알 수 없었지만 그의 뛰는 자세엔 확실히 나와는 다른 데가 있었다. 그와 내가 나란히 저택의 복도를 행진할 때에도, 쿵쾅 소리는 온전히 나만을 따라다녔다. 그는 뛰면서도 발 앞부분을 먼저 바닥에 닿게 했고, 등은 꼿꼿이 세웠으며, 목에 힘을 주어 턱이 똑바로 앞을 향하게 했다. 두 팔을 결코 아무렇게나 흔들어대지 않았다.

"소리가 나는 건 영혼이 맑지 못하다는 얘기야."

뭔가 불순한 것들이 내 안에 가득 들어차 있어 몸이 무겁고, 쿵쾅 소리가 난다는 얘기였다. 나는 그걸 똥으로 이해했다. 내 배 속에 묵은똥이 가득해 불필요하게 마룻바닥을 울리는 것이라고 이해했다. 그럼 aw의 배 속에는 똥이 없다는 것일까. 과연 그에게선 쿵쾅 소리가 들리지 않았고, 움직임은 가볍고 날렵했으며, 피부는 맑고 투명했다. 나는 그의, 그 우아한 걸음걸이를 베끼기 시작했다.

저택 이 층, 죽은 aw의 침실은 그저 깔끔히 청소돼 있을 뿐이지, 크게 손을 대거나 한 것 같진 않아 보였다. 방이 남아도는 저택이니 서둘러 비울 필요가 없었을 것이다. 어쩌면 기념을 위해서, 슬픔을 여생 내내 즐기자는 뜻에서 마님이 그냥 보존토록 지시했을 수도 있다. 물론 그가 아끼던 몇 가지는 소각로에 던져 넣어졌을 것이었다. 나는 망자의 침대에 엉덩이를 걸치고 앉아 휘파람을 불었다. 이상하게도 침실의 공기가 바깥보다 희박한 듯한 느낌이 들었다. 내가 휘저어놓은 탓인지 먼지들이 창을 통해 들어온 햇볕을 따라, 반짝이는 비단 커튼처럼 방 한가운데 펼쳐졌다. 그때도 이랬다. 십구 년 전의 그 침실이었다. 이 장원이 그런 것처럼, 그의 침실도 내가 기억하는 그곳에, 정확히 그 자리에 있었다.

구조는 좀 바뀌어 있었다. 좌우 옆방을 터선 한쪽은 작업실을 만들고, 한쪽은 사우나실이 딸린 욕실 겸 화장실을 만들었다. 작업실엔 삼면을 가득 메운 책장과 타워형 컴퓨터가 있었다. 컴퓨터에는 먼지막이 천이 덮여 있었다. 바쁠 것 없는 마음으로 책장을 둘러보고 있자니 aw의 이름이 박힌 책이 몇 권 눈에 띄었다. 고등학교 졸업 후에 책이라곤 읽어본 적이 없었다. 잡지는 좀 읽는다. 그가 글을 써서 책을 냈나? 나는 신기한 마음에 그의 이름이 박힌 책을 빼들곤 한참을 멍하니 들여다보았다.

다시 침실로 돌아왔을 때, 재미있는 것을 또 하나 발견했다. 내가 작업실을 둘러보고 있는 동안 누군가 들어와 몰래 놓고 간 것처럼, 그것은 거기 있었다. 럭비공 말이다. 처음 보았을 때 도대체, 농구공의 양 끝을 잡고 길쭉하니 잡아당겨놓은 것처럼 생긴 것을 어떻게 차고 던질 수 있다는 건지 납득할 수 없어 곤혹스러워하던 기억이 났다.

"그래도 우린 잘만 놀았지."

나는 럭비공이 놓인 장식장 앞으로 다가가며 중얼거렸다. 침실 한쪽을 차지한 꽤 큰 장식장엔 럭비공을 비롯한 이런저런 기념물이 놓여 있었다. 상패들, 사진들, 해외여행 기념품들, aw가 직접 제작한 듯한 엉성한 미니어처들, 그리고 아무 표시도 돼 있지 않은 핏빛 머리카락 한 줌도 있었다. 럭비공은 상당히 낡아 있었다. 가죽은 여기저기 해져 있었고 바람이 빠져 물렁거렸다. 어찌나 상했는지 이제는, 바람을 불어 넣어 다시 탄력 있게 만들 수도 없을 것 같았다.

럭비공을 들어 만지작거리고 있자니 사소한 물음들이 몇 개 떠올랐다. 왜 새 공을 사지 않았을까. 샀다면 이 공은 몇 번째일까. 그간 얼마나 많은 심부름꾼 소년들이 이 공을 들고 뛰었을까.

내가 aw의 걸음걸이를 베끼는 데는 한 달이면 족했다. 나는 보폭을 줄이고 등허리를 똑바로 폈다. 두 팔에는 절제의 힘을 실었다. 불량스러워 보인다는 이유에서, 양 무릎을 지나치게 벌리고 걷는 습관도 없앴다. 장을 비우기 위해 변소에 오래 앉아 있는 건 그다지 효험이 없다는 것도 깨닫게 되었다. 한 달 만에, 마룻바닥을 긷는 내 발바닥에선 아무 소리도 나지 않게 되었다. 내 새로운 보행 습관은 하녀장이 특히 좋아했다.

맞은편 벽에 튀기자 럭비공은 맥없는 소리를 한번 지르고는 찌그러져버렸다. 해의 한가운데를 가르며 날아와 내 두 손에 탄력 있게 잡히던 그 맛은 말끔히 사라져버렸다. 내 뒤를 이었을 장원의 다른 심부름꾼 소년들도 그 순간을 즐겼을까? 공이 해를 가로지르는 그 순간을 특별히 즐겼을까? 그 소년들도 aw를 베꼈을까?

걸음걸이를 베끼는 데 성공하자 이번에는 aw의 표정을 베끼기 시작했다. 그의 매끈하고 창백한 얼굴 아랫단에 달려 있는 빨갛고 얄따란 입술이 나를 끌어당겼다. 그 입술 표면에 떠도는, 다시 한번 얄따란 미소가 나를 끌어당겼다. 나는 하인 숙소에 달려 있는, 음식점 상호가 찍힌 커다란 거울 앞에 서선 그의 미소를 베껴보곤 했다. 그처럼 얄따란 미소를 내 입술에 얹을 수 있을까. 입술 오른쪽 끝을 살짝 올리고, 눈을 가늘게 뜨고, 그 가는 틈으로 상대를 쏘아보는 연습을 했다. 내가 무언가 멍청한 짓을 했을 때 그가 말없이 나를 쳐다보며 짓던 바로 그 표정이었다.

보름쯤 했을까. 나는 겨우겨우, 거울을 보며 aw처럼 웃을 수 있었다. 거울 속의 가는 두 눈이 나를 똑바로 쏘아보고 있었으며, 입술은 한쪽 끝이 일그러진 채 책망할 말을 잊었다는 듯 나를 향해 있었다. 그러곤 상황이 최악일 때 그가 그러는 것처럼 핏, 하고 바람 새는 소리도 내보았다.

결과는 그리 성공적이지 못했다. 하인 숙소의 한 형에게 내 연습의 결과를 보여주자 형은 대번에 바보 같아, 하고 일축해버렸다. 다른 형은 왜 그렇게 쳐다보느냐며 기분 나쁘다고 알밤을 먹이기도 했다. 집사는 화를 내며 거실에서 나가라고 삿대질을 해댔다. aw가 할 때면 그런 반응들이 나오지 않았다. 그의 미소 앞에선, 바보같이 보인다든가 기분 나쁘다든가 화가 난다든가 하는 반응들이 나오지 않았다. 좀 다른 반응들이 나와야 옳았다. 가슴이 서늘해진다든가, 차분하게 진정된다든가, 싸늘하게 가라앉는다든가, 아니면 알 수 없는 어떤 힘에 어깨가 움츠러든다든가 하는 반응들이 나와야 옳았다. 그의 미소 앞에서 내가 바로 그렇듯이.

비슷하긴 해. 나는 울적해진 마음으로 거울 앞에 서서 중얼거렸다. 꽤 비슷하긴 했지만 결코 그것, 자체는 아니었던 것이다.

나는 왠지 바쁜 마음이 들었다. 걸음걸이와 미소를 베끼고 나자,

다른 베낄 거리들도 속속 눈에 떠었기 때문이었다. 재미가 들렸던 걸까, 욕심이 더 생겼던 걸까. 내 안에서 한번 눈을 뜬 질투는, 장원의 궁릉 위를 떠돌다가 어느 순간 뭉쳐선 한꺼번에 바람과 비를 퍼붓곤 하던 작은 구름들처럼, 몽글몽글 솟고 있었다.

"……《데카메론》을 가져다 읽어도 좋아. 아버지가 내게도 허락했으니 네게도 허락해주실 거야. 내 방 책장에 꽂혀 있어. 그런 책이라면 읽는 게 아니라, 먹어도 맛있을 것 같아. 원래는 여자랑 남자랑 그렇고 그런 짓 하는 대목도 있었대. 그게 지겨우면《걸리버 여행기》나《동물 농장》을 읽어봐. 나는《동물 농장》이 좋지만 그걸 읽으면 자칫 우울해질 염려가 있어. 너는 학교를 다니지 않으니 책이라도 많이 읽어야 할 거 아냐. 권할 만한 책은 아니지만《수호지》정도면 우리 집에 있는 동안 다 읽을 수 있을 거야……."

aw는 심부름꾼 소년에게, 교양의 부족함을 극복하는 길을 가르쳐주곤 했다. 평소 이것저것 책을 읽으라고 권하고, 일기 쓰기의 소중함을 일깨우고, 명절이나 내 생일 때면 예쁘게 포장된 얇은 책 한 권을 건네주곤 했다. 나는 물론 글을 읽을 줄도 쓸 줄도 알고 있었다. 하지만 그가 권하는 책을 읽는 대신, 그의 목소리와 어투를 베끼고 있었다.

그건 걸음걸이나 표정보다 훨씬 어려웠다. 많은 투자를 해야 했다. 일이 없을 때면, 특히 장원의 샘물에서 물을 받는 동안 나는 바

위에 엉덩이를 걸치고 앉아선 aw의 목소리와 어투를 연습했다. 전날 그가 내게 했던 말들을 잘 기억해두었다가 몇십 분이고 똑같이 되풀이하는 것이었다. 대체로 우리의 관계란 그가 말하고 내가 듣는 쪽이었기에, 그런 일에 소재의 부족함은 없었다. 내 목소리를 좀 더 잘 듣기 위해 한쪽 귀를 손가락으로 막는, 꽤 쓸 만한 방법을 개발하기까지 했다.

나중에 야간학교를 다니며 천천히 깨닫게 된 것이지만, aw가 쓰는 문장은 대체로 단문으로 끝나는 법이 없었다. 여러 개의 문장이 엮인 복문들이었고, 장원의 하인들이 구사하는 짧디짧은 단문들의 연속과는 상당히 다른 것이었다. 어떤 문장은 마침표를 찍기 위해 서너 줄을 넘어가야 하는 경우도 있었다. 그의 말하는 속도가 느릿느릿한 것에는 그런 이유도 있었다. 호흡을 조절해야 했던 것이다.

또 다른 이유로는, aw가 자신의 문장에 사유를 집어넣는 까닭도 있었다. 거실에 나란히 앉아 전축으로 음악을 들을 때 판이 튀면 그냥 판이 튄다고 하면 될 것을, 그는 소릿골들이 닳고 닳아서 어느 음도 깨끗하게 재생시키지 못할 만치 퇴물이 되었고 그래서 이 아프로디테스 차일드의 음반은 어느 곡도 제대로 연주할 수 없다, 라고 말하는 것이었다. 그리고 그 긴 문장을 말하면서도 잘 절제해, 감정이 돌출되지 않도록 하는 것이었다. 하녀장 같으면 그 커다란 주걱을 휘두르며 걸쭉한 경상도 사투리 억양으로, 이 잡것을 내다 버리라고 소리를 질러댔을 것이었다.

목소리 베끼기는 한 달 반이나 걸렸다. 나는 전날 aw가 내게 했던 얘기들을 그의 목소리와 거의 흡사하게, 똑같은 목소리와 어투로 되풀이 말할 수 있게 되었다. 나직나직하고 유려하게. 물론 근본적인 차이까지 없앨 수는 없었다. 내 성대까지 그의 성대와 똑같이 만들 수는 없었던 것이다. 그가 하는 말을 따라 할 수 있게 되자, 이번엔 내가 하는 말에 그의 목소리와 어투를 실어보는 노력을 기울였다.

나는 하녀장 앞으로 사뿐사뿐 걸어가, 눈을 가늘게 뜨고 입술을 일그러뜨린 채 핏 소리를 지르고 나서, 느릿느릿하고 감정을 거의 드러내지 않는 목소리로 이렇게 말했다.

"하녀장님, 토끼 한 마리가 죽었어요. 이쑤시개가 잔반통에 들어갔던 모양이에요. 누구 걸까요? 토끼장에 한번 가보실래요? 아니면 제가 갖고 올까요? 그냥 버리실 거예요? 저번에 쌀부대 형이 가져갔잖아요. 이번엔 제 차례예요. 절 줘요. 껍질 벗길 줄도 알아요. 고아 먹을게요."

그때 하녀장이 날 어떻게 보았을지를 생각하니 얼굴이 붉어진다. 허옇게 튼 얼굴에 그렇잖아도 작은 눈을 더 작게 뜨고는, 짧은 팔다리를 허우적허우적 저으며 뛰어와선, 평소에도 뒤틀려 있는 입술을 더 흉하게 뒤틀고선, 들릴락 말락 기운 없이 죽은 토끼를 달라고 애원하는 이 심부름꾼 소년을 말이다.

그때 하녀장은 두툼한 오른손을 높이 치켜들었다가, 찰싹 소리가 나게 내 이마를 힘껏 밀었다.

"뭔 소린지 하나도 안 들려. 토끼를 달라는 거야, 말라는 거야. 사내놈이 박력이 없어!"

나는 부엌을 빠져나와 토끼장으로 뛰어갔다. 그러곤 죽은 토끼를 껴안고는 커다란 소리로, 내 식대로, 엉엉 울었다. 그 어린 나이에도 나는 물론 알고 있었다, 걸음걸이든 표정이든 목소리든 어투든 내가 aw를 베낀다고 해서 그와 똑같이 될 순 없음을.

그럼에도 불구하고, 내가 정말로 알 수 없었던 것은, 내가 왜 그를 자꾸만 베끼려 하느냐 하는 것이었다.

장원에서 일한 지도 일 년이 가까워오고 있었다. 다시 가을이었다. 여러 차례 혹독한 시련이 있긴 했지만 나는 aw를 한번 잘 베껴보려는 노력을 그만두지 않았다. 두 시부터 네 시까지의 놀아주는 시간은 물론이고 그 밖의 시간에도 틈이 날 때마다 그를 관찰했다. 심부름꾼 소년은 그가 준 책이 아니라, 그를 읽고 있었던 것이다. 그것도 꼼꼼히.

내가 볼 수 없었던 것은 aw가 식탁에서 식사하는 광경과 변소에서 똥을 누는 광경뿐이었다. 그가 장원 바깥에서는 어떻게 행동하느냐 하는 것도 물론 볼 수 없었지만, 어렸던 나는 미처 그것까진 챙기지 못했다. 무언가 견딜 수 없는 힘이 나를 닦아세우고 있던 시간들이었다.

aw는 종종 저택에서 군것질거리를 가지고 나와, 나와 함께 먹곤 했다. 나는 그처럼, 입술을 꼭 다물고 상념에 빠진 듯 시선을 내리 깔곤 수입 웨하스나 약식이 입안에서 죽이 되도록 오래 씹었다. 그는 럭비공이 손을 떠난 후에도 잠시 동안 우아한 폼으로 손목을 꺾고 있는 버릇이 있었다. 나도 그처럼, 손목을 이마 위로 높게 치켜들고는 한참이나 꺾고 있곤 했다. 그는 카트를 탈 때면 브레이크 레버를 열 손가락으로 꽉 쥐지 않고 양손의 엄지와 검지와 중지만으로 살짝 쥐곤 했다. 나도 그처럼, 마치 이런 장난감 따위에 집착하느라 손가락 힘을 낭비할 수는 없다는 듯이, 가볍게 그것에 여섯 손가락만을 올려놓곤 했다. 그는 또 은빛 투구를 쓸 때 그것이 기울어져 불량스러운 하급 무사처럼 보이지 않도록 조심했다. 방패는 앞으로 쏠리지 않도록 힘을 주어 가슴팍에 붙였고, 날 없는 알루미늄제 장검을 휘두를 땐 흔들림 없이 거의 완벽한 곡선을 그리곤 했다. 나도 그처럼, 눈썹이 쏠리도록 투구를 눌러썼고 방패를 가슴에 붙였으며 빠른 속도와 예리한 각도로 장검을 휘둘렀다. 그는 저택 층계에 앉아 책을 읽을 때면 양 무릎을 꼭 다물고 아주 느릿느릿 턱을 흔들곤 했다. 나도 그처럼, 유원지 근방의 만화방에서 만화책을 읽으며 무릎을 붙이고 턱을 흔들었다. 그는 정원을 산책하면서 늘 들릴락 말락 하게 팝송을 흥얼거렸다. 나도 그처럼, 부엌 쓰레기를 장원 밖으로 내다 놓기 위해 정원로를 가로지를 때면 유원지의 회전목마에서 흘러나오는 기괴하게 늘어지는 경음악을 휘파람으로 따라 부르곤 했다.

가을이 한껏 깊어질 무렵이 되자, 나는 aw의 행동거지에 대해서라면 모르는 것이 없게 되었다. 나는 그를 열심히 읽었고, 열심히 베꼈고, 심부름꾼 소년이라는 이름의 누런 공책에 꼼꼼히 옮겨 적었다.

내 기억의 가장 후미진 부분에 눌려 있던 기억이 떠올랐다. 장원의 커다란 덩치에 어찌나 심하게 깔려 있었던지, 이제야 겨우 떠오른 부분이었다. 나는 럭비공을 침대에 내려놓고 다시 작업실로 갔다. 그러곤 책장 앞에 서서, 책장에 꽂힌 책들을 하나씩 하나씩 열어보기 시작했다. 십구 년 전 같지 않아서, 그러니까 책의 수가 터무니없이 많아져서, 그것도 쉬운 일이 아니었다. 삼십 분쯤 후에, 나는 어떤 양장본의 뚜껑을 열곤 aw의 일기장을 찾아냈다. 그것도 십구 년 전의 그것이었다. 그것이 아직까지도 거기 있었다.

나는 aw가 쓴 책 한 권과 럭비공과 그의 일기장을 옆구리에 끼고 응접실로 내려갔다. 네 시가 한참 지나 있었다. 하지만 햇볕이 줄어든 것 빼곤 달라진 것은 없었다. 마님은 숄을 걸친 채 잠들어 있었고, 다른 인기척은 느껴지지 않았다. 나는 책과 일기장을 서류 가방에 넣고 럭비공은 옆구리에 낀 채 저택 바깥으로 나갔다.

땅거미가 지고 있었다. 정원은 일찍 어두워진다. 저 먼 쪽의 적송 무리는, 이제 한밤 속이나 마찬가지였다. 나뭇잎들은 빗방울을 모아두듯이, 햇볕을 모아두지는 못한다. 평범한 진리지만 장원에서 지내보지 못한 사람이 그리 쉽게 접할 수 있는 진리는 아니다.

마른 풀잎과 나뭇잎 들이 발밑에서 버석거렸다. 나는 잔디 운동장으로 향하고 있었다. 장원에 있던 일 년 조금 넘는 기간 동안, 럭비공으로 해를 가르기 위해 매일 걷던 길을 걷고 있었다. 나는 이제 그때처럼, 자발없이 온종일 뛰어다니기엔 너무 무거워졌다. 얼마 전 장세척도 해봤지만 소용이 없었다. 내 발아래를 울리는 쿵쾅 소리는 말할 수 없을 만치 심해졌고, xp는 섹스 할 때 내 밑에 깔리기 싫어 비명을 지른다. 나는 천천히 걸었다.

내가 장원에서 가장 마지막으로 베낀 것은 aw의 일기장이었다. 나는 이따금, 특히 날이 습할 때면, 그의 방으로 초대받곤 했다. 뛰어다닐 수 없다는 점에서 나는 방에서 노는 걸 좋아하지 않았다. 침대는 그런 점에서 매우 흥미로운 물건이었다. 우리는 완전무장을 하곤 투구 끝이 천장에 닿도록 펄쩍펄쩍 침대 위에서 뛰며 놀았다. 그의 일기장을 발견한 것도 그렇게 그의 방에서 놀다가였다.

어느 날 그는 함께 침대 위에서 뛰다가 날 내버려두고 침대에서 내려갔다. 무언가 갑자기 생각났다는 표정이었다. 그러곤 책꽂이에서 송판처럼 딱딱한 표지를 한 두꺼운 책 한 권을 뽑아 들었다. aw는 책을 펼쳤고 그 안에서 또 다른 책을 한 권 끄집어내었다. 푸른 표지의, 당시 동네 문방구에선 구할 수 없던 고급 노트였다. 크기는 손바닥보다 조금 큰 수준이었다. 만년필도 꽂혀 있었는데, 촉이 황금빛이었고 또 햇볕을 받을 때면 마술에 걸린 듯 몇 배나 더 길어 보였다. 그는 노트와 만년필을 가슴에 품고 구석에 쪼그리고 앉아 빠르게 손을 놀려 무언가 써 내려갔다.

일기였다. 그 뒤로 aw가 학교에 가거나 외출을 해 방에 없을 때면, 나는 청소하는 척하고 들어가 그의 일기장을 들춰봤다. 말끔하게 정서된 문장들이 그 푸른 노트에 가득했다. 글씨체도 단정했고, 초등학교 육 학년의 문장이라고는 믿기지 않으리만치 수준이 높고 훈련이 잘돼 있었다. 나는 그제야, 어째서 평소 그와 대화할 때 그가 구사하는 문장들이 비정상적이라고 느껴지곤 했는지 이해할 수 있었다. 영혼 같은 기이한 단어를 구사하곤 했는지 이해할 수 있었다. 그는 자신의 일기체로 말하고 있었던 것이다.

aw의 일기를 읽으며 나의 질투는 정점에 달했다. 그의 일기 문장은 그가 가진 것 중에서 가장 탐나는 것이었다. 걸음걸이나 표정 따위는 아무것도 아니었다. 내가 진정 집착해야 할 것은 그의 행동거지가 아니라, 그의 일기 문장이었던 것이다.

나는 크기와 표지는 비슷하지만 값은 비할 수 없이 싸구려인 푸른색 표지의 일기장을 하나 샀다. 내 일기장은 어느덧 aw를 베낀 문장들로 가득 찼다. 양이 많은 건 아니었다. 나는 글씨 쓰는 게 서툴러 한 페이지에 많은 문장을 담을 수 없었다. 대여섯 줄이면 그 작은 노트는 꽉 찼다. 내 일기장은 이 운동장과 같았던 것이다. 조금만 힘을 주어 던지면 공은 어느새, 섬향나무 숲으로 빠져 사라져버린다.

aw는 나와 논 것에 대해 쓰곤 했다. 운동장에서 무얼 했다, 벚나무 정원에서 어쩌했다, 정구장에서 무슨 우스운 일이 있었다……. 대개 나도 알고 있는 일들이었다. 그래서 나는, 오늘 그와 무슨 일을 함께했으면, 그가 일기에 무어라 쓸지 대충 짐작할 수 있었다. 같은 일을 놓고 같은 문장 쓰기, 이게 내가 했던 베끼기 연습이었다.

나는 잔디 운동장의 한가운데 서선 나직이 휘파람을 불었다. 십구 년 전이나 다름없이 깔끔히 정리된, 동화 속의 그것 같은 잔디 운동장이었다. 늦가을 저물녘의 운동장은 그때나 지금이나 특히 아름답다. 나는 장원의 북북서 쪽으로 방향을 틀었다. 내가 무슨 문장들을 어떻게 쓰곤 했는지는 기억이 희미하다. 내 일기장은 십 대가 지나기 전 잃어버렸다. 기억이 아주 나지 않는 것은 아니다. 내가 베낀 문장들은 대체로, 이런 식이었을 것이다.

aw : 럭비공을 던졌다 받는 반복적인 작업은 어떤 땐 바보처럼 느껴진다. 공은 그저 왔다 갔다 한다. 거기엔 아무 의미가 없다. 다만 태양이 구름 밖으로 얼굴을 내밀 때면, 내 안엔 어떤 환희가 움튼다.

나 : aw와 공놀이를 했다. 내가 던지면 aw가 받는다. 그 반대일 경우도 있다. 재미있는 놀이다. 이따금 너무 오래 놀아서 지겨워질 때도 있지만. 숲에 빠질 때면 정말 짜증 난다.

aw : 하녀장이 누룽지를 구워주었다. 흥미로운 관찰이었다. 그 말랑말랑한 밥이 어떻게 이렇게 맛있는 과자가 될 수 있는지. 설탕도 뿌려주었는데 어느 수입 과자보다 맛있었다.

나 : 하녀장 아줌마가 누룽지를 줘서 먹었다. 한 번 깨물자 없었다. 더 달라고 했지만 하녀장 아줌마는 aw에게만 더 주었다. 내가 설탕을 핥아 먹자 아줌마는 또 나를 때렸다.

aw : 책이나 만화영화에서 보는 그런 떡갈나무는 우리 집에 없다. 수천 년 묵고 가슴에 구멍이 뻥 뚫리고 가지가 유령 팔다리처럼 뻗은 그런 떡갈나무 말이다. 있긴 있지만 어린 떡갈나무뿐이다. 아버지께 말씀드려 영혼이 깃든 떡갈나무를 하나 사달라고 해야겠다.

나 : 낙엽을 쓰는 일은 정말 지겹다. 떡갈나무가 더 큰 게 없다고 하는 aw가 얄밉다. 떡갈나무 낙엽은 쓸기나 쉽지, 은행잎은 정말 힘들다. 비라도 조금 오면 더하다. 빗자루가 닳아서 새로 사달라고 해도 집사 어른은 화만 낸다.

aw : 아침에 일어나서 심부름꾼 아이가 출근하는 것을 지켜보았다. 내 방 창문에선 아주 잘 보인다. 이제 곧 물통을 들고 나타날 것이다. 어머니는 일은 잘하게 생겼는데 똑똑해 보이지는 않는다고 하셨다. 심부름꾼 아이가 굳이 똑똑할 필요가 있을까?

나 : 출근하는데 aw가 날 내려다보고 있는 게 보였다. aw는 내게 손을 흔들어주었다. 토요일엔 학교를 가지 않는다. 그래서 운전사 아저씨는 토요일과 일요일을 젤 싫어한다. 나와 함께 장원 일을 해야 하기 때문이다.

나는 무화과나무들 새를 헤치고 들어갔다. 나뭇가지들이 그때보다 성큼 커진 내 머리를 찔러댔다. 샘이 아직도 거기 있다니, 기이한 느낌이 들었다. 샘 하나가 말라버리는 데 십구 년이란 세월은 짧은 것일까. 대롱에서 흘러나오는 샘물의 속도와 양도 그다지 달라 보이지 않는다. 늦은 가을이라 그런지 무화과나무들도 그때에 비해 더 울창해진 것 같지는 않아 보인다. 쌍을 이룬 두 바윗덩이도 그대로이고, 지표를 덮고 있는 이끼도 내 기억의 그것과 다르지 않다. 나는 샘 앞에 쪼그리고 앉아 손바닥으로 물을 받아 고양이처럼 핥아 마셨다. 한기가 목구멍을 타고 배 속까지 스며들었다.

aw의 일기를 베끼는 일은 결국 실패했다. 그만한 나이에는 깨닫기도 어렵고, 인정하기도 어려운 사실이었다. 걸음도 사뿐사뿐 걸을 수 있었고 목소리도 나직하게 낼 수 있었고 밥도 천천히 먹을 수 있었고 산책 중에 휘파람도 불 수 있었지만, 그와 같은 문장은 결코 구사할 수 없었다. 장원을 그만둘 무렵의 일이었다. 그날 훔쳐본 것이, 내가 훔쳐본 일기의 마지막이었다.

나는 평소처럼 운전기사가 aw를 학교에 태워다 주고 돌아온 것을 확인하곤 그의 방으로 올라갔다. 원래는 축사에 가서 닭 두 마리를 잡아 털을 뽑게 되어 있었지만 그건 좀 늦어도 얼마든지 핑곗거리를 만들어낼 수 있었다. 나는 그의 방에 재빨리 숨어들어가 문을 잠그고는 책장을 뒤져 일기장을 꺼내 펼쳤다. 그러곤 가장 최근의 일기를 찾아 읽었다.

엄밀히 감시받는 처지란 어떤 것일까. 이런 게 아닐까. 심부름꾼 아이가 날《파브르 곤충기》에 나오는 실험용 메뚜기처럼 매일 매시간 관찰하고 있다는 것을 나는 잘 알고 있다. 내가 알고 있는 이 사실을 그 아이도 알고 있을까. 날 친동생처럼 따르고 좋아해주는 것은 괜찮지만 날 책처럼 읽는 것은 기분이 나쁘다. 그 아이는 우리 할머니가 매일 그러듯이, 책처럼 펼쳐놓곤 거대한 돋보기를 쓰고 손가락으로 꼼꼼히 짚어가며 날 읽곤 한다. 도대체 이유가 뭘까. 심부름꾼 아이는 무엇을 생각하고 있는 것일까. 어설프게 날 흉내 내서 무얼 하겠다는 걸까. 아무리 어설프더라도, 이따금 무의식중에 그 아이가 날 흉내 내는 것을 보면 끔찍한 생각이 든다.

가르쳐주고 싶다, 심부름꾼 아이 너에게는 나만 한 영혼이 없다는 것을. 아무리 읽어도 나와 똑같은 언어를 구사할 순 없다는 것을. 너는 영혼이 텅 빈 아이라는 것을.

*

아파트로 돌아와보니 xp가 저녁을 준비해놓고 있었다. 회사에서 오래간만에 일찍 퇴근을 해 내 쪽으로 와봤다고 그녀는 말했다. 원하지 않는다면 그저 잠깐 있다가 돌아가겠다고 말했다. 나는 괜찮다고, 같이 있어준다면 고맙겠다고 말했다.

우리는 저녁을 먹고 곧바로 섹스에 몰입했다. 피곤한 하루였음에도 어쩐지 그래야만 할 것 같았다. xp도 반대는 하지 않았다. 우리는 아홉 시까지 침대에서 뒹굴다가 결국 주방에서 끝을 봤다. 그러곤 발가벗은 채로 식탁에 앉아, 구운 베이컨과 오렌지 주스를 마셨다.

"여기 이 주방에서 나는 분비물 냄새에서, 네 것과 내 것을 정확히 구별해낼 수 있겠어?"

차가운 오렌지 주스에 감각이 살아나자 xp가 물었다. 우리가 굴러다닌 곳 사방에 코끝이 아리는 우리 분비물 냄새가 묻어 있다. 그녀는 그걸 묻고 있는 것이다. 이 숨 막힐 듯한 냄새에서 내 것과 네 것을 구별해낼 수 있겠느냐고. 나는 물론 아니라고 고개를 저었다.

나는 장원에서 럭비공과 aw의 일기장과 그가 쓴 소설 한 권을 가지고 나왔다. 그러곤 십구 년 전의 심부름꾼 소년으로 돌아가 오백 미터짜리 돌담을 따라 아스팔트 포도를 있는 힘껏 뛰었다. 윗동네의, 옛 유원지 터까지 뛰었다. 쿵쾅거리며, 마구 쿵쾅거리며. 내가 뛰며, 울기도 했는지는 확실히 기억나지 않는다.

"왕창 변했어."

나는 내가 뛰어다니던 윗동네 주택가와 텍사스촌과 유원지에 대해 이야기했다. 왕창 변했으며 아무것도 남지 않았으며 내가 찾을 수 있었던 유일한 흔적은, 어느 모텔의 자갈 깔린 어두침침한 주차장뿐이었다고 했다. 나는 옛 걸레 누나들이 문득 그리워져, 모텔로 들어가 창녀를 하나 샀다고 했다.

"그랬어?"

"그랬어."

불행히도 xp는 그 이상 아무런 흥미도 보이지 않았다.

"내가 장원 얘기는 했던가?"

xp는 이번에도 고개를 젓지도 끄덕이지도 않았다.

나는 구운 베이컨을 잘 씹어 삼키곤 xp에게, 장원의 거대한 궁릉에 대해 들려줬다. 바람이 불면 거기서 무슨 소리가 나던가를, 비가 오면 낙수가 어떻게 떨어지던가를, 햇볕은 또 어떻게 이파리들 새를 헤집고 다니던가를, 그리고 심부름꾼 소년은 또 어떻게 궁릉 아래를 뛰어다녔는가를. 또 어떻게 하면 aw와 똑같아질 수 있다는 환상을 갖게 되었는지를.

"어떻게?"

"어떻게?"

나는 어떻게 aw의 입술을 도려내 내 입술 위에 붙였는지를 설명
했다. 어떻게 그의 성대를 도려내 내 성대에 끼워 맞췄는가를 설명
했다. 어떻게 그의 발목을 떼어내 내 발목에 붙였는가를 설명했고
어떻게 그의 손을 떼어내 내 손목에 붙였는지 설명했다. 어떻게 내
게 결핍된 것들을 그로부터 뺏어와 내게 붙였는지를 설명했다.

"그래, 성공했어?"

xp는 긴가민가하다는 투로 물었다. 그러곤 다시, 이렇게 중얼거
렸다.

"내가 보기엔 그다지 성공하지 못한 것 같은데?"

나는 xp의 말에 고개를 끄덕이지도 젓지도 않았다.

그분, 이미 죽었습니다, 라고 시설 관리인은 말했다. 나는 장원에
서 가지고 나온 aw의 일기장과 책을 xp에게 보여주었다. 그녀는 잠
깐 들춰보더니 통 영문을 모르겠다는 표정으로 나를 쳐다보았다.

"이건 네 일기장이잖아. 그리고 이건 네가 작년에 쓴 책이고."

나는 영문을 몰라 하는 xp에게 내가 어떻게 aw와 똑같이, 마님의
배 속에 들어갔다 나왔는지 설명했다. 내가 어떻게 그의 영혼을 훔
쳐내 내 텅 빈 자루에 쓸어 넣었는지 설명했다. 내가 어떻게 그의
언어를 내 텅 빈 페이지들에 베껴 써넣었는지 설명했다. 내가 어떻
게 더 이상 뛰지 못하게 되었는지를 설명했다.

이

친구를

보라

나는 살아서 꽥꽥 짖는 거위를 본 적이 없었다. 내가 아는 거위는
아동용 소설책과 교과서에 나온 그림들 속 거위뿐이었다. 엄마와
함께 창경원 동물원에 가서 보았는지는 모르지만, 겨우 네다섯 살
때의 일이라 기억나지 않았다. 내가 아는 거위는 두 가지였다. 하나
는 폴크스바겐 뒷좌석에서 주인집 여자아이의 가슴에 안겨 어디론
가 가고 있는 소설 속 거위였고, 하나는 발가벗은 채로 식탁 위에
누워 나이프를 기다리고 있는 교과서 속 거위였다.

"하나는 조용한 걸 좋아하는 거위였지."

그 거위는 클랙슨 소리보다 더 큰 자기 꽥꽥 소리를 일부러 자중
하고 있는 거위였다. 자기가 주위를 시끄럽게 하는 것을 싫어했고,

자기 주위가 시끄러운 것도 참지 못했다. 그 거위가 또 어떤 거위였는지는 그 이상 기억나지 않는다.

"또 하나는 주방장의 손길을 기다리는 거위였어."

그 거위는 수동적일 수밖엔 없었다. 누가 자기 다리 하나를 뽑아가도 모를 거위였다. 털이 몽땅 뽑힌 채로 잘 구워져서, 식탁에 누워 있었으니……. 죽은 사람은 주인공이 될 수 있어도 죽은 거위는 주인공이 될 수 없었다. 주방장이었나, 주방장 조수였나가 그 연극의 주인공이었다.

아무튼 오리와 거위를 구별하는 것도 버거워했던 어렸을 적의 일이다. 나는 오 학년 칠 반 학급의 반장이었고, 수업 시간에 공연하는 연극의 소품을 준비하기로 되어 있었다.

*

구십팔 년 오월 초쯤 신문에 이런 공고가 났다. "스승을 찾아드립니다." 그 밑으로 지역별, 초등·중등 학교별로 나뉜 문의 전화번호들이 나열돼 있었다. 《불쌍한 꼬마 한스》의 원고를 쓰던 중이었다. 날씨도 좋고 주머니 사정도 괜찮아서, 어디 피크닉이라도 가고 싶던 때였다.

나는 전화를 걸었다. 내 초등학교 육 학년 때 담임선생의 이름을 대고, 지금 어느 학교에 계신지 알고 싶다고 말했다. 재직처는 금방

나왔다. 내가 다니던 학교와 그리 멀지 않은 곳에 있는, 또 다른 초
등학교의 사 학년 담임을 하고 계셨다. 김대중이 대통령이 되더니
많이 달라졌어, 이런 엉뚱한 생각이 든 순간이었다.

"어머, 민석이니?"

선생은 내 이름을 기억하고 계셨다. 나는 성함이 기억이 안 나 졸
업 앨범까지 뒤적여야 했는데.

"얼굴이 하얗고 비쩍 말랐었는데. 키도 컸지. 요즘은 어떠니?"

나는 얼굴은 지금도 하얗지만 예전처럼 마르지는 않았고, 사실은
뚱뚱해졌으며, 사실은 거구가 됐으며, 키는 또래 평균에 비해 그리
큰 편은 아니라고 답했다. 그리고 소설가가 되었다고 했다. 소설가?
예, 책을 세 권이나 냈고 곧 네 번째 책이 나올 거예요. 나는 어쩐지
내가 바보 같다는 생각이 들었다.

선생과 나는 한 시간 넘게 수다를 떨었다. 내가 기억하지 못하는
아주 사소한 일들까지 선생은 꼼꼼히 들춰내셨다. 그건 요즘 내 주
머니 사정이 괜찮다는 사실만큼이나 놀라운 일이었다. 체육 시간
에 텀블링을 하다가 팔이 부러졌던 일. 팔이 부러지고도 눈물 한 방
울 흘리지 않고 엄살 한번 부리지 않았던 일. 학교 화장실에서 주운
다친 비둘기를 집에 데려가 키웠던 일. 여자애 누구를 좋아했던 일.
걔는 예쁘고 싹싹해서 어디 가서든 잘 살 거야. 중학교에 들어가서
재미있게 지낸다고 편지를 보냈던 일. 그리고 할머니와 함께 살던
일까지 기억하고 계셨다. 할머니는 어떻게 되셨니? 작년에 돌아가

셨어요. 어머.

덧붙여, 나를 학급 반장 시키려고 하셨던 일까지 기억하고 계셨다. 반장을 하라고 그랬더니, 네가 싫다고 했지? 예? 제가 그랬어요? 응, 그랬어. 그래서 내가 수돗가에서 너한테 물어봤잖아, 왜 자꾸 싫다고 하냐고.

선생 기억에 의하면 그때 내가, 이런 얘길 했다는 것이다. 봄가을 소풍 갈 때 선생님 도시락을 싸드려야 하는데 집에 그럴 사람이 아무도 없다고. 가난해서 선생님한테 돈도 못 드린다고. 그래서 반장하기 싫다고. 내 기억엔 없는 얘기였다. 사람은, 기억하기 싫은 건, 까먹어버린다.

내 가난은 모두가 가난했던 시절의 가난이 아니다. 내가 겪은 가난은 누구는 가난했고 누구는 가난하지 않던, 그런 시절의 가난이다.

"제가 그랬어요?"

"그래, 그랬어. 왜 이제야 연락했니? 이십 년 가까이 아이들을 가르쳤지만 졸업 후에도 연락을 해온 건 네가 세 번째야. 정말로."

그러고 나서 당신 제자들 중에 내가 제일 기억에 남는다고 하셨다. 졸업 후에도 그리고 요즘까지도, 학급 아이들한테 내 이야기를 들려주고 있다고 하셨다. 선생은 내가 씩씩하게 자라주었으면 하고 늘 바랐다고 하셨고, 또 그렇게 살 거라고 믿고 있었다고 하셨다. 나는 내가, 내가 알지 못하는 곳에서 어린 초등학생들의 귀감이 되고 있다는 사실에 뿌듯해졌다.

　나는 어리석은 공명심에 사로잡혀, 이젠 내 명의로 된 아파트도 하나 있고 책은 잘 안 팔리지만 혼자서는 충분할 만큼 수입도 있다고 잘난 척을 해댔다. 이제 남은 일은 결혼하는 것뿐인데, 여자 친구가 웬일인지 안 생긴다고 엄살을 떨었다. 넌 똑똑해서 그럴 줄 알았어. 선생은 당신 일처럼 기뻐하셨고 대견해하셨다.

　이런저런 수다 끝에 책이 나오면 한번 찾아뵙겠다는 약속을 하곤 전화를 끊었다.

　확실히 '가정의 달, 오월'이었다. 오래전에 잃어버린 가족을 찾은 느낌이었다. 나는 하루 종일 기분이 좋아서 원고를 열다섯 장이나 썼다. 피크닉은 오월이 다 지나가도록, 한 번도 가지 못했다. 납득할 수 있는 일이었다. 원고 마감 때면 스스로 금족령을 내리는 탓이기도 했지만, 기념할 만한 날이 없었던 탓이기도 했다. '어린이날'이라고 하지만 나는 더 이상 어린애가 아니었고, '어버이날'이라고 하지만 할머니 산소엔 이미 지난달에 다녀온 참이었고, 어찌 된 일인지 '스승의 날'도 달력에서 삭제돼 찾아볼 수 없었다.

　반장은 오 학년 때 이미 해봤다. 반장이 거위가 등장하는 연극의 소품을 준비하기로 돼 있었다. 학급에서 수업을 대신해 하는 공연이라, 거창하게 무얼 준비할 필요가 없었다. 거위가 놓일 식탁을 흉내 내기 위해선 학생용 책상을 덮을 하얀 천 한 장이 필요했다. 간

95

단한 일이었다. 나는 집 장롱을 뒤져 이불보로 쓰이는 풀 먹인 무명 천을 가져왔다.

'거위는 어떡하지?'

연극에 이런 장면이 있었다. 주방장 조수가, 아닐 수도 있지만 내 기억엔 그렇다, 배고픈 김에 거위의 다리 한쪽을 뜯어내 한입 베어 문다. 주방장이 입장한다. 엉겁결에 다리를 창밖으로 던져버린다. 주방장이 다리 한쪽이 왜 없느냐고 묻자 조수는 이 거위는 원래 외 발이었다고 발뺌을 한다.

그건 이제 겨우 십 대에 들어선, 초등학교 오 학년 어린아이에겐 대단한 고민이었다. 당시 유행하던 전기 구이 통닭이 생김새도 그 렇고 때깔도 그렇고 거위에 가장 근사했지만, 살 형편이 안 됐다. 연극 수업이 있던 날 아침 일찍, 나는 할머니한테 백 원만 달라고 했다. 백 원을 받아 든 나는 학교 앞 튀김 집으로 갔다. 지난 오 년 동안 한결같이 초등학생들의 등·하굣길을 지켜주던 튀김 집이었 다. 나는 십 분쯤 기름이 끓길 기다려서, 백 원을 주고 핫도그를 두 개 샀다. 케첩은 뿌리지 말라고 했다. 내가 핫도그라도 준비해가지 않으면 연극이 취소될지도 모른다고 생각했다. 아마 늦가을이나 겨 울쯤이었을 것이다. 종이봉투 안에 든 갓 튀겨낸 핫도그의 온기가 아직도 기억나는 것을 보면.

연극은 서툴렀고, 그래서 학급 전체가 떠들썩하게 즐거워했다. 핫도그는 식탁에 놓인 거위 바로 뒤쪽에 얌전히 놓여 있었다. 학부형 중 하나가 사 온 거위, 전기 구이 통닭이었다. 오 학년 담임선생도 교탁에 서선 팔짱을 끼고 흐뭇한 미소를 짓고 있었다. 교실 밖 복도엔 학부형도 몇 와 있었다. 창에 얼굴을 바싹 들이대고는 이런저런 실수들까지 다 연출된 것이라는 듯 대견해하는 표정들이었다. 나는 웃을 수도 있었지만 웃지 않았다. 사실은 웃을 수 없는 상황이었다. 조수가 방금, 내가 사 온 핫도그를 교실 창밖으로 던져버렸기 때문이었다. 조수는 거위 다리를 한입 베어 무는 동작을 그냥 흉내만 냈다. 차게 식은 핫도그가 얼마나 느끼한지 그 아이도 잘 알고 있었던 것이다. 그때 우리 학급은 학교 구관 건물 삼 층에 있었다.

연극이 끝나고 거위를 닮은 통닭은 교무실로 옮겨졌다. 전기 구이 통닭은 한 마리만 들어온 게 아니었다. 식탁을 거위로 가득 채울 수 있을 만큼 많았다. 쿠킹 포일에 잘 포장된 그것들은 그때까지도 아직 따뜻한 채였다.

창밖으로 던져진 핫도그의 가치는 그것의 실제 가치, 즉 백 원에 두 개보다 훨씬 커다란 것이었다. 나는 월경을 시작한 여자아이처럼 갑자기 수치를 깨닫게 되었다.

'반장은 하면 안 되겠어.'

내가 처음 한 생각은 바로 그것이었다. 나는 나를 보기 시작했다. 그러고 나서, 그러자마자, 내가 전에는 결코 해보지 않은 생각들이, 체육 시간이 끝나고 수돗가에 몰려드는 아이들처럼 줄을 잇기 시작했다.

'봄 소풍 때도 선생님 김밥 하나 못 싸드렸잖아. 스승의 날 때 돈도 못 드리고.'

내 김밥도 못 쌌다. 오 학년 소풍 때 나는 내가 먹을 것으로 동네 빵집에서 크림빵을 사 갔다. 뭣 모르는 아이들은 달라고 쫓아왔다. 스승의 날 때 용돈을 드리는 관행은 갈수록 뿌리가 깊어지고 넓어지는 나쁜 것이 되어, 정부가 스승의 날을 달력에서 제명해버리는 결과를 낳았다. 생각은 이어졌다.

'반장은 나 같은 아이가 하면 안 되는 거야.'

핫도그를 탓할 게 아니었다. 육 학년 때 반장을 고사한 건 단순히, 핫도그 탓이 아니었다.

'나 같은 애? 나 같은 애가 뭐지?'

나란 어떤 존재인가, 하는 물음은 탐구로까진 이어지지 않았다. 초등학교 오 학년 아이의 언어 수준으론 두루뭉술하고 모호할 뿐이었지만, 어쨌거나 해답은 이미 나와 있는 것 같았다. 나는 다만 이미 나와 있는 그 해답에 따라 괴로워하기만 하면 되었다. 성적이 떨어지고 사교의 폭이 좁아지고 주의가 산만해지고 낯이 어두워지기만 하면 되었다. 그 느닷없이 주어진 사춘기를 겪기만 하면 되었다. 늦은 것이었는지 빠른 것이었는지는 잘 모르겠다. 육 학년 담임선생께 결국 내가 반장을 했었는지는 깜빡 잊고 여쭤보지 못했다.

나 같은 애가 할 수 있는 일은 많았다. 나는 그것을 중학교에서 일 학년 새 학급을 배정받기도 전에 찾았다.

　나는 그 요강을 아직도 기억한다. 우리 집에선 변소를 한번 가려면 뒷방을 거쳐 옆집과 붙은 담을 따라 빙 돌아가야 했기 때문에, 추운 겨울밤에는 마루에 요강을 내어놓고 쓰곤 했다. 그래도 동네에서 우리 집은 형편이 괜찮은 편이었다. 최소한 공동변소 앞에서 줄을 서지는 않았으니.

　그날도 나는 요강을 썼다. 방금 이불 속에서 나왔으니 별문제는 없었다. 얇게 얼음이 언 요강에서 쪼르륵 소리가 났다. 소변을 보고 가벼운 마음으로 나는 캄캄한 새벽길을 달려 신문 보급소로 갔다. 동네에서 한 정거장 반인가 떨어져 있었고, 조간이었으니 〈동아일보〉인가 〈조선일보〉인가 그랬을 것이다.

　합판으로 짠 문을 열고 들어가니, 훈김이 보급소 안에 가득했다. 석탄 난로가 보급소 가운데 놓여 있었는데, 커다란 양은솥이 그 위에서 수증기를 뿜고 있었다. 신문 배달원 하나가 국자로 젓고 있었다. 만둣국이었다. 보급소에서 먹고 자고 생활하는 배달원들이 손수 빚은 만두였다. 어찌나 불어 터졌는지 국물까지도 새하얬다. 서른이 된 지금까지도 나는, 그때처럼 그렇게 크고 그렇게 불어 터진 만두는 본 적이 없다.

　배달원 형들은 내가 귀여워서 이런저런 농담들을 해댔지만 나는 입을 꼭 닫곤 놀란 눈만 끔벅였다. 분위기에 압도당한 것이다. 신문 배달을 하겠다는 얘기는 그 전날 미리 해두었다. 나는 총무를 따라 앞으로 내가 맡을 구역으로 나갔다. 아마 서울 서대문구 홍제 이 동에 속한 여러 구역들 중 하나였을 것이다. 일은 간단했다. 보안등도 띄엄띄엄한 골목길들을, 이백 부 정도 되는 신문 뭉치를 옆구리에 끼고, 총무를 뒤따라 뛰면서 가르쳐주는 대로 한 집 한 집 외워가며, 신문을 밀어 넣거나 던져 넣는 정도였다. 총무는 말했다.

"일주일만 따라다니면 다 외울 수 있을 거야. 그때부터 월급을 계산한다."

월급은 이만오천 원이었다. 일 년 열심히 하면 삼만 원으로 올려준다고 했다. 입김이 총무의 얼굴을 뒤덮고 있었다.

나는 다시 우리 집 요강 앞으로 돌아와 있었다. 아직 캄캄한 시간이었다. 나는 바지를 내리고 오줌을 눴다. 고추가 어찌나 오그라들어 있는지 찔끔찔끔, 한참을 서 있어야 했다. 고통도 격심했다. 아직 학급 배정도 받지 못한 중학교 일년생에겐 참기 힘든 수준이었다.

"이런, 안 되겠어."

요강 뚜껑을 닫으며 나는 중얼거렸다. 입이 삐죽삐죽했다.

"정말 안 되겠어. 돈도 좋지만."

〈매일경제〉인가가 내 두 번째 직장이었다. 석간이었고, 며칠 해보고는 조간보다 석간이 근무 환경이 훨씬 좋다는 걸 깨달았다. 새벽에 일어날 필요도 없었고, 시간도 빡빡하지 않았으며, 월급도 같은 데다가, 방과 후에 집에 들어가 빈둥대지 않아도 되어서 좋았다. 경제 신문이라 부수도 적었다. 그때 내가 생각이 좀 있는 아이였다면 경제 상식도 쌓고 그랬을 것이다.

내 또래 아이들도 있었다. 사실은 몇몇 형을 빼면 죄다 내 또래 아이들이었다. 하지만 대개는, 가방이 없는 아이들이었다. 그 가방이 없는 아이들 중에 권투 도장이 집인 아이도 있었다.

"이거 누나 바지야."

권투 도장 집 아이는 워낙 덩치가 있었는데도 걸치고 있는 청바지가 그 애 덩치보다 더 커서 엉덩이가 헐렁하게 처져 있었다. 설명인즉, 아버지가 돈 없다고 바지를 안 사줘서 누나 바지를 입고 나왔다는 얘기였다. 그럼 누나 덩치는 얼마나 더 크단 걸까.

"보기 좋은데 뭘."

유니섹스 패션이란 별게 아니다.

"죽을래?"

주먹다짐에 취미가 있어 학교에서까지 떨려난 아이였지만, 절대로 가출 따위는 하지 않았다. 그 애의 아버지는 그 애 누나보다 덩치가 더 컸던 것이다. 권투 도장 관장이니 오죽하겠는가. 가출했다 잡히면 정말로 죽는다. 엄마는 없던가 그랬다. 그 아이네 권투 도장에 놀러 가기도 했다. 대로변에 위치했고 내부도 널찍했고 조명도 환했다. 파랑 매트에 파랑 로프가 둘러쳐진 멋진 사각 링도 있었다. 샌드백도 몇 개나 됐다. 벽마다 트렁크를 입고 파이팅 자세를 잡고 있는 국내 복서들의 사진이 붙어 있었다.

중학교 생활도 점차 익숙해지고 있었다. 아니, 익숙해지고 말고

가 어디 있는가? 그만한 나이의 어린애면 어디에 떨어뜨려놔도 제 집에서처럼 잘 지내기 마련이다. 반장 따윈 잊은 지 오래였다. 공부도 곧잘 해서 학급 이십 등 밖으론 벗어나본 적이 없었다. 취미도 있었다. 나는 초등학교 때부터, 어른 주먹만 한 건전지에 연결해 쓰는 쪼그만 트랜지스터라디오에 종일 붙어살고 있었다. 내가 들은 첫 번째 팝송이 마이클 잭슨의 〈비트 잇〉인가 〈빌리 진〉인가 그랬다. 거위도 그렇지만, 나도 내 눈에 처음 띈 것은 평생 잊지 못한다. 마이클 잭슨은 곧 나의 우상이 되었다.

〈매일경제〉는 어찌 되었는지, 권투 도장 아이와는 어찌 되었는지 기억나지 않는다. 어렴풋이, 그 보급소의 소장이 배달원들 몫으로 나온 상여금을 빼돌리고 있었다는 것만은 기억에 남아 있다. 그게 우리들 사이에서 문제가 되었나? 권투 도장 아이가 항의를 했나? 대들었나? 바지를 사야 하는데 월급은 당겨 받았고 상여금은 갈취당했으니, 분한 김에 잽을 한 방 날렸을 수도 있다.

아님 그냥, 받을 월급도 없겠다 귀찮아서 나오지 않았던가.

'너 같은 애가 그럼 뭐.'

'너 같은 애, 뻔한 일이지 뭐.'

나는 아마도 그렇게 생각했을 것이다. 사실 나 같은 애가 뭘까, 라는 탐구는 지적 낭비와도 같은 것이었다. 나 같은 애, 가 뭔지 알기 위해선 너 같은 애, 가 뭔지 알기만 하면 되었다. 그리고 그걸 알기는 아주 쉽다. 한국 사회에서 우린 벌써, 하나의 전형으로 분류되어 있었다.

"그럼 개천에서 용 난 거야?"

"그런가?"

"용 났어도, 개천 냄새는 지워지지 않는단다."

누가 전화를 해서 이런 독설을 퍼부어도 탓할 수 없다. 버릇없고 예의를 모른다는 소문을 퍼뜨려도 나는 탓할 수 없다. 실제로도 그의 탓이 아니다. 그가 본 것은 사실 내가 아니라, 내 인간적인 약점이 아니라, 한국 사회의 전형이었던 것이다. 그런 식의 얘기는, 시각은 하도 많이 듣고 겪어온 탓에 이젠 자존심도 상하지 않는다. 무식하고 촌스럽다고, 정서가 맞지 않고 말이 안 통한다고 소문이 나도 나는 방치해둔다. 구십칠 년 할머니 장례식을 마치고 돌아오는 운구 버스 안에서 나는 할머니 친구 한 분과 나란히 앉게 되었다.

"대학 졸업하고는 뭘 했니?"

"책 만드는 일을 했어요."

"아, 인쇄소에 다녔니?"

어렸을 적의 나를 알고 있는 사람을 만나면 항상 보게 되는 반응이다. 책을 만든다고 하면 인쇄소 직공인 줄 알고, 회사에 다닌다고 하면 외판원인 줄 알고, 공장에 다닌다고 하면 기계공인 줄 안다. 대학을 나왔다고 하면 전문대학? 하고 되묻는 것은 그래도 괜찮은 반응이다. 실은 나도 내가 그렇게 될 줄 알았다. 그리고 권투 도장 아이가 지금 내 앞에 나타난다면, 나도 그들과 똑같은 반응을 보일 것이다. 별은 안 달았어?

육 학년 때 담임선생은 어린 제자들에게 내 이야기를 두고두고 들려줬다고 하셨다. 장례식 때 뵌 목사 사모님은 지난 이십 년 동안 나를 위해 기도드렸다고 하셨다. 그럴 수 있는 일이다. 확률적으로 나는 특이한 존재였던 것이다. 대학에 들어가서 어쩌다 가정환경 실태 조사서인가를 읽은 적이 있었는데, 전교생 천팔백 명 중에 부가 없는 경우는 스무 명 정도, 모가 없는 경우는 열다섯 명 정도, 그리고 부모 모두가 없는 경우는 한 명이었다. 어떤 선생들은 내 앞에선 자식 자랑을 삼간다. 공부를 못해서 걱정이라는 둥 못생겨서 걱정이라는 둥 험담을 늘어놓는다. 나이 서른이 된 요즘도 그렇다. 어쩌다 보는 친척들은 더하다. 결혼한 어떤 친구들은 내가 자기 마누라라도 빼앗아갈까 봐 전전긍긍한다. 자꾸만 집을 산 사실을 감춘다. 그것도 실은 나를 본 것이 아니라, 팔십 년대에 한국 사회의 기득권 계층이 조장한 여러 신화들 중 하나를 본 것이다.

그러니 당신들이 내게서 보았던 것은, 본 것은 무엇이었을까. 나였을까, 한국 사회였을까. 그런 반응들과 마주할 때마다 나는 분하다거나 화가 나는 것이 아니라, 눈빛이 슬퍼진다. 하나 마나 한 얘기지만 한 사회가 갖는 편견이란 무서운 것이어서, 당사자들에게서 다른 가능성들을 앗아가고, 또 실제로 다수의 인생을 통해 그 전형을 꾸준히 확대 재생산함으로써 자기 입지를 강화해나간다.

나는 어느새 권투 도장 아이는 잊어버리고 당시에는 석간이었던

〈중앙일보〉를 배달하고 있었다. 나은 조건을 찾아 이리저리 직장을 옮겨 다니는 건 중학생에게도 있을 수 있는 일이었다. 〈중앙일보〉에선, 부수는 이백 부 가까이로 늘어났지만 월급은 경력자 우대로 해서 삼만 원을 받았다. 게다가 성과급이라고 할 만한 것도 있었다. '확장'이라는 것이 있었는데 구독 부수를 늘리는 것이었고, 한 집 늘릴 때마다 이천 원인가 삼천 원인가를 월급에 넣어 계산해주기로 했다. 등수 안에 들면 만 원인가를 더 주기로 했다.

"두고 보라지."

나는 벌써부터 기대감에 부풀어 있었다. 갑자기 이삿짐이 평소보다 자주, 많이 눈에 띄기 시작했다. 지금처럼 확장을 놓고 신문 보급소들끼리 경쟁이 치열하지 않던 때였다. 구독자들도 훨씬 순박해서, 온열기나 쑥뜸 세트를 보너스로 주지 않아도 구독 신청을 하던 때였다. 드디어 내 능력을 발휘할 기회를 잡았다고 생각했다. 나는 초등학교 육 학년 때 이후로 내가 한 번도 해보지 못한 것, 즉 일 등을 해버렸다. 월급봉투는 두툼해졌다.

학교는 어찌했는지 그건 기억나지 않는다. 일부 아이들은 나를 추종했다. 나는 내 추종 세력들을 데리고, 어떤 땐 거의 한 무리나 되었는데, 방과 후 영업에 나서기도 했다. 어째서 그 아이들에게 '신문 돌리기'가 그리 멋지게 보였던 것인지 지금도 알 수가 없다. 우리는 사소한 범죄들을 저지르며 즐거워했다.

"건강이 별로 좋지 않은 것 같아."

어느 날 중학교 담임선생이 날 불렀다. 지금 내 나이 정도의 젊은 선생이었다. 교무실이 아니라 교실 밖 복도 창가였다. 몇 학년 때인지는 모르겠다.

"운동은 하니?"

하얀 얼굴 탓에 예나 지금이나 흔히 받는 오해다. 창백하게 보였을 것이다. 영양 부실처럼 보였을 수도 있다.

"신문 배달 하는데요, 뭘."

나는 내가 하루 두세 시간씩 뛰어다니니 튼튼한 다리에 쓸 만한 심장을 가졌을 거라고 스스로 여기고 있었다. 그러자 선생은 창밖으로 눈길을 돌리고 잠시 입을 닫고 있더니, 이렇게 말했다.

"운동하고 노동하고는 다른 거야."

그러곤 뒤돌아 가버렸다. 정말 그뿐이었다. 어찌 보면 선생은 그때, 당신이 들려줄 수 있는 최선의 것을 내게 들려줬던 것인지도 모른다. 그 선생과 놀러 갔던 적도 있었다. 다른 반 담임 한 분과 또 다른 아이 몇과 함께였다. 한 학급 친구도 아니요, 아는 아이들도 아니었다. 전세 버스가 우리를 기다리고 있었다. 타고 보니 거기엔 또, 우리처럼 배낭을 짊어 멘 다른 학교에서 나온 아이들과 선생들이 가득했다. 그런 전세 버스들이 몇 대나 되었다. 우린 서울을 벗어나 산으로 갔다.

우린 별로 말을 하지 않았고 선생들은 술을 마셨다. 우리는 시키는 대로 쌀을 씻고 깻잎을 손질하고 통조림을 땄고, 노래는 부르지 않았다. 선생들도 부르지 않았다. 서울로 돌아와 선생들은 우릴 신촌에 내려주곤 자기들끼리 또 술을 마시러 갔다. 우린 인사도 없이 헤어져 각자 집으로 갔다. 그 젊은 선생들은 그, 때아닌 소풍이 무엇이었는지 끝까지 우리에게 얘기해주지 않았다.

그래서 나는 아직까지도, 그 선생에게 감사드리고 있다. 선행이란 때로는, 타인의 마음을 아프지 않게 하는 것만으로도 족히 베푼 것이 된다.

보급소는 합판과 시멘트 블록으로 엉성하게 엮은 가건물 이 층에 있었다. 보급소에서의 생활은 즐길 만한 것이었다. 소장은 일이 끝나도 남아 있으라고 했다. 크리스마스이브인가 세밑인가 그랬을 것이다. 사무실 아래 트럭이 와 서는 소리가 들렸다. 신문 운송 트럭과는 좀 다른 것이었다. 우리는 계단을 뛰어내려가 배달원 머릿수만큼 트럭에서 상자를 내렸다. 선물 상자였다. 뜯어보니 빨간 내복이었다. 신문사 본산가 구청 사회복지과와 연계된 부녀환가에서 나온 선물이었다. 남은 상자에는 퇴근한 배달원들의 이름을 적어 넣었다. 우리는 흥분에 들떠 왁자지껄했다.

선물 상자를 받아 들던 날 밤의 거리 풍경은 아직도 기억에 남아 있다. 반액 세일을 알리는 포스터를 덕지덕지 붙인 상점들, 리어카 행상들, 정해진 간격을 따르지 않고 아무렇게나 세워진 보안등들, 차도인 줄 알고 잘못 들어와 헤드라이트를 깜빡이며 돌아 나갈 길을 찾는 느릿느릿한 승용차들, 그리고 별들, 휘발유 내가 묻어 있는

찬 바람. 추웠고 밤이었지만 우리가 상자를 나눠 들고 웃으며 헤어지던 거리의 어둠은, 그렇게 부산하고 투명한 것이었다.

그날 우리가 웃었던 것은, 행복해했던 것은, 빨간 내복 때문이 아니었다. 우리 모두가 한데 모여 왁자지껄할 수 있었다는 사실 때문이었다.

그 보급소를 다니게 된 이유의 하나가 성과급이었듯이, 그만두게 된 이유의 하나도 성과급이었다. 아마도, 그랬을 것이다. 저번 경제신문의 소장처럼 이번 소장도 돈 계산에 서툴렀던 것이다.

"줄게."

"예?"

"줄게. 깜빡했어."

꼬박꼬박 잘 들어오던 성과급이 어느 달은 들어오지 않았다. 소장은 경리가 깜빡했으니 다음 달에 꼭 넣어주겠다고 했을 것이다. 신경 쓰지 말고 일이나 잘하라고 했을 것이다. 돈 계산은 하지만 다음 달에도 서툴렀다. 그 보급소에 경리가 실제로 있었는지도 의문이다. 총무 얼굴도 소장 얼굴도 기억나는데, 경리만은 기억에 없는 것이다. 여자였나? 아닌가?

나는 어쨌든 그러다가, 할머니와 함께 보급소에 나타났다. 집 바깥에 문제가 생겨 할머니에게 도움을 요청한 것은 그때가 최초이자 최후였다. 그보다 어렸을 때 이런 일이 있었다. 시장통 뒷골목에서 아랫동네 아이들에게 집단으로 얻어터졌던 일이 있었다. 집에 돌아와서도 코피가 멈추지 않아 장롱을 뒤져, 쓰지 않는 천 조각을 꺼내 피를 닦곤 몰래 버렸다. 할머니한텐 말하지 않았다. 혼날까 봐 무서워서가 아니라, 그건 내 문제지 할머니의 문제가 아니라고 생각해서였다. 학교에 거위를 사 가야 했을 때도 마찬가지 생각이었다. 나는 그렇게 컸다. 곧 복수극이 펼쳐졌다. 나를 때렸던 아이 하나를 붙잡아 그 아이 역시 똑같이 만들어줬다. 속은 후련했지만 금방 다른 문제가 생겼다. 그 아이가 자기 엄마를 데리고 우리 집까지 찾아온 것이다.

예상치 못했던 일이었다. 솔직히 나는 내 또래의 아이에게 '엄마'가 무슨 역할을 하는지 전혀 모르고 있었다. 그 아이 엄마는 할머니 앞에서 나를 힐난하고 몰아붙였다. 이상했다. 내 덜 영근 머리론 어찌나 혼란스럽고 정신이 없던지 억울하다는 생각 따윈 들지도 않았다. 나는 그저 내가 당한 만큼 갚아주었을 뿐인데, 그런데 왜 나만 혼나야 하지? 나쁜 놈이 돼야 하지? 할머니는 할머니였다. 할머니는 잠자코 있었다.

내가 대학을 졸업할 때까지 눈에 띄는 사건 사고 한번 저지르지 않고 무난히 학창 시절들을 마감할 수 있었던 것은 그런 까닭에서였다. 똑똑해서가 아니었다. 내 뒤에 아무도 서 있지 않아서였다. 스스로가 스스로를 도와야 했던 탓이었다. 겁에 질려 있었던 것이다.

할머니가 나타났다는 사실만으로도 돈은 금방 나왔다. 경리는 필요 없었다. 보급소 소장에게 그저 부모가 없다는 얘기만 했지, 할머니와 살고 있다는 얘기는 하지 않았던 것이다.

보람찬 신문 보급소 생활은 그걸로 끝났다. 나는 학교로 돌아갔다. 나는 요즘도 글이 써지지 않으면 두세 시간씩 집 밖을 어슬렁어슬렁 걷다 오곤 한다. 산책을 하곤 한다. 그때 생긴 생활 습관이다. 또, 소설가가 되고 나서 내 기사가 실린 신문을 받아 들면 이런 생각이 들곤 한다. 어? 이건 내가 돌렸던 건데……. 고무적인 일이 아닐 수 없다.

신문 배달원 생활은 정리했어도, 학교생활과는 여전히 소원했다. 할머니가 뇌경색으로 쓰러진 것이다. 팔십육 년 구월의 일이다. 기억은 확실하다. 제십 회 하계 아시안게임이 서울에서 열렸던 해의 일이니까. 임춘애가 육상에서 삼관왕이 되었던 해의 일이니까.

구월의 어느 날 할머니는 내게 약국에 함께 가자고 했다. 벌써 칠순에 가까운 나이였다. 웬일일까? 나는 따라나섰다. 할머니는 나를 장의자에 앉혀놓곤 약사와 이런저런 얘기를 나누었다. 그러곤 약봉지를 받아 들고 약국을 나오는데 그만, 할머니는 약 봉지를 떨어뜨렸다.

내 인생에 새로운 세계가 열리는 순간이었다. 어린 손자에게 약국 바닥에 떨어진 약 봉지를 주워달라고 부탁하던 그 음성은 아직도 생생하다. 마비는 약 봉지를 놓친 왼손으로부터 시작되어 며칠 만에 전신으로 번졌다. 할머니는 방에서 누워 지냈다. 병 수발은 옆

집 소현이 엄마가 들었다.

똑같은 일이 정확히 십 년 뒤인 구십육 년 구월에도 있었다. 두 번째로 찾아온 뇌경색이었다. 이번엔 병원엘 갔다. 가래가 끓어 용각산 가루를 쉴 새 없이 입에 털어 넣던 그 몇 달 전부터 알아봤어야 했다. 이번엔 마비 정도가 아니라, 아예 의식이라 할 만한 게 없었다.

"그전에는 어땠습니까?"

의사가 날 불러 물었다. 신경외과 중환자실 앞이었다.

"예?"

예나 지금이나 나는 상대의 질문 내용을 그 즉시로 파악하지 못한다.

"전에도 뇌경색이셨다죠?"

"아, 괜찮으셨어요. 말씀도 잘하셨고 왼 다리가 불편하긴 했지만, 왼팔은 전혀 못 쓰셨지만, 외출을 나갈 정도는 아니었지만, 집 안에서는 거동도 곧잘 하셨습니다. 치매 증상요? 그런 거 없었어요."

"그랬어요?"

의사는 알 수 없는 일이라는 듯이, 잠시 입을 가볍게 다물었다. 만약에 병원 의사가 괜히 바쁜 척하고 불친절하게 대한다고 평소에 생각했다면, 중환자실에 가보라. 그곳 의사들은 우체국 직원들보다도 더 친절하다.

의사의 설명을 듣고 보니 내 입도 다물어졌다. 의사는 이런 경우

는 드물다고 했다. 자기는 처음 보는 경우라고 했다. 예? 엠아르아
이 촬영 결과 할머니의 뇌는 십 년 전에 이미, 좌뇌의 삼분의 일과
우뇌의 삼분의 이가 죽은 상태였다는 설명이었다. 이번에 찾아온
두 번째 뇌경색은 그러니까 그 나머지 부분이라는 설명이었다.

그러니까 할머니는 벌써 십 년 전에 중환자실에 입원했어야 했
다는 얘기였다. 전신 마비에 의식도 없고 폐에는 가래가 가득 차서,
목에는 구멍을 뚫은 채로. 전문용어로 말해서 식물적 뇌 기능 상태.
그랬어야 했을 환자가 십 년이나, 치매 증상도 없이 거동도 그럭저
럭했다는 사실이 의사로선 납득하기 어렵다는 얘기였다.

'그래서 나한테 수 계산을 시켰군.'

엠아르아이 사진을 빼 들고 비상 엘리베이터 쪽으로 총총 가버리
는 의사를 돌아보며 나는 속으로 중얼거렸다.

'그래서 전기세니 관리비 계산이니, 그런 걸 나한테 시켰던 거
야.'

중환자실에 반년쯤 있으면서 나는, 사람이 한번 쓰러지면 다시
일어나기가 얼마나 힘든지 체험으로 알게 되었다. 병원에도 가지
않았고 침을 화끈하게 맞은 것도, 그럴듯한 약 첩을 쓴 것도 아닌데
팔십육 년에 할머니는, 두어 달 만에 자리에서 일어나 앉았다. 석
달쯤 걸렸는지도 모르겠다. 처음엔 일어나 앉았고, 다음엔 내가 특
별히 고안해낸 좌식 변기까지 혼자 걸어가 앉을 수 있었다. 할머니
앉은키 정도의 커다란 플라스틱 물통에 흙을 퍼 담고 다져선, 병원

환자용 쇠 변기를 얹은 것이었다. 그건 마당에 놔두었다. 할머니 잔소리도 전과 같아졌다.

그때 할머니가 무슨 정신으로 그런 기적을 일으켰는지 의문이다. 당신 말에 따르면, 당신이 우리를 키운 건 순전히 불쌍해서였다. 아버지가 돌아가실 때 당신께 그랬다는 것이다. 엄마, 나 죽으면 애들은 고아원에 보내버려. 구십칠 년 할머니가 돌아가셨을 때 나는, 일이삼사오 숫자가 쭉 매겨져 있는 여러 영안실에 모여 있던 수백 명의 슬픈 사람들 가운데 가장 크게 울었다.

근 일 년 동안 식물적 뇌 기능 상태에서도 할머니는 내 얼굴과 목소리만은 기억하셨다. 그것도 의사가 보기엔 기적이었다. 내 말을 믿지 않았으니까. 나는 내 첫 번째 단편집 《16믿거나말거나박물지》가 나오길 기다리고 있었고, 움직일 수 있는 것은 눈꺼풀뿐인 할머니와 약속을 하나 했다. 죽더라도 내 단편집은 보고 죽어. 할머니는 책이 나오는 날 돌아가셨다.

초등학교 때 품었던 나 같은 애가 뭐지? 라는 물음은 나 같은 애의 미래는 어떤 모습일까? 라는 물음으로 이어지고 있었다. 중학교 때는 그런 의문은 없었다. 신문 보급소 생활에 만족하고 있어서 잘 안 되면, 그 길로 계속 나갈 생각까지 하고 있었다. 고참 배달원에서 총무, 그리고 마침내 소장.

고등학생이 되자마자 나는, 내가 사춘기의 절정에 올라와 있음을 깨달았다. 나 같은 애의 미래는 어떤 모습일까? 라는 물음도 결국 탐구로까진 이어지지 않았다. 내가 보기에 해답은 이미 나와 있었다. 나는 그저 이미 나와 있는 해답에 맞춰 괴로워하기만 하면 되었다. 성적이 더 떨어지고 사교의 폭이 더 좁아지고 주의가 더 산만해지고, 어둡다 못해 우울에 찌든 낯을 하고 다니기만 하면 되었다. 애써 찾을 필요도 없이, 내 미래는 사방에 있었다. 내가 살던 동네의 형들은 대학에 가지 못했거나 안 갔다. 고등학교라도 무사히 졸업했으면 그나마 다행스러운 일이었다. 그리고 죄다 스무 살이 되기 전에 동네를 떠났다. 동네를 떠나 어디로 갔을지는 뻔히 알 수있는 일이었다. 대학에 갈 만큼 공부를 잘하던 형도 하나쯤 있었지만 그는 우리와 어울리지 않았다. 보급소 형들은 말할 것도 없었다. 나는 그들 앞에서 감히 책가방이니 공부니 하는 말을 꺼내지 못했다. 히스테리를 일으켰던 것이다. 거위는 자기 앞에 있는 거위를 따라가기 마련이다. 전에 읽은 위인전기들은 하나도 쓸모없었다.

이 우울에 찌든 고등학생은 어느덧, 다른 사람의 눈에는 잘 보이지 않는 아이가 되어 있었다. 어찌나 잘 안 보이던지, 나 자신에게도 잘 안 보이는 아이가 되어 있었다. 나는 진공의 나날을 보내고 있었다. 졸업하고 나서 어느 날, 고등학교 때 한 반 친구였던 '생양아치'와 명동 거리에서 우연히 마주쳤다. 나는 대학에, 그는 패션학원에 다니고 있었다.

"어? 아는 얼굴인데?"

그가 말했다. 내 이름을 기억 못 하는 건 당연한 일이었다. 나는 내 이름을 댔다. 아, 그래. 그랬지. 그리고 그는 씩 웃으며 이렇게 덧붙였다.

"자식, 많이 컸는데……."

트랜지스터라디오와 마이클 잭슨으로 시작된 내 취미는 그래서 내 위안거리가 됐다. 학교에서 무슨 조사가 있으면 취미란에 상투적으로 적곤 했다. 독서, 음악 감상. 나는 중학교 때부터 '엘피'라고 불리는 지름 삼십 센티미터짜리 비닐판들을 모으고 있었다. 벌써 여러 장이었다. 내가 처음 산 판이 '지구 레코드'에서 라이선스로 나온 오지 오스본의 〈블리자드 오브 오즈〉인가 그랬다. 우리나라에서 권투 선수를 하다가 이제는 미국에서 에프비아이를 하고 있는 외삼촌이 사다 준, '원판'이라 불리는 수입 음반들도 몇 장 있었다. 서울 세운상가에 '빽판'이라고 불리는 해적판 가게들이 수다했는데, 나는 그곳으로 산책을 나가곤 했다.

판은 사고 있었지만 정작 그것을 돌릴 오디오 시스템은 갖고 있지 못했다. 나는 친구들 집을 전전하며 녹음을 떴다. 우리 집에 오디오가 들어온 것은 누나가 고교를 졸업하고 취직했을 때였다. 내가 고등학교 삼 학년이 되었을 때였다. 나는 벌써부터 소프트웨어적으로 앞서 나가고 있었던 것이다.

판을 모으면서, 동시에 카세트테이프도 모으고 있었다. 트랜지스터라디오에서 구술용 녹음기를 거쳐, 어느덧 나는 에프엠도 나오고 카세트덱도 두 개나 달리고 스피커도 빵빵한 커다란 스테레오를 갖고 있었다. 산 건 아니었는데, 그걸 어디서 얻어왔는지 모르겠다. 이번엔 정반대의 경우였다. 하드웨어는 쓸 만한데 거기에 넣고 돌릴 소프트웨어가 양에 차지 않았다.

나는 여기저기서, 교과서에는 절대로 나오지 않거나 나와도 나쁜 것으로만 묘사되는 이런저런 것들을 배우고 있었다. 내가 살던 홍제 사 동의 우체국 건너편에는 레코드 가게가 하나 있었다. 선량한 인상의 젊은 아저씨가 주인으로 있는 가게였다. 가끔 그의 젊고 아름다운 부인이 나와 있기도 하던 가게였다. 그 아저씨는 음악을 잘 알고 있었고, 그래서 그의 가게는 아르바이트 학생이 알파벳순으로 음반을 찾아주는 다른 가게들관 확연히 달랐다. 아직 시디도 엠디도 엠피스리도 나오지 않았던 때였다. 나는 단골이 됐다.

돈이 있을 땐 비닐판이나 테이프를 샀고, 없을 땐 그냥 눈요기만 하거나 훔쳤다. 두툼한 점퍼를 입고 가서 아저씨가 잠깐 한눈을 파는 동안 슬쩍 가슴에 집어넣었던 것이다. 그러고는 다시 좀 더 구경하는 척하다가 나가든가, 다른 테이프를 샀다. 그 첫 테이프가 아마 데프 레퍼드의 〈하이 앤드 드라이〉인가 그랬다. 아직도 이곳 안양 평촌 아파트의 베란다 한구석에 잘 모셔져 있다. 꽤 많이 그랬다. 그리고 거기 한 곳에서만 그런 것이 아니었다. 전날 저녁에 테이프를 훔치고도, 다음 날 방과 후 태연히 그 가게에 가 앉아 있곤 했다.

"너, 그거 몇 번째야?"

어느 날 아저씨는 나를 쇼 케이스 앞으로 부르더니 점퍼를 열게 했다.

"예?"

"몇 번째냐고?"

나는 내 행동을 이렇게 해석하고 있었다. 내가 여태 산 판이며 테이프에서 아저씨는 이문을 많이 보았을 거야, 그걸 좀 되찾자는 거지. 돌이켜보면 나는, 이런저런 인간적인 감정들에 무감각해져 있었다. 수치에도 그랬고, 죄의식에도, 자존심에도 무감각했다. 나는 나에게 주어진 이 새로운 세계가 정확히 무엇을 의미하는지, 이해하고 싶어 하지 않았던 것이다.

나는 어색하게 웃어 보이고는 말했다.

"세 번째요."

아저씨는 다른 말은 하지 않았다. 당시 테이프 값이 이천 원인가 그랬다. 가서 사천 원을 가져오라고 했다. 물론 세 번째는 아니었다. 훨씬 많았다. 나는 착한 아이가 아니었고, 내 주위 사람들이 그렇게 되리라고 대체로 여기고 있는 쪽으로 열심히 나아가고 있었다. 나 역시, 한국 사회의 전형을 보고 있었던 것이다.

그리고 효자도 아니었다. 어쩌다 효자라고 칭찬을 듣기도 했지만 그건 좀 더 잘하라고 내 입에 물려주는 새빨간 당근과도 같은 것이었다. 팔십육 년 할머니가 걸을 수 있게 되자 할머니를 데리고 한의원을 찾은 적이 있었다. 침을 맞고 약도 쓰고 싶은데 한의사가 왕진은 다니지 않는다고 했던 것이다. 한의원은 집에서 한 정거장 반 거리에 있었다. 우리 둘은 그 거리를 두 시간 넘게 걸어갔다.

내 손엔 밤색 나무 지팡이가 들려 있었다. 할머니는 어느 집 대문 앞에 앉아 쉬고 있었다. 나는 뾰로통하게 부어 있었다. 왜 내가 뾰로통하게 부어 있었는지, 그 까닭은 금방 알 수 있다. 골목 저 앞에서 학교 친구가 나타났던 것이다. 그는 처음엔 반가운 얼굴로 그저 살펴보기만 하더니 곧 놀란 표정으로 바뀌었다. 나는 어지러움을 느끼며 냉큼 지팡이를 팽개쳐버렸다. 처음으로, 내가 할머니를 창피하게 여기고 있다는 것을 깨달은 순간이었다.

그리고 그건, 당신께서도 잘 알고 있던 사실이었다.

헤비메탈 밴드 머틀리 크루의 드러머 토미 리가 그들의 선배 밴드 키스에 대해 이런 말을 한 적이 있다.

"키스의 앨범을 펼치자마자 쾅, 하고 내 눈앞에서 그들의 앨범이 폭발하는 것 같았어요. 와우, 정말 굉장한 밴드였죠."

내가 마이클 잭슨의 나긋나긋한 세계를 떠나 헤비메탈을 듣게 된 것도 바로 그런 이유에서였다. 라디오에서 억셉트의 〈메탈 하트〉를 처음 듣던 순간의 기분은 뭐라 표현할 수가 없었다. 나는 미쳐버릴 것 같았고 실제로 헤비메탈에 미쳐버렸다.

고등학교에서 친구를 사귈 수 있었던 것도 그 음악 때문이었다. 미쳐버린 아이들은 많아서, 우리는 한데 몰려다니며 저 바다 건너

먼 땅 미국의 밴드들을, 그루피처럼 추종하고 경배를 드리곤 했다. 모여 앉아선 우리만의 인기곡 차트를 작성하기도 했고, 음반 헌팅을 위해 저 멀리 파주 미군 기지촌까지 원정을 나가기도 했다. 우리는 이어폰을 귀에 달고 살았고, 어느 밴드가 더 시끄러운지에 대해 논쟁을 벌이곤 했다. 미국 밴드만이 아니었다. 우리는 서울의 독립문 근처 한 고등학교의 무너져가는 교실에 앉아, 북유럽 스칸디나비아 반도와 프랑스, 잉글랜드와 아일랜드, 그리고 일본과 희귀하기 그지없는 구소련의 헤비메탈 밴드들의 디스코그래피까지 쫙 꿰고 있었다. 우리는 우리에겐 있지도 않은 음반의 노래들까지 상상해 듣곤 했다. 한국 헤비메탈 밴드들도 소홀히 할 수 없어서, 연습실까지 찾아가 그 앞에 쭉 늘어서선 몇 시간이고 그들의 연습 장면을 지켜보곤 했다. 한국 메탈의 새로운 가능성을 모색한다며 고교생이나 재수생 밴드들의 한참 서투른 공연들을 쫓아다니곤 했다. 그때 우리가 구해 듣던 음반들은 우리나라에 정식 출반된 음반들이 아니었다. 우리는 오히려, 검열을 통과해 우리나라에 정식 출반된 음반들은 경시하는 풍조에 젖어 있었다. 그것이 설사 똑같은 밴드의 똑같은 음반일지라도. 그래도 부모들은 다행스럽게 여겼어야 했다. 우리가 포르노그래피에 심취하지 않은 것을.

음악만으로는 어딘가 부족했다. 그래서 우리는 대학로로 몰려갔다. 대학로 뒷골목에 있던 헤비메탈 전용 카페에서 보람찬 시간을 보내기 위해서였다. '에스엠'이란 이름의 카페였다. 공연장에서나 쓰이는 커다란 앰프가 객석을 에워싸고 있었고, 무대에는 대형 스크린이, 그리고 이 층 객석 턱에는 프로젝터가 설치되어 당시 한국 사회의 공중파 방송에선 꿈도 못 꿨을 과격한 헤비메탈 뮤직비디오 클립들을 쉼 없이 틀어주었다. 밀러 한 병만 시키면 어두침침한 실내에서 소파에 아늑하게 파묻혀 몇 시간이고 죽칠 수 있었다.

"저게 뭐야?"

나는 옆자리 친구의 귀에 대고 소리를 질렀다.

"뭐?"

"저거 말이야, 저거."

나는 스크린을 가리켰다. 더블유 에이 에스 피의 그 유명한 〈라이브…… 인 더 로〉 공연 실황 비디오였다. 무대 한가운데 무시무시한 대형 두개골 모형이 놓여 있고, 사방에 스티로폼으로 만든 시체 조각과 뼛조각 들이 걸리고 널려 있었다. 검은 비닐 점퍼 차림의 네 사내가 그 연출된 '살육의 던전' 위에서 산발한 머리를 흔들며 사납게 날뛰고 있었다. 전미학부형협회를 향해 엿을 먹이고 있었다. 〈아이 돈트 니드 노 닥터〉, 〈슬리핑 인 더 파이어〉, 〈애니멀〉, 〈하더 패스터〉를 연주하고 부르고 있었다. 내가 가리킨 것은 착 달라붙는 검정 비닐 바지의 뒷부분이었다. 블래키 롤리스가 우리를 향해 그 흉악한 엉덩이를 흔들고 있었다.

"뭐? 엉덩이잖아."

옆에 앉은 친구가 내 귀에 대고 소리를 질렀다.

물론 엉덩이였다. 하지만 비닐에 덮인 엉덩이가 아니라 페인트를 칠한 것처럼 새하얗게 검정 팬츠 위로 돋보이는 백인의 맨살 엉덩이였다. 바지의 엉덩이 부위를 동그랗게, 커다랗게 도려내고 입고 있었던 것이다. 헤비메탈 밴드들의 기괴한 분장에 익숙해져 있던 나였지만 그 패션에서만은 충격을 받지 않을 수 없었다. '생짜 메탈(Raw Metal)'이라는 공연 타이틀과 가장 잘 어울리는 무대장치는 대형 두개골이, 부서진 뼛조각들이 아니었던 것이다. 바로 그들 자신의, 잘 짜인 연출을 벗어버린 생살, 포장을 찢어버린 맨살, 수십만 달러를 들여 애써 연출한 가식을 스스로 한 방에 날려버리는, 부정해버리는 자신들의 날엉덩이였던 것이다.

모든 가식을 뚫고 자신과 현실을 직시하는 추잡한 날엉덩이의 미학이었던 것이다.

*

자전소설을 써달라는 청탁을 받고서, 나는 내가 전에 썼던 책들을 떠올렸다. 그러곤 기왕에 썼던 책들과 시기적으로 겹치지 않는 소설을 하나 쓸 마음을 먹었다. 이 소설은 그러니까 《불쌍한 꼬마 한스》와 《내가 사랑한 캔디》를 잇는, 그 두 책 사이에 빠져 있는 시기를 다루고 있는 셈이다.

약속대로 나는 초등학교 육 학년 때의 담임선생께 《불쌍한 꼬마 한스》를 보내드렸다. 그에 대한 답례 편지도 받았다. 선생님은 잘 자라줘서 고맙다는 말씀을 쓰고 계셨다. 소설가가 된 내가 어린 학생들에게 교육의 효과가 있단 말씀도 쓰고 계셨다.

설마……. 그것도 고무적인 일이 아닐 수 없다.

나는, 헤비메탈의 품에서 안위와 안정을 찾았다. 문학 책을 읽었고, 《수학의 정석》을 풀었고, 상상력을 키워나갔다. 자신을 돌아보았다. 실제로, 좌우 고막 가까이서 헤비메탈이 꽝꽝 울려대지 않으면 아무것도 되지 않던, 될 것 같지 않던 시기였다.

악마의 음악이 세계 청소년들의 어린 영혼을 해치고 있다던 극우 보수주의자들의 당시 주장을 떠올려보면, 기이한 일이 아닐 수 없다. 나는 이미 그에 대해 썼다. 〈음악인 협동조합 2〉가 그것이다. 그리고 과거가 됐다. 헤비메탈도 전 세계적으로 이미 죽은 음악이 됐다. 취향도 변해서 지금 이 순간 나는, 로버타 플랙과 이츠 어 뷰티풀 데이를 듣고 있다.

그 희귀한 이츠 어 뷰티풀 데이의 음반을 다섯 장 모두 갖고 있다.

내가 거위를 가까이서, 진짜로 본 건 구십오 년 태백에서였다. 산밑에 외롭게 떨어져 있는 가정집의 마당이었다. 키가 크고 늘씬하고 과연, 시끄러운 놈들이었다. 주인집 아주머니는 그놈들이 집 지키는 개의 역할을 대신해준다고 했다. 깨물기도 한다고 했다. 신기한 마음에 한참을 그 앞에 서 있었다.

내가 어렸을 때 아동용 소설책과 교과서에서 읽었던 거위는 둘 다, 고요한 거위였다. 한 마리는 발가벗겨진 채 잘 구워져서 식탁에 놓여 있었으니 당연한 일이었다. 또 한 마리, 폴크스바겐의 뒷좌석에 있던 거위는 일부러 짖지 않는 거위였다. 기억이 맞는지 모르겠다.

소설 중에 딱 한 번 짖는 장면이 나오는데, 그것은 사납게 경적을 울려대는 자동차들에 둘러싸였을 때였다. 거위는 그 순간, 그 어떤 경적보다도 더 크고 사납게 짖어댄다.

자신의 꽥꽥 소리로, 그 모든 소음들을 침묵시켜버리기라도 하겠다는 듯이.

구름들의 정류장

시체 하나가 동네로 굴러들어왔다. 꼭지가 휑하니 뜯긴 비닐 초
립을 쓰고, 싯이거진 장미 꽃잎 빛깔의 셔츠와 흙탕물에 담갔다 꺼
낸 듯한 쥐색 양복바지를 입고. 어깨엔 좌우 귀퉁이가 닳아 떨어진
잿빛 천 가방이 매달려 있었고 시체는 그게 밥주머니라도 되는 양
시커먼 손을 연신 집어넣어 과자 부스러기를 꺼내 먹었다.

우리는 놀라거나 무서워하지 않았고, 신기해하지도 않았다. 시체
란 우리에겐 수시로 굴러들어오는 것쯤이었다. 수시로 굴러들어와
수시로 굴러나가는 것. 동네 시멘트 담벼락에 조그맣게 져 있는 오
줌 얼룩이나 똥 자국 뭐 이쯤이었다. 비라도 한번 오면 그런 얼룩은
금세 씻겨나간다. 개중 하나가 동네 어귀 유료 주차장에서 청산가

리를 주워 마시고 아주 누워버리더라도 아, 어제저녁에 그런 일이 있었어, 하고 조동아리만 좀 삐죽일 뿐이다.

우리는 가끔 시체와 놀기도 했다. 어른들은 봐도 말리지 않았다. 손가락이 다 달렸나 눈썹은 온전한가 그런 것만 살피곤 우리와 무엇을 하든 내버려두었다. 내가 갓 십 대로 접어들었을 때였다. 시체 하나가 동네로 굴러들어왔다.

시체는 우리 이마 위에 무엇이 떠 있는지 보라고 했다. 시체의 숨에선 생선 썩은 내가 났다. 우리 이마 위엔 구름이 떠 있었다. 시체는 또, 우리 이마 위에 어떤 구름이 떠 있는지 아느냐고 했다. 우리는 흥분해서 왁왁 소리를 질러댔다. 저건 양털 구름이야. 새털구름이야. 스테고사우루스의 꼬리를 닮지 않았어? 시체는 자기가 무슨 목회자라도 되는 양 두 팔을 활짝 펼치며 우리를 진정시켰다. 셔츠 겨드랑이 양쪽의 솔기가 길쭉하게 터져 있었고 꼬불꼬불한 터럭들이 창피하게도 훤히 드러나 있었다. 시체는 말했다, 항상 살펴야 한다고. 우리 이마 위에 어떤 구름이 떠 있는지를. 우리 이마 위로 어떤 구름이 지나가는지를.

나는 언젠가 이 얘기를 할머니께 들려주었다. 할머니는 눈꺼풀을 끔벅이며, 나가서 손등의 때나 밀고 오라고 했다. 그 시체는 몇 번 더 보았다. 장마철에 아랫동네 유치원 담벼락에 붙어 비를 맞고 있는 모습이었다. 시체는 심하게 기침을 해댔다. 그러곤 세수라도 하듯 두 손으로 열렬히, 피부가 다 벗겨지도록 얼굴을 문질렀다.

＊

"무슨 수수께끼가 이렇게 많은 걸까."

나는 누구에게랄 것도 없이 커다랗게 소리를 냈다. 뜻도 없이 그런 소리를 질렀다. 나는 조금 전까지, 시들지 않았느냐고 영양 주사라도 맞히지 않으면 어디 살겠느냐며 화원 점원에게 불평을 늘어놓고 있었다. 그러면서 히아신스의 알뿌리를 싼 알루미늄 포일을 약간 열어 보여주며 얼마나 미끈거리는지 한번 직접 만져보라고 짐짓성난 소리를 내고 있었다. 히아신스 세 뿌리를 사선, 벌써 다섯 블록쯤 갔다가 화원으로 되돌아온 참이었다.

"예?"

점원은 손가락 끝으로 알뿌리를 긁듯 만져보다가 문득 고개를 들었다. 수수께끼라니요? 무슨 수수께끼? 하고 되묻는 듯한 눈빛이었다. 당황한 건 내 쪽이었다. 나는 내가 낸 소리에 놀라 눈을 끔벅이고 있었다. 나는 알뿌리를 만져보라고 얘기했고 그다음엔 아마도 히아신스가 싱싱하지 않네요, 하고 말할 참이었을 것이다. 뿌리가 보랏빛은 얼마 없고 흑갈색이 초콜릿 빛으로 흐려지지 않았느냐고 따져 말할 참이었을 것이다. 아니면 멀리 갔다가 돌아오기까지 했으니 이번엔 좀 신경 써서 건강한 뿌리를 골라달라고 말할 참이었을 것이다.

"아, 글쎄요. 바꿔주시는 거죠?"

나는 무안한 기색을 감추려고 재빨리 히아신스 다발을 점원에게 떠안기듯 건네줬다. 점원은 입술을 삐죽이 내밀더니 히아신스 다발을 안곤 화원 안쪽으로 갔다. 요즘 이런 일들이 수시로 일어난다. 내 입이, 내 혀가, 시키지도 않은 말을 내뱉곤 한다. 어느 땐, 이번처럼 곤란한 상황을 만들어버려서 뺨을 붉히게 한다.

내가 왜 그런 말을 했을까. 무슨 수수께끼가 이리 많은 걸까, 라고? 대체 이게 무슨 말일까. 왜 그런 말이 느닷없이 내 입에서 튀어나왔을까. 그건 히아신스 알뿌리하곤 아무 상관도 없는, 말끝에 아무 생각도 달려 있지 않은, 휑뎅그렁하게 비어 있는 말이었다. 실수인지 아닌지, 내 입이 저지른 실수인지, 실수라고 불러도 되는 것인지 아직 잘 알 수가 없다.

대학 동창의 결혼식 피로연에 가서도 나는 그랬다. 이번 계절이 시작된 지난 사월 말경이었다. 몇 년 만에 만난 동창들과 테이블에 둘러앉아 얘기를 나누고 맥주를 마셨다. 나는 땀을 많이 흘렸다. 간이 좋지 않아? 하고 결혼한 누군가 물었고 또 다른 누군가는 손수건을 꺼내 내 이마에 대주었다. 에어컨을 틀기엔 아직 이른 시기였다. 누군가는 결혼하지그래, 돈은 결혼해야 모여, 하고 말했다. 그러곤 내 대답이 미처 나오기 전에 다른 화제로 넘어갔다. 우리는 약속이라도 한 듯 각자 딱 한 병씩만 마셨다. 나는 아파트 베란다에 갓 꾸미기 시작한 작은 화단에 대해서 이야기했다. 어떤 꽃나무를 심었고, 수경 재배가 가능한 식물에는 어떤 것이 있는지, 카나리아나 육

지 거북보다는 히아신스가 좋은데, 그것은 자동 입수 장치만 달아 놓으면 몇 주일이건 여행도 다녀올 수 있기 때문이라고 얘기했다. 독신은 화단을 꾸미는 취미가 있어야 한다고 했다. 뭐야, 홀아비처럼 얘기하는군.

그러다 내 입에서 무슨 수수께끼가 이렇게 많은 걸까, 하는 소리가 튀어나왔다. 나는 깜짝 놀랐고, 내 갑작스러운 새된 목소리에 동창들도 함께 놀랐다. 그건 방금까지 말하던 것과 아무 맥락도 닿지 않는 말이었다. 나는 벌어진 턱을 닫지도 못했다. 그러곤 커다랗게 눈을 끔벅거리며 주위를 둘러봤다. 동창들은 어리둥절해져선, 자기들이 방금 들은 말을 어찌 이해해야 좋을지 몰라 곤혹스러워하는 눈치들이었다.

"나는 어깨가 넓은 여자가 좋아."

나는 거우 입을 뗐다.

"그래야 기대지. 널따란 품에 안기기도 하고."

그런 식으로 이번 계절이 시작된 이후로 나는, 몇 번이나 스스로 놀랐고 몇 번이나 주위의 의문에 찬 눈길 가운데 놓였다.

실은 여자가 있었다. od였는데, 나는 그녀를 한 달에 두어 번 집으로 불렀다. 그녀는 처음엔 힙합 바지에 '오버도스'라고 쓰인 셔츠를 입거나 건빵 바지에 공군화, 드레스 셔츠 차림으로 나타나더니 최근엔 블라우스 단추까지 꼼꼼히 채워진 얌전 뺀 학생복을 그대로 입고 오기도 했다. 그래도 명찰만은 꼭 떼고 있었는데, 나는 굳이 그녀의 이름을 알려고 하지 않았다. 학교 가방이나 뭐 그런 데 감췄 겠지. 그래서 나는 그녀를, 그녀가 가르쳐준 대로 '명세현'이라고 불렀다. 가짜 이름인 건 확실했다. 불러도 돌아보지 않는 경우가 가끔 있었으니까. 아파트 경비실 경비원에게는 내게 글짓기 과외를 받는 학생이라고 했다.

나는 od에게 어깨가 좀 넓었으면 좋겠다고 처음 만나자마자 말했다. 왜, 아저씨? 왜냐고? 네 어깬 좁아서 거기에 기댈 수가 없잖아. 기대서 뭘 하게? 그녀는 가슴을 쭉 펴더니 한 팔로 내 머리를 감싸 안곤 자기 어깨로 끌어당겼다. 빗장뼈가 딱딱하게 뺨에 와 닿았다. 나는 픽픽 웃었다. 마른 여자는 이래서 싫어, 뼈가 뺨을 찌르거든. 내 머리는 네 어깨에 기대기엔 너무 크구나. 네 어깨 잘못은 아냐, 내 머리가 잘못이지.

od는 실망한 표정이었다. 친구 중에 어깨 넓은 애 있는데 걔로 바꿔줄까? 살도 좀 있어. 예뻐? 글쎄…… 별로라고 해야겠지. 정말? 정말. 살이 있다면 얼마나 있는 거야? 키 백육십에 칠십 킬로쯤. 돼지구나. 아잉! 나는 어깨가 넓은 돼지 대신, 얇은 어깨에 뼈가 찔러오긴 하지만 봐줄 것이 많은 그녀를 그냥 사귀기로 했다. 리스트가 더 있는 모양이었지만 그녀는 말해주지 않았다. 일에 만족하는 눈치였다. 하긴 한 번 와서 대여섯 시간 그저, 함께 있어주기만 하는데 그만한 액수면 나쁜 조건이 아니다. 함께 밥을 먹고 함께 〈순풍

산부인과〉나 아홉 시 뉴스를 보고, 가끔 함께 청소를 하고 빨래를 정돈한다. 나는 다리미질을 못해 그건 주로 그녀의 몫이다. 파출부를 불러도 그녀만큼은 돈이 든다.

그래도, 그것도 모자라 나는 화단을 꾸민다. od로도 부족하다. 내가 왜 이리됐는지는 나도 모르겠다.

지난 계절이 막 저물고 있을 무렵에 일이 하나 있었다. 광화문쪽에 볼일이 있어 아파트 단지 앞 버스 정류장으로 나왔다. 지하철 공사가 진행 중이어서 인도에 붙은 차선 하나가 야적지로 쓰이고 있었다. 벌겋게 녹슨 에이치 빔들이 내 이마 높이로 쌓여 있곤 했다. 그것이 시야를 가리기 때문에 버스가 오는 것을 제때 보려면 인도에서 차도로 약간 내려와 서 있어야 한다. 그날 나는 그러지 않았다.

날은 흐렸다. 비가 오는 시기는 아니었지만 며칠째, 하천 바닥에 끼는 이끼처럼 두껍고 끝이 갈라진 회색빛 구름들이 하늘을 메우고 있었다. 그 며칠의 어느 날은 가로등이 네 시부터 켜져 있곤 했다. 나는 버스 정류장 표지를 단 쇠기둥에 어깨를 기대고 서 있었다. 날은 확실히 어두웠다. 다른 행인도 둘인가 있었다. 차들은 별로 다니지 않았다. 포플러 가로수들의 이파리가 보도와 내 전신에, 흐릿하고 그렇지만 무성한 그림자를 드리우고 있었다. 나는 바쁜 게 아니었는데도, 손목을 들어 시계를 자꾸 들여다보며 조급한 티를 내고 있었다. 그러다가, 아 그렇지 여기선 조급해할 필요가 없지 하곤 고개를 끄덕이기도 했다. 버스 종점이 바로 두 정거장 앞인 것이다. 버스는 길어봤자 십오 분 내로 올 것이고, 오후니 앉을 자리가 없을 리도 없었다. 오후든 오전이든 앉을 자리는 항상 있다. 나는 그렇게 버스를 기다리고 있었다.

그러다가 문득 이마가 가려웠다. 뭐가 떨어졌나? 빗방울인가? 비둘기 똥인가? 만져봤지만 손가락 끝에 묻어나는 것은 없었다. 가려움은 아주 약한 정도였고, 그리고 곧 없어져 더는 느껴지지 않았다. 나는 다시 두 팔을 축 내려뜨리고는 정류장 표지를 단 쇠기둥에 어깨를 기댔다. 그러자 이번엔 뭔가 귓전을 간질이기 시작했다. 이번엔 소리였다. 나직하고 웅얼거리는 듯한, 징징 우는소리 같은, 두꺼운 입술을 내 귀에 바싹 갖다 대고 혼자 중얼거리는 듯한, 그런 소리가 들렸다.

뭐야, 이건. 나는 귀찮아하는 표정으로 사방을 돌아보았다. 에이치 빔 야적지를 보았고 차도 건너편 오락실을 보았고 내 곁에 선 홀쭉한 포플러 가로수를 보았고 그리고 뒤돌아 아파트 단지와 보도를 가른 시멘트 울짱을 보았다. 시멘트 울짱은 제법 길어서 이쪽에서 저쪽까지 거의 끝이 보이지 않을 정도였다. 그 물에 젖은 마분지 빛깔의 시멘트 울짱은 쳐다보고 있으면 늘 칙칙한 기분을 안겨주곤 했다. 몇 해나 여기서 살았지만 한결같은 느낌만을 주었다. 도무지 그것에선 칙칙함 말곤 다른 것은 느낄 수 없었다. 그렇게 아무 변화

없이 한 가지 분위기를 한결같은 운명처럼 떠안고 있는 무언가도
드물 것이다.

그런 시멘트 울짱을 저쪽부터 쭉 훑어 내려오고 있을 때 거기서,
정확히 말하자면 나와 직선으로 마주 보고 있는 자리에, 누군가 서
있는 것이 보였다. 내가 쇠기둥에 어깨를 기대고 있는 것처럼 그 누
군가도 시멘트 울짱에 등을 기대고 있었다. 내가 기댔다면 울짱의
뾰족한 끝이 허리 밑동을 찔러왔을 것이다. 그러니까, 키가 작은 누
군가였다. 얼굴은 창백했다. 아이섀도를 한 듯 눈 밑이 시커멨다.
나는 생각했다. 뭐야, 어린애가 화장을 다 했군. 그럴 리 없는데.

학원엔 안 갔나 봐, 아니면 아예 다니지 않던가. 그도 그럴 것이
아이의 어깨엔 아무 가방도 걸쳐져 있지 않았고, 아이의 반바지 아
래로 드러난 무릎께에도 아무 가방도 기대어져 있지 않았다. 나는
고개를 돌렸다가, 문득 무슨 생각에선가 다시 울짱의 아이를 향해
몸을 틀었다. 아이는 노래를 부르고 있었다. 아이의 가느다랗고 핏
기 없는 입술 두 쪽이 달싹거리고 있었고, 길쭉한 부메랑을 닮은 나
이키 상표가 파란 반팔 셔츠의 가슴께에서 희미하게 들썩이고 있었
다. 나는 내가 어떻게 아이의 노랫소리를 들을 수 있는지 의아했다.
언제 어디서 나타났는지 그건 모르더라도.

아이와 나 사이는 삼사 미터가량 떨어져 있었다. 한산하긴 했지
만 차도의 소음도 만만찮았다. 그리고 약한 것이긴 했지만 우리 둘
사이엔 바람도 불고 있었다. 버스를 기다리고 있는 주위의 다른 두

행인은 무심한 듯, 버스가 곧 올라올 저쪽으로 고개를 돌린 채였다. 노랫소리를 못 들었거나, 들었어도 별 흥미를 느끼지 못했거나, 아니면 벌써 돌아봤거나, 그랬을 것이었다.

노랫소리는 커지고 있었다. 그리고 그에 따라서 내 머릿속의 의아함도 커지고 있었다. 의아함이 내 머릿속의 다른 생각들을 밀어내고 있었다. 노랫소리는 커지고 선명해지고 있었다. 그건 마치 노랫소리가, 내가 선 자리에서 알아들을 수 있을 만치 꼭 알맞은 크기로 커지기 위해 노력을 경주하고 있는 듯한 느낌이었다. 그렇다면 나는 굳이 그쪽으로 귀를 쫑긋거린다든지 몸을 기울인다든지 신경을 집중한다든지 할 필요가 없지 않을까. 나는 그저 서 있으면 되는 것이 아닐까. 그러면 노랫소리가 자연스레 차올라서, 내 귀에까지 선명하고도 뚜렷하게 와 닿지 않을까.

노랫소리는 꾸준히 차오르고 있었지만, 아이의 입술이 달싹거리는 수준은 그리 달라지지 않고 있었다. 아이의 입술은 그저 달싹이는 수준, 겨우 움직이고 있다는 표시만 나는 수준으로 움직이고 있었다. 나는 노랫소리가 알아들을 수 있는 선에까지 이르기를 기다리면서, 찬찬히 아이의 전신을 훑어보았다. 아이의 운동화며 짙은 자색과 빨간색 짝짝이인 양말, 무릎께가 심하게 튀어나온 면바지, 헐거운 비닐 혁대, 반팔 셔츠, 원체 가느다란 데다 노래를 부르느라 더 길고 가느다랗게 뽑은 목, 그리고 턱, 그리고 두 쪽 입술, 그리고 눈, 흰자위가 강조된 눈. 아이는 눈을 치켜뜨고 있었다.

나를 보고 있는 건 아니군. 나는 그럼 그렇지, 하고 고개를 까딱거렸다. 아이는 짧게 턱을 치켜들고, 허옇게 뒤집혀 보일 만치 두 눈을 치켜뜨고 있었다. 고개를 들고 공중을 올려다보고 있었다. 자기 이마 위에 뜬 무언가를 보고 있었다. 자기 이마 위에 뜬 무언가? 현기증이 삭, 스치고 지나갔다. 잠시 속이 울렁거렸다. 자기 이마 위에 뜬 무언가? 이건 꼭 어디선가 한번 들어봤던 것 같아. 누군가의 목소리로. 확실히 그래. 들어봤든가, 아니면 내가 직접 썼든가. 내 목소리였나? 기시감인가? 아니, 그렇진 않아……. 바로 그때, 나는 아이의 노랫소리가 내 귓전에까지 꽉 차오르는 것을 느꼈다. 내 목젖까지 꽉 차서 마치 내 목구멍에서 나는 소리처럼 비할 데 없이 선명하게 울려오는 것을 느꼈다. 나는 하, 하고 짧게 신음인지 한숨인지를 뱉고는 깜빡 비틀거렸다. 그렇지, 그랬어. 나는 고개를 끄덕였고, 그 졸린 목에서 새어 나오는 가냘픈 비명 같은 노랫말을 들었다. ……나는 서너 발자국 앞에서 네 노랫말을 듣지 못하네, 그건 아마 우리 둘 중 누군가 죽었기 때문…….

　그건 아마 우리 둘 중 누군가 죽었기 때문……. 그건 일종의 반복 악절이었다. 곧 버스가 왔고, 나는 어깨가 뻣뻣한 채로 올라탔다. 아이의 두 쪽 입술은 여전히 움직이고 있었고 눈은 치켜뜨고 있었다. 눈두덩은 시커멨고 노랫소리는 계속해서 들렸다. 나는 네 노랫말을 듣지 못하네, 그건 아마 우리 둘 중 누군가 죽었기 때문…….

　무슨 일인가 이미 내게 벌어진 것이다.

"그래서? 그게 무서웠어? 아잉, 쯧쯧."

내가 버스 정류장에서 보았던 그 아이에 대한 이야기를 꺼낼 때마다 od는 내 엉덩이를 툭툭 두들기며 혀를 찬다. 남자들은 아기 같다는 것이다. 나는 아직 여고 졸업반도 되지 않은 계집애에게 그런 소리를 듣고도 자존심 상하지 않는다. 반말을 까고, 내 담배를 훔쳐 피우고, 방을 어지르고, 휴대전화 사용료를 대납해달라고 떼쓰고, 시디에 지문을 남기고 흠집을 내고, 그래도 나는 그 모두가 애교인 듯 넘어간다. 혹, 그녀를 부른 게 이런 관계를 즐기기 위해서가 아닐까. 존칭이란 아예 없고, 대화를 나눌 때도 제대로 된 문장을 구사하는 법이 드물다. 우리는 이것저것, 이래저래, 이렇게 저렇게, 하고 꼭 필요한 단어 몇 개만으로 의사소통을 한다.

나는 얼마 지나지 않아 단지 앞 버스 정류장엔 가지 않게 되었다. 나는 부러 네 블록 거리를 걸어 내려가, 상가 앞 정류장을 이용한다. 시멘트 울짱이 끝나는 곳이 그곳이다. 거긴 통행인도 많고 어느 시간대든 버스를 타려는 사람들로 붐빈다. 버스 노선도 둘인가 더 있다. 내가 어째서 그런 순진한 생각을 했는지 모르겠다. 어째서 그 아이가 시멘트 울짱에서, 그 칙칙한 울짱에 오줌 줄기가 스미듯 그 곳에서 나왔다고 여겼는지 모르겠다.

나는 명동에서 충무로 쪽으로 좀 벗어난 골목의 찻집에 있었다. 아침 이른 시간에 볼일이 있어 근처에 들렀다가, 횟집에서 알탕을 먹곤 혼자 입을 씻기 위해 들어온 찻집이었다. 나는 창가에 붙은 바에 앉아 녹차를 마셨다. 통유리는 잘 닦여 있었다. 날은 흐렸다 개었다 하고 있었다. 구름이 짙긴 했지만 하늘을 뒤덮을 정도로 양이 많지는 않아서, 여기저기 가끔 볕이 도로로 하얗게 가라앉고 있었다. 나는 아마도 책을 한 권 펼쳐놓고 있었을 것이다. 담배를 입에 물고 있었을 것이고, 한 손은 바지 주머니에 넣고 있었을 것이다. 나머지 한 손은 책장을 넘기고 있거나 담배를 쥐고 있거나 찻잔을 쥐고 있거나 그렇지 않을 땐, 아마도 오른뺨을 받치는 데 쓰고 있었을 것이다. 이 모두가 내가 혼자 차를 마실 때 하는 습관이다. 나는 또 내가 얼마나 무료한지에 대해서 생각했을 것이다. 그렇지 않다면 아무것도 생각하고 있지 않았을 것이다.

그리고 녹차가 두어 모금쯤 남고 차게 식어서 아무래도 마시고 싶은 느낌이 들지 않게 되었을 때, 누군가 내 앞을 지나갔다. 얼핏이라고 해도 좋을 만치 짧은 순간이었다. 그는 다른 통행인들 새에 끼어 내가 온전히 시선을 주기도 전에 지나가버렸다. 내가 아는 누구일까? 나는 찻잔을 잡으려다가 담뱃갑으로 손을 뻗어 한 개비를 꺼내 입에 물고 불을 붙였다. 그러곤 눈을 드는데, 다시 누군가가 내 앞을 지나갔다. 역시 얼핏, 이었다. 이번에도 온전히 시선을 줄 짬은 없었지만 그래도 그 누군가가 좀 전의 그 누군가라는 건 알 수 있었다. 이번에도 똑같이, 창 왼편에서 나와 오른편으로 갔다. 내가 아는 누구일까? 그는 다리를 절룩거리고 있었고, 어쩌면 쇠지팡이를 짚고 있었을 수도 있다. 아주 늙은 사내는 아니었다. 기껏해야

쉰을 갓 넘긴 나이일 것이다. 그래도 귀밑머리께가 좀 세었다. 아.

"아."

나는 입을 커다랗게 벌리고 울대를 힘껏 끌어 올리며 새된 소리를 질렀다.

"무슨 수수께끼가 이리 많은 걸까?"

그게 처음이었다. 나는 그 다음다음 날, od를 아파트로 불렀다.

od는 내가 하는 말에 고개를 끄덕여주었다. 팔짱을 끼고 귀를 쫑긋거리더니 그런 일이 다 있을 수가 있구나, 하며 신뢰한다는 표정을 지어 보였다. 그게 그녀가 할 일이었다. 내 말을 들어주고 신뢰해주는 것. 귀를 쫑긋해주고 고개를 끄덕여주는 것.

"언제든 나타나면 내게도 알려줘. 같이, 함께한다면 무서움이 덜할 거야."

그러면서 od는 꾹꾹 컴퓨터 리모컨의 버튼을 누르거나 신문을 뒤적인다. 그녀는 내가 들려주는 말을 신뢰하긴 하지만 내가 들려준 말 그 이상의 것엔 흥미를 보이지 않는다. 그것의 정체가 뭔지, 왜 나타나는지, 왜 내 발성기관이 뜻 모를 소리를 지르는지, 노랫소리의 뜻이 뭔지에 대해 그녀는 한 번도 질문하지 않았다. 그녀는 어쩌면, 자기가 할 일은 그저 잠자코 들어주는 일뿐이라고 여기고 있지도 모른다. 뭘 더 원하면 휴대전화 사용료를 대납해주든지, 아니면 문정동에 가서 정장을 한 벌 맞춰주든지.

하긴 나도 그것이 od의 옳은 처사일 거라는 생각이다. 그녀를 부른 첫날 나는 말했다. 너는 내가 돈을 주고 빌린 작은 방이야. 방음설비도 괜찮게 되어 있지. 나는 아무 말이든 다 해도 돼. 크게 떠들어도 되고…… 알았어? 그 방엔 나 혼자 있는 거야.

od를 부르고 나서 이 주일쯤 이상 없이 지나갔다. 때와 장소를 가리지 않고 사람들 앞에서 새된 소리를 지르는 일은 있었지만, 그 외 다른 일들은 일어나지 않았다. 노랫소리도 들리지 않았고, 칙칙한 배경을 뒤로해서 누가 나타나지도 않았고, 커피숍 창밖으로 누군가 지나가지도 않았다. 일거리도 좀 늘어서 저축 액수를 늘릴 수 있었다. 질문은 그녀도 하지 않았지만 나도 하지 않았다. 질문? 대체 뭘 물어봐야 하지? 그 일에 대해 무언가 물으려 할 때마다 나는 혀뿌리께부터 쿡, 막혀버렸다.

그러다가 동창의 결혼식이 있었다. 내가 느닷없는 소리를 하자, 동창들은 어리둥절해했고 의심쩍은 눈길을 보냈다. 나는 어깨가 넓은 여자가 좋아. 그래야 기대지. 널따란 품에 안기기도 하고. 자리는 일찍 파했다. 내 탓은 아니었다. 자리를 파하며 누군가 그랬다. 우리 그랬잖아. 새벽까지 술 퍼마시다 지하철역 계단에 쓰러져 자든가, 호텔 옆 쓰레기장에서 자고 그랬잖아.

나는 tu의 차를 얻어 탔다. 그가 벌써 차를 장만했다는 데 좀 놀랐다. 무슨 인터넷 관련 회사를 다닌다고 하는데, 연봉이 내 지난 삼 년 치 수입을 합친 것보다 많았다. 하긴, 요샌 어디 다닌다고 하면 죄다 인터넷에다 벤처지.

"그게 겨우 십 년 전 일인데 말이야."

tu는 입맛을 다셨다. 뭐가? 우리가 술 처먹고 쓰레기통 옆에서 자고 그랬던 거 말이야. 지하철역 계단에서 쪼그리고 자던 거 말이야. 그랬나? 난 안 그랬어. 난 공부만 했지. 근데 그랬던 게……

"십 년밖엔 안 됐어? 겨우?"

"그래, 겨우."

그러고 보니, 우리는 별로 안 늙었구나. 전혀 늙지 않았어. 조금도 늙지 않은 거야.

tu는 그의 집으로 가는 길과 내 집으로 가는 길이 갈라지는 지점에서 차를 세웠다. 사당이었다. 맥주 몇 잔 더 하자고 그가 그랬다. 차는 내일 가지러 오지. 나는 그런 일에 대해서라면 아무 의견도 없는 사람이다.

tu와 나는 작은 카페에 들어가 몇 잔을 더 했다. 아직 오후 다섯 시도 되지 않은 시각이라 손님이라곤 우리 둘밖에 없었다. 창밖을 보니 거리도 한산했다. 그가 하는 일은 홈페이지에 들어가는 적은 분량의 애니메이션을 제작해주는 것이었다. 그림 그리는 솜씨가 있을 리는 없으니, 아마 기초 아이디어를 내고 스토리를 짜주고 초안을 마무리해주는 역할을 하는 모양이었다. 그림도 그려. 정말? 그런 재주 없잖아. 궁하다 보면 없던 재주도 나와. 너는 어떻게 살았어?

잘 살았지. 가끔 네 얘기를 들어. 어디서? 사무실 여직원들이 네 얘기를 해. 거참.

그리고 네 병인가 다섯 병인가 마셨을 때, 나는 그 노랫소리를 다시 들었다. 카페 홀에서 나는 소리였다. 바 쪽에서 틀어놓은 음악은 아니었다. 바의 음악은 네네 체리의 노래였고 제임스 골웨이의 음악이었다. 내 고개는 점점 숙여져 테이블에 코가 닿을 지경이 되었다. tu는 여직원들에 대해 떠들어대고 있었다. 나는 노랫소리를 다시 듣고 있었다. 그것은 음악 소리와 tu의 말소리와 웨이터의 구두 소리, 바에서 누군가 나지막이 잡담을 나누는 소리 들을 밀어내며, 밀쳐내며, 내 귓전을 향해 차오르고 있었다. 그것은 전처럼 느리지 않았고, 전보다 빠르게 투명해지고 선명해졌다. ……나는 서너 발자국 앞에서 네 노랫말을 듣지 못하네…… 그건 아마 우리 둘 중 누군가 죽었기 때문……. 뻣뻣이 움츠러든 어깨를 겨우 펴며 나는 고개를 들었고, 그리고 내 등 뒤편의 테이블을 바라보았다. 나는 내가 언제 이런 카페에 들어와 내 뒤편 테이블에 신경을 쓴 적이 있었나, 하고 생각했다. 그럴 만한 일이 언제 내게 있었나, 하는 생각을 했다. 내 등 뒤편 테이블에는 물방울무늬가 프린트된 감색 블라우스와 허리까지 끌어 올려 입은 몸뻬 차림의 사십 대쯤으로 보이는 여자가 앉아 있었다. 촌스럽긴 하지만 요즘도 재래시장 같은 델 가면 종종 눈에 띄는 차림이었다. 그 여자가 노래를 부르고 있었다. 새빨갛게 칠을 한 입술을 달싹이며. 균형이 좀 맞지 않는 듯한 두 눈에

선 비닐 속눈썹이 팔락이고 있었다. 나는 이젠 제법 침착해져서, 시선을 피하거나 놀라 입을 벌리거나 하지 않았다. 나는 그녀의 입술을 똑바로 바라보았고, 노랫소리에 귀를 기울였다. 그것은 반복 악절이었고, 아주 단순한 멜로디를 갖고 있었다. 연주가 필요하다면 그저 건반 몇 개만으로도 가능할 멜로디였다. ……너는 서너 발자국 앞에서 내 노랫말을 듣지 못하네…… 그건 아마 우리 둘 중 누군가 죽었기 때문…… 오늘도 정류장에선 시체들이 서성인다네 그렇지, 단순히 오전이 오후로 오후가 오전으로 행진하듯…….

그때 tu가 내 어깨를 쳤다. 돌아보니 빈 잔을 내밀고 있었다. 뭐 하는 거야? 응? 뭐 하는 거냐고? 나는 얼른 그의 잔을 채워주고 내 잔을 비웠다. 그러고는 나가자며 자리에서 일어섰다. 뭐야? 아냐, 그냥. 뭔가 깜빡했어. 뭘? 글쎄, 내가 뭘 깜빡했을까. 뒤 테이블의 여자는 그와 내가 카페 문을 나설 때까지도 그 자리에 앉아 있었다. 그녀는 내게 눈길 한번 주지 않았다. 그녀의 노래는 그침이 없었다.

tu와 나는 카페에서 나와 버스 정류장을 따라 오십 미터쯤 걸었다. 버스를 이용하지 않은 지 삼 년도 넘어서, 그는 무슨 번호를 타야 하는지도 알지 못했다. 묻지 않아도 뻔히 알 수 있는 것을 나는 그에게 물었다.

"내 뒤에 앉아 있던 여자 봤어?"

"뭐?"

"못 봤어? 아무도 없었어?"

"글쎄, 못 본 것 같은데……. 아마 비어 있지 않았어?"

나는 tu가 탈 버스가 올 때까지 기다려주었다. 그와 나는 이곳에서 한 번에 가는 차가 있었다. 그러다가, 그가 물었다. 왜 고개를 치켜들고 있는 거야?

"뭐?"

"왜 고개를 치켜들고 있냐고. 거기 뭐 있어? 구름밖엔 없는데?"

"아."

아. 그제야 나는 내가 무엇을 하고 있는지 깨달았다. 내가 무슨 자세를 잡고 있는지 느닷없이 깨달았다. 나는 좀 삐딱하게 고개를 치켜들고는 하늘을 올려다보고 있었다. tu를 보낸 다음 나는 택시를 잡아타고 아파트로 돌아왔다. 그러곤 od를 불렀다. 그녀는 무슨 일인가 있어 오늘은 가지 못한다고 했다. 내가 아파트 베란다에 화단을 꾸미기로 한 게 그날이었다.

얼마나 자주, 오래 그런 자세를 하고 있는진 나도 모르겠다. 그 자세는 마치 한 십 년 몸에 밴 것인 듯 자연스럽고 불편함이 없었다. 걸음을 떼고 어깨를 으쓱거리고 등을 움츠리는 것만큼이나, 숨을 들이쉬고 내쉬고 하는 것만큼이나 익숙한 동작처럼 느껴졌다. 내 고개가 취하는 방향이 전과 같지 않다는 것을 인지하는 순간은 누군가, tu처럼, 이것 봐 자네는 왜 고개를 들고 있는 거야, 거기 뭐 있어? 하고 물을 때, 오직 그럴 때뿐이다. 식탁에 마주 앉아 있다가 갑자기 od가 손등을 건드리며 뭔데? 어딜 보는 거야? 할 때뿐이다.

그럴 때면, 나는 대답이 궁할 수밖엔 없다. 응, 그래? 하거나 아니면 내가 언제? 할 뿐이다. 대체 이 모든 게 다 뭘까. 뭘 어쩌란 말일까. 그래도 나는 전과 같이 일했고 전과 같이 외출을 했다. 가끔 뜻모를 소릴 지르거나 고개를 삐딱하게 쳐들고 있긴 했어도 다른 사람과 의사소통을 하는 데에는 문제가 없었다. 다만 od를 불러들이는 횟수가 늘어나긴 했다. 그녀와의 전화 통화 시간이 길어지긴 했다. 베란다 화단의 알뿌리 수가 늘어나긴 했다……. 이러다, 망가지는 건 아닐까.

실제로 한번 망가지기도 했다. 이번 계절 들어 첫 큰비가 온 다음 날이었다. 나는 킴스클럽으로 장을 보러 갔다. 새벽 두 시가 넘어서였다. 나는 네 정거장 거리가 넘는 길을 스포츠 샌들을 끌며 갔다. 나는 이런 산책을 즐긴다. 적당하게 젖은 공기가 폐를 씻어주는 느낌을 즐긴다. 나는 육 층 식료품 매장에 들렀다가 칠 층 가정용품 매장으로 갔다. 사과 잼, 호박 잼, 비엔나소시지, 묶음 참치 캔, 포장 김치, 건과류 몇 종, 세척제, 양말과 구두약……. 그런 것들로 십 리터짜리 비닐 봉투가 무겁게 늘어졌다.

나는 계산을 치르고 엘리베이터에 올라탔다. 이 시간은 손님이 없다. 나는 엘리베이터 부스 모서리에 등을 기대곤 킴스클럽 부속 영화관에서 상영하는 영화들의 포스터를 바라보았다. 육 층에서 누군가 올라탔다. 여자였고, 새카만 단발머리에 흐린 연둣빛의 치마를 입고 있었다. 상의는 가슴이 파인 티셔츠였다. 키는 아주 작아서 겨우 내 어깻죽지에 닿는 정도였다. 여자는 지하 사 층 버튼을 눌렀다. 주차장이었다.

육 층에서 일 층까지 엘리베이터가 내려오는 데 시간이 얼마나 걸릴까. 그녀는 엘리베이터 부스 내 오른편 모서리에, 나와 똑같이 등을 기대고 섰다. 그러곤 엘리베이터 도어가 닫히자마자, 노래를 부르기 시작했다. 전기 스파크 같은 것이 빠르게 눈앞을 스치고 지나갔다. 귀를 기울일 필요도 없었다. 노랫소리가 귓전에 차오를 때까지 기다릴 필요도 없었다. 노랫소리는 간단히 내 두 귀를 뚫었다. ……너는 서너 발자국 앞에서 내 노랫말을 듣지 못하네…… 그건 아마 우리 둘 중 누군가 죽었기 때문…… 오늘도 정류장에선 시체들이 서성인다네 그렇지, 단순히 오전이 오후로 오후가 오전으로 행진하듯…….

그렇지, 항상 살펴야 해, 우리 이마 위에 어떤 구름이 떠 있는지……. 우리 이마 위로 어떤 구름이 지나가는지……. 그리고 일 층이었고 엘리베이터 도어가 열렸고 나는 뛰었고 어떻게 아파트로 돌아왔는지 아무것도 기억하지 못했다.

그 다음다음 날인가 od가 왔다. 현관 벨이 울려 열어보니 그녀였다. 그녀는 다짜고짜 왜 전화를 받지 않았느냐고 새된 소리를 질렀다. 정해진 날 정해진 시간이더라도 오기 전에 꼭 전화를 하는 그녀였다. 나는 그녀에게 잘 모르겠다고 대답했거나, 아니면 느릿느릿 고개를 저으며 돌아섰을 것이다. 그러곤 다시 방으로 돌아와 요에 고개를 박듯 쓰러져버렸을 것이다.

찌릿한 내가 코를 찔렀다. 눈을 떠보니 od의 잡아 쨀 듯한 눈매가 나를 빤히 들여다보고 있었다. 그녀의 손엔 수건이 들려 있었다. 기절했나 싶어 수건에 식초를 부어 냄새를 맡게 했다고 했다. 뭐야, 왜 그래? 전화도 안 받고. 왼 머리가 싸늘하게 죄어왔다. 그랬어? 전화기는 내 머리맡에 놓여 있었다. 수화기도 제자리였다. 오늘이 무슨 요일이야? 수요일. 아. 근데 집 꼴이 왜 이래? 응? 난장판이야. 무슨 일 있었어?

나는 자리에서 일어나, 도대체 무슨 일이 있었나 집 안을 둘러보았다. od가 정확히 봤다. 무슨 일이 있었을까. 현관에서 작업실을 지나 복도를 거쳐 침실에 이르기까지 아파트 내부에 무슨 작은 폭풍이 몰아친 것처럼 어지럽혀져 있었다. 이 방 저 방 휴지통이 넷 있는데, 그 모두를 거꾸로 들고 힘껏 흔들어댄 것 같았다. 구겨진 휴지들이 잘린 히아신스 꽃봉오리들처럼 사방에 흩어져 있었다. 욕조는 물이 차 있고 훈김과 훈김이 식어 생긴 물방울들이 욕실 내부에 가득 붙어 있었다. 그녀는, 자기가 들어와 욕조의 샤워기 꼭지를 잠근 것이라고 했다. 스포츠 샌들 한 짝은 복도에 한 짝은 침실 바닥에 버려져 있었다. 한 짝은 밑창이 삼분의 일쯤 떨어져 있었다. 엎어진 재떨이에서 튀어나온 담뱃재가 바닥 여기저기 짓이겨져 있었다.

od가 쓰레기를 주워 다시 휴지통에 넣고 있을 때 나는 욕조에 들어가 있었다. 수요일이라니 이틀이 지난 셈이다. 내가 킴스클럽에 간 게 월요일 새벽 두 시였으니. 욕조에 물이 넘치고 있었다니 어쩌면 목욕을 할 생각이었는지도 모른다. 샌들은 왜 여기저기 벗어놓았을까. 그건 그렇고, 휴지통은 왜 죄다 엎었을까. 아.

"무슨 수수께끼가 이리 많은 걸까."

"뭐?"

"아니, 아냐."

od는 잠깐 사이에 아무 일도 없었던 것처럼 만들어놓았다. 그녀가 녹차를 끓이는 동안 나는 식탁에 앉아 담배를 피웠다. 첫 한 모금을 빨자 기침이 나왔다. 배고파? 글쎄. 이틀을 내리 굶었을 텐데 허기가 없었다. 뭣 좀 시켜? 그럴까? 그녀는 중화요리 집에 전화를 걸었다.

"무슨 시체 같아."

od가 말했다. 그녀와 나는 요에 나란히 어깨를 붙이고 앉아 그녀가 빌려온 비디오를 봤다. 새로 갈아 끼운 요 커버의 감촉이 보송보송했다. 두통은 가셨지만 무기력감은 그대로 남아 있었다. 이틀 새 엉덩이가 두 배는 더 무거워진 듯했다.

"응?"

"뭐야, 시체나 다름없어."

od는 그러고는 입을 다물었다. 뽀로통하게 부은 목소리였다. 그녀는 아무 사건 사고도 없는 즐겁기만 한 아르바이트를 기대한 모양이었다. 나는 고개를 돌려 거울을 봤다. 눈두덩이 약간 검고 부어 있는 것을 빼면 전체적으로 핼쑥해 보이는 얼굴이었다.

내가 대체 지금 뭘 하고 있는 걸까. 나는 손을 올려 od의 브래지어 속으로 집어넣었다. 그녀는 잠자코 있었다. 처음 약속에 성 조항은 없었다. 미성년자에다, 학생이고, 그녀 스스로 깨끗하면서도 돈을 제법 받을 수 있는 아르바이트를 하고 싶어 이 일을 고안해냈다고 밝혔다. 나도 이제껏 그녀 몸에 손을 대지 않았다. 애인이 있는지, 성 경험은 있는지, 잠깐 궁금해하기도 했지만 묻지는 않았었다.

나는 브래지어를 올리곤 잠시 조몰락거리다가 입을 가져다 댔다. od는 뭐라 말도 없이 브래지어를 벗고 허리를 세우고 어깨를 폈다. 유두가 아직 핑크 빛이었다. 문득, 내가 이 모든 일의 해답을 벌써부터 알고 있지 않았는가 하는 생각이 들었다. 벌써부터, 애초부터, 해답을 알고 있지 않았나 하는 생각이 들었다. 누가 그랬지, 항상 살피고 있어야 한다고…….

그게 누구였더라. 나는 여기가 방 안이라는 것을 알면서도 고개를 치켜들었다. od의 가슴이 보였고 목선이, 턱과 코가, 장롱이, 그리고 천장이 보였다. 내 이마 위엔 이런 것들이 떠 있군. 나는 피식 웃었다. 그녀는 여전히 장롱에 등을 기댄 채 꼼짝 않고 있었다.

"내가 뭣 좀 더 하길 바라?"

"아니."

"싫어?".

"더는 안 돼."

나는 od의 말을 따랐다. 그리고 몇 분인가 더 빨다가 싫증을 느끼곤 입을 떼었다. 내가 아기였을 때 엄마 젖을 어떻게 빨곤 했는지 기억이 안 나.

"빨 때 기분이 어땠는지 기억이 안 나."

"그걸 기억하는 사람이 어딨어?"

od는 쿡쿡 웃었다. 이 빠가. 그리고 갓난아기였을 때 엄마 젖을 한 번도 빨아보지 못한 애도 있어, 나처럼. 그랬어? 음, 엄마가 아파서 무슨 약인가를 먹고 있었는데 그것 때문에 난 엄마 젖 근처에도 못 갔어. 그녀는 쿡쿡 웃으며 브래지어를 찼다.

*

tu를 다시 만났다. 사당에서였다. 버스를 기다리고 있는데, 그가 와서 내 어깨를 쳤다. 여기 어디선가 또 술을 마신 모양이었다. 나는 그와 잠시 얘기를 나눴다. 그는 내 손의 히아신스 알뿌리를 보곤 이젠 화단이 꽤 커졌겠구나, 했다. 꽤 커졌지. 아마 한 평쯤 될 거야. 계면쩍은 기분이 들어서 나는 그에게, 독신으로 살려면 화단을 꾸며야 한다고 했다. 그는 그래그래, 너 살고픈 대로, 하는 표정으로 고개를 끄덕였다. 그러곤 버스에 올라탔다.

나는 tu의 등에 대고 나지막이 중얼거렸다. 그래야 시체와 놀지 않게 돼…….

나는 고개를 들고 하늘을 보았다. 늦은 저녁이긴 했지만 계절 탓에 아직 완전히 어둡진 않았다. 형태를 분간하기 어려운 어떤 구름덩어리들이 하늘에, 내 이마 위에 떠 있었다. 나는 낮게 깔리는, 그리고 웅얼거리는 목소리로 노래를 불렀다. ……너는 서너 발자국 앞에서 내 노랫말을 듣지 못하네…… 그건 아마 우리 둘 중 누군가 죽었기 때문…… 단순히 오전이 오후로 오후가 오전으로 행진하듯…….

누군가 애인을 부르며 검게 그을린 손을 흔들고 있었다. 누군가 구두의 먼지를 털며 부러진 다리를 건들거리고 있었고, 누군가 시계를 들여다보며 터진 머리를 주억거리고 있었다. 누군가 코를 풀자 휴지가 빨갛게 물들었고, 누군가 호주머니에서 다른 누군가의 손목을 끄집어내고 있었다. 누군가 온몸에 불을 붙이곤 아주 늦어버렸다는 듯이 버스를 향해 뛰고 있었다.

그리고 그러면서도, 그들 모두가 노래를 부르고 있었다.

아주 작은 한 구멍

내가 그에 대해 들은 건 구십오 년 여름의 일이다. 벌써 오 년 전의 일이다. 그때 나는 아주 작은 한 구멍 따위야 어째도 상관이 없었다. 그때 나는 아주 작은 한 구멍에 흥미를 갖기엔 경솔했고, 경박했고, 무엇이든 대충 훑어보고 넘기는 습성에 흠뻑 젖어 있었다. 그 얘기에서 나는 무엇도 발견할 수 없었다.

너는 그때 이렇게 말했다. 그건 아주 작은 한 구멍이라고.

나는 네가 한 얘기를 까맣게 잊어버렸다. 너에 대해서도 잊어버렸다. 너는 대우중공업 사내 방송국에 다니느라, 새 삶에 적응하고 즐기느라 그때 이미 나에 대해서 잊어버린 상태였다. 나에 대해 잊고 내게 그런 말을 한 줄도 잊었을 것이다. 어느 쪽이 먼저 상대를 잊었는지 그것까진 내가 알 수 없다. 어쨌든 너는 나를, 나는 너를 잊었다.

그때 내가 그랬었나, 나는 과거가 싫다고? 그래서 너도 그랬었나, 이따위 재미없는 과거라면 자기도 잊고 싶다고?

사실 그건 과거도 아니었다. 우리는 과거에, 아무 일도 하지 않았으니까. 과거라고 하면 흔히 기대하곤 하는 그런 것들이 하나도 없는 과거였으니까. 그래서 너도 그렇고 나도 그렇고 잊고자 했을 때 잊을 수 있었던 것이다. 굳이 잊고자 하지 않아도 얼굴만 맞대고 있지 않으면 절로 잊힐 과거였던 것이다.

너는 섭섭했을지도 모른다. 너의 그 아주 작은 한 구멍에 대해 내가 귀 기울이지 않는다고. 네가 내 귀에 대고 속살거린 그 얘기에 내가 무심하다고. 아마도, 확실히, 섭섭했을 것이다. 그렇지만, 나도 갖고 있었다.

나도 구멍을 갖고 있었다. 게다가 그것은 아주 작은 구멍도 아니었다. 아주 작은 것이 아니라, 눈을 뜨고 있으면 보이는 게 그것뿐인 구멍이었다. 아주 커서, 도무지 어떻게 해야 좋을지 알 수 없는 구멍이었다. 어쩌나 큰지 실재를 넘어 잠 속까지 밀고 들어오곤 했다. 무섭게 분탕질을 쳐놓곤 했다. 그때 내가 가졌던 아주 큰 한 구멍, 그건 나 자신이었다. 나 자신, 내 생활이었다.

그랬으니, 나 자신이 아주 큰 한 구멍이었으니 너의 아주 작은 한 구멍에, 너의 징징거리는 소리에, 너의 신음에 귀 기울일 여유가 없

었던 것이다. 네가 말한 아주 작은 한 구멍이 어딨는지 두루 살필
여유가 없었던 것이다.

그래, 너는 그때 그랬다. 그건 아주 작은 한 구멍이라고.

그것은 아주 작은 한 구멍이라서 눈을 크게 뜨고 바라봐야 한다
고. 놓치기 쉬우니 한시도 한눈을 팔아선 안 된다고. 주시하고 있어
야 한다고. 마음을 놓아선 안 된다고.

＊

오 년이 지나 이천 년이 된 지금, 너는 똑같이 말하고 있었다. 그
건 아주 작은 한 구멍이야.

"아, 그건 어디서 듣던 얘긴데?"

나는 얼핏 떠오르는 게 없지 않아 되물었다. 너는 벌써 결혼해서
애까지 딸린 기혼자가 되었다. 나는 너의 결혼식에 가서 신랑 측에
서서 사진까지 찍었다. 오후 늦게 안산에 내려가야 할 일이 있어 피
로연엔 가지 못했다. 나는 사진을 보내달라고 했다. 너는 내게, 너
도 어서 결혼해야지 그랬다. 나도 네게, 결혼까지 했으니 이젠 그만
착실하게 살아야지 그랬다. 너는 사진을 보내주지 않았다. 못 받았
어? 못 받았어.

"어디선가 실수가 있었나 보구나. 아니면 내가 깜빡했든가."

나는 사진은 아무래도 상관없다고 했다. 나는 결혼 생활은 괜찮

으냐고 했고 애가 생겼으면 이제 신혼은 끝난 게 아니냐고 했다. 너는 자기네는 은혼식 때까지도 신혼일 거라고 했다.

"근데 무슨 구멍?"

예전에 무슨 얘기를 들었는지 기억나지 않아? 글쎄. 나는 얼핏 떠오르는 게 없진 않았지만 잘 모르겠다고 했다. 그게 뭐였더라. 하긴 그건 네 문제가 아니었지. 맞아, 내 문제는 아니었지. 그래, 그건 내 문제였어. 너와 나는 잠시 입을 다물고 있었다. 나는 내 무심함이 책망당하는 듯해 조금 불편해졌다.

"그래, 너는 그 구멍 위로 커튼처럼……."

나는 불현듯 책을 읽는 듯한 목소리를 내기 시작했다.

"딱딱하고 예리한 햇살들이 커튼처럼 드리워져 있다고 말했지."

까맣게 잊고 지내던 어떤 책의 어떤 구절이 불쑥 내 망막 표면을 미끄러지듯 지나가고 있는 듯했다. 저도 모르게 그것을 읽어 내려가듯 내 혀와 입술이 달싹거렸다. 나는 이게 어쩐 일인지 알 수 없어 잠깐 어리둥절했다. 네게는 반가운 일이었다.

"드디어 기억이 났구나. 그리고 또 내가 뭐라고 그랬더라."

잊힌 줄 알았던 그 구절들은 끊길 듯 끊길 듯하면서도 계속 내 망막 표면을 미끄러지듯 지나가고 있었다.

"그리고 너는 또 말했지. 그 커튼은 스치기만 해도 타오를 듯이 보였고, 그 앞에 서면 또 입술이 말라붙고 툭툭 소리를 내며 터져나갈 것 같았다고."

그러면서 나는 조금 흠칫했다. 방금 내 망막 표면을 미끄러져 지나간 구절은 평소의 내 머리론 생각할 수 없는 종류의 구절이었다. 상상력이 필요하며 그것도, 직사광선 아래 놓아둔 빠닥빠닥한 알루미늄 포일처럼 쿨하면서도 조금은 그로테스크한 상상력이 필요한 구절이었다. 나는 망막 표면을 어지럽히고 있는 그 구절들을 떨어내버리기라도 하듯 머리를 저었다.

"그리고! 그리고 또 내가 뭐라고 했지?"

너는 자신감에 찬 목소리를 냈다. 그건 지금도 그래! 지금도 그래! 너는 뿌듯해져선 내 혀와 입술이 어디까지 달싹일 것인가 하고 흥미로운 표정을 짓고 있었다. 바보짓 하지 마. 나는 낮고 작지만 분명하게 소리를 냈다. 무슨 짓을 한 거야? 내게 무슨 짓을 한 거야! 하지만 너는 두 손을 들곤 어깨를 으쓱해 보였다. 바보짓을 한 건 나였다. 내게 무슨 짓을 한 건 나였다.

나는 몇 번 화급하게 눈꺼풀을 껌벅이고는 너의 손을 꼭 부여잡았다. 그러곤 말했다.

"내 머릿속을 복잡하게 만들지 마. 그건 싫어. 안녕. 잘 가."

내가 여전히 무엇이든 대충 훑어보고 넘기고 있다면, 그건 내가 부주의와 이기라는 습성에 젖어 있어서가 아니다. 순전히 바빠서다. 신경 쓸 거리가 나날이 늘어나고 있어서다. 여전히 경솔하고 경박하지만 예전의 그 경솔과 경박은 아니다. 나는 그럭저럭 목구멍에 풀칠을 하고 살게 되었다. 나는 구멍을 갖고 있지 않다.

내가 갖고 있던 그 구멍은 다른 것들로 대체되었다. 바닥이 뻔히 보이는 은행 잔고, 새로 발라야 할 벽지, 어찌 치료해야 할지 모를 만성 소화불량, 챙기지 못한 친구들의 결혼식, 장례식, 다트 판에 몇 장이고 꽂힌 밀린 고지서들, 악취를 풍기는 설거지거리들, 아직 걷지 못한 빨래들, 사놓고 한 번도 제대로 신어보지 않은 등산화, 사과를 받거나 해야 할 어떤 친구들, 화해가 불가능해져버렸거나 불필요해져버린 어떤 친척들, 우체국으로 가져가 부쳐야 할 책 무더기들. 눈을 뜨면 이런 것들이 보인다. 내가 가졌던 구멍은 이런 것들로 대체되었다.

나는 아주 작은 한 구멍이든 아주 큰 구멍이든 그런 건 갖고 있지 않았다. 잠도 달다. 너무 달아 꿈을 꿀 짬도 없다. 나 자신도 더는 구멍이 아니다. 나는 너무 커 어째야 좋을지 알 수 없는 구멍이 아니다. 그런 추상적인 존재가 아니게 됐다. 나는 시간과 일에 치여 사는 물질적인 존재가 됐다.

그러니 내가 여전히 네게 무심해 보인다고 해도, 네 얘기에 귀 기울이지 못한다고 해도 이상한 일은 아니다. 나는 너를 같은 일로 여전히 섭섭하게 만들고 있다. 너의 징징거리는 소리에, 신음에 여전히 귀 기울이지 못하고 있다. 나는 문득 말해버리고 싶다. 너의 그 아주 작은 한 구멍은 온전히 너의 것이니, 또다시 날 성가시게 할 생각은 마라.

그렇다고 해서 포기할 네가 아니다. 너는 전화를 걸고 음성 메시지를 남겨놓고, 우리에게 무언가 다시 시작할 건더기라도 남아 있는 양 설득하려 든다. 나는 그런 네게 걱정 섞인 투로 우리의 과거란 실로 별것 없었음을 일깨우려 든다. 별것 없었고 사실은 아무것도 없었음을 가르치려 든다. 우리가 과거에 무얼 하기나 했어? 우린 아무것도 하지 않았어. 없는 거나 마찬가지인 과거, 실제로도 없었던 과거.

그래도 너는 믿지 못하겠다는 표정으로 나를 불러 세운다. 그렇더라도 한 번만. 이번 한 번만.

"좋아, 한 번만."

내가 너의 사무실을 찾아갔던 것도 그 딱 한 번이라는 유혹, 베팅의 유혹, 한 방에 귀찮은 일을 끝낼 수 있다는 유혹 때문이었다.

너의 사무실엔 처음 들어가본다. 나는 네가 사무실 책상을 어떻게 꾸며놓았을지 상상해본 적이 없다. 한 뼘짜리 자색 꽃병을 올려놓았을까. 마늘빵 오두막집 위로 눈이 내리는 스노 돔을 올려놓았을까. 암술에 담배를 비벼 끄게 되어 있는 연꽃 문양의 도자기 재떨이를 올려놓았을까. 중학교 입학 선물로 받았다던 금도금 연필꽂이를 붙여놓았을까.

"책상은 깔끔할수록 좋아, 내겐."

너의 책상엔 컴퓨터와 서류 홀더뿐이었다. 그 흔한 마우스 패드도 없었다. 어제저녁 퇴근할 때 공들여 닦아놓은 모양으로, 반짝반짝 윤이 나기까지 했다. 이럴 리가. 넌 책상을 지저분하게 쓰잖아. 나는 언젠가 너의 집에 놀러 갔던 일을 떠올리며 말했다. 그랬어? 너는 히죽 웃는다. 내가 하는 일은 창의적인 일이 아니야. 너는 히죽, 다시 웃는다. 깔끔을 떨수록 효율이 오르는 일이지.

나와 너는 잠시 너의 책상 앞에 앉아 담배를 피운다. 역시 책상 서랍에 재떨이를 넣어놓고 쓰는 버릇은 여전했다. 오 년 전 십 년 전처럼 우리는, 담뱃재를 털 때면 서랍 깊숙이 손을 집어넣었다.

사무실엔 우리 말곤 아무도 없었다. 휴일인 데다, 바쁜 일도 지나간 탓에 사내 방송국은 썰렁하니 비어 있었다. 사무실 맞은편 스튜디오에 들어가보고 싶었지만, 그건 실장의 허락을 받아야 할 일이라고 너는 고개를 저었다. 너는 말했다. 가끔 일이 밀리면 여기 혼자 나와 있곤 했지. 앉아서 해가 지고 다음 날 해가 뜰 때까지 방송 원고를 작성하는 거야. 그러다가 새벽 사우나엘 가. 샤워를 하고 잠깐 눈을 붙였다가 집에서 출근하는 것처럼 시치미를 뚝 떼곤 다시 돌아오지.

"아무도 몰라?"

너는 회사 경비가 방문객 이름을 적으니 그걸 보면 알려질 테지만, 그런 데까지 신경 쓰는 사람은 없다고 했다.

"지금은 고참쯤 되지 않았어? 오 년 찬가 육 년 찬가 그렇지?"

너는 물론 요즘은 잘 그러지 않는다고 했다. 자기 대신 입사 이 년 차가 아마도 그러는 것 같다고 했다. 이 년이나 됐는데도 일에 적응을 못 해. 대충 쓰면 알아서 읽어주는데, 그 친구는 그러질 못해. 주차장 경비나 하면 딱 좋을 인물이지. 너는 일이 아니더라도 어쩌다 나와 있고 싶은 때가 있다고 했다. 그럴 때면 블라인드가 쳐진 사무실에 혼자 앉아 책상 한편이 오줌 빛 황혼으로 물들 때까지 무엇도 하지 않고 멀거니 앉아 있는다고 했다. 괜찮은 재즈 카페를 하나 물색해놨어. 거기 가서 즐기려면 그럼 이젠, 재즈를 배워야 하나.

너와 나는 사무실에 들어올 때 사온 주먹밥을 먹었다. 나는 꼭 너의 두 배를 먹었다. 그리고 또 귤을 까서 먹었다. 귤도 또 꼭 너의 두 배를 까서 먹었다.

두 시 반이었다. 너는 갑자기, 어둑어둑해진 목소리로 말했다.

"그건 아주 작은 한 구멍이야."

나는 너를 물끄러미 쳐다보았다. 윗눈썹이 찌푸려졌다. 햇살이 정면으로 내 속눈썹에, 그리고 눈알에 와 부딪혔다. 사무실에선 뭐든 인공적으로 보이는구나. 나는 빵 자르는 나이프로 정확히 둘로 나눈 듯 명암이 분명한 네 얼굴의 반쪽을 바라보며 생각했다. 그러고는 겨우 서른 살밖엔 되지 않은 나이에 피부가 꽤나 상했구나, 했다.

"그래, 그래서?"

나는 또 그 타령이야, 하고 타박을 놓지 않았다. 나는 오늘, 너의 우는소리를 위해 종일을 투자하기로 한 것이니까.

"그게 어딨다는 거야? 어딨어?"

내 사근사근하고 짐짓 친절히 들리는 목소리에 너는 적잖이 안심한 듯 웃는 얼굴로 자리에서 일어났다.

너는 나를 데리고 네 책상 맞은편에 보이는 소회의실로 갔다. 사무실 인원이 다 해봤자 사환까지 여섯뿐인데, 이렇듯 큰 공간을 과소비하고 있다고 너는 농담처럼 투덜거렸다. 과연 여섯이 머리를 맞대고 앉아 있기엔 쑥스러워 보일 만치, 이름이 민망스레 들릴 만치 그곳은 크고 넓고 높았다. 회의 테이블엔 못해도 스무 명은 앉을 수 있을 듯했다. 뒤편 벽에 차곡차곡 쌓여 있는 열대여섯 개의 의자가 그걸 증명하고 있었다. 그 옆엔 먼지막이 비닐을 씌워놓은 방송 장비들이 또 내 키만큼 쌓여 있었다. 너는 이곳을 그만두게 되면 이것들을 가지고 나갈 거라고 했다. 용산 상가에 갖다 팔면, 퇴직금에 일 년 치 봉급에 상당하는 보너스가 붙는 것이나 마찬가지일 거라고 했다.

"나라도 가져갔으면."

"그렇다면 정말 왕낭비지. 네가 이걸 어디다 쓰겠어."

소회의실은 두 면이 바깥으로 향한 통유리 창으로 이뤄져 있었다. 나머지 두 면은, 한 면은 의자와 방송 장비가 놓인 콘크리트 벽면이고 다른 한 면은 사무실 내부를 향한 통유리 창이었다. 창엔 모두 물빛 블라인드가 쳐져 있었다.

그래도 실내는 밝았다. 빌딩을 괜찮은 데 잡았어. 그래 보여? 응.

하지만 예 앉아서 우리가 무슨 얘기들을 나누는지 알면, 그것 역시 과소비라는 생각이 들걸. 저것밖엔 안 돼, 하고 말이야. 그래? 그래. 하지만 나는 무슨 얘기라도 좋으니 아침 여덟 시 반에 동료라 부를 수 있는 사람들과 함께 모여 앉아봤으면 좋겠다는 생각을 했다.

너는 어느새 진지해져 있었다. 뭘, 어디서부터 꺼내 보여주어야 할지 곰곰 생각하는 표정이었다. 거기는 실장님 자리야. 너는 내 앞의 가죽 의자를 가리켰다. 거기 앉으라고 했다. 나는 네가 나머지 다섯 개 의자들 중 하나에 굼뜨게 가 엉덩이를 붙이고 앉는 것을 바라보았다. 이게 내 자리야. 너는 잉잉거리는 듯한 작은 목소리를 냈다. 원래는 아무 데나 앉아도 되는데, 어쩌다 보니 실원들 사이에 앉는 자리가 정해졌어. 나는 그래서 실장의 자리에서 너를 바라볼 기회를 얻게 됐다. 너는 근육은 더 단단해졌겠지만 오 년 전, 십 년 전에 비해 몸집 전체는 불어 있었다. 어딘지 모르게 더 둔해진 듯 보였고, 그러면서도 어떤 일면은 과장되게 날이 서 있는 듯 보였다. 실장이 너의 어떤 면을 좋아할지는 뻔했다. 너는 빚다 만 찰흙 덩이에 조각도 날을 하나 기다랗게 꽂아놓은 듯한 인상이었다. 생기다 만 일각수의 두루뭉수리 같은 몸통에, 언제든 아무나 찌를 수 있는 뿔만 하나 도드라지게 꽂힌 듯한 인상이었다. 너는 너무 일찍 날을 세웠어, 뿔을 달았어, 나에 비한다면, 하고 나는 생각했다.

"아니면 벌써부터 닳아빠질 대로 닳아빠졌든가."

"응?"

165

너는 문득 눈을 반짝이며 응? 하고 되물었다. 나는 웃으며 손을 저어 보였다. 너는 부드러이 숨을 내쉬고 혀로 입술을 닦곤, 나직나직 이야기하기 시작했다. 소회의실은 닫혀 있었고, 그래서 아무리 나직이 소리를 내도 나는 들을 수 있었다. 입속말을 해도 나는 들을 수 있었다.

나는 회의 테이블의 실장 자리에 앉아, 너의 아주 작은 한 구멍에 얽힌 모노드라마를 감상할 수 있었다. 적절한 거리를 두고 앉아 절제된 눈길로, 구경꾼이나 뭐 그런 입장에서, 어쩌면 그보다는 조금 더 적극적인 어떤 입장에서, 네가 지난 몇 년간 이 회사에서 매주 화요일과 목요일에 무엇을 했는지, 어떤 자세로 앉아 누구와 무슨 얘기를 나누곤 했는지 바라볼 기회를 얻었다. 나름대로 거칠게나마 추리해볼 수 있는 기회를 얻었다.

너는 말했다. 그건 아주 작은 한 구멍으로…….

처음 입사해서 지방 현장에 출장이나 다니고 그랬을 때엔 전혀 보이지 않았지만, 방송 원고를 하루 삼십 매나 쓰고 취재와 출연자 섭외를 위해 하루 이백 킬로미터씩 차를 굴리고 그랬을 때는 전혀 보이지 않았지만, 아마 그게 삼 년쯤 계속된 생활이었나?

너는 눈꼬리를 살짝 올리며 씩 웃어 보였다. 회의에 참석해서도 정신이 하나도 없었지. 왜 알잖아, 나 무대 공포증 있는 거. 실장이 뭐라고 한마디 하면 홀딱 정신이 나가. 회식 자리에서 내는 목소리하고 회의 자리에서 내는 목소리하고 어쩜 그렇게 다르게 들리던지.

"무대 공포증?"

"그래. 과장됐나?"

나는 그게 얼마나 무서운 건지 네가 몰라서 그런다고 부드럽게, 호의 섞인 반박을 해주었다. 어쨌거나, 내가 너의 얘기를 경청하고 있다는 것을 네게 보여주어야 할 필요가 있으니까.

아무튼 내가 좀 수줍어하는 성격이란 건 알잖아. 너는 오른손 손가락 다섯 개를 꼭 붙여 그 끝마디들을 입에 갖다 댔다. 너의 입을 가리고 웃는 버릇은 오랜만에 보는 것이다. 나는 그런 버릇이 요조숙녀들의 훈련된 본능이라고 알고 있었다. 그래도 나는 여태껏, 입을 가리고 웃는 내 또래 여자는 본 적이 없다. 그건 그렇고, 네가 언제 수줍어하는 성격이었나? 오늘 처음 알았군.

너는 입에서 손을 떼곤 다시 말을 잇는다. 내 밑으로 실원들이 더들어오고 내 위로 누군가 나가기도 했지. 오 년이면 꽤 오래 있었던 셈이야. 실장이 칠 년, 임 차장이 육 년이지. 그 둘뿐이야. 나보다 오래 있은 이는. 나도 언제 어디로 발령이 새로 날지 몰라. 이제는 출장도 많지 않아. 출연자 섭외도 임원급들 아니면 내가 직접 손대지 않아. 귀찮은 일은 없는 셈이지. 귀도 밝아져서, 회의 시간이면 무슨 소리든 다 잘 들린다.

나도 네게 원고 청탁을 한 번 받은 적이 있었다. 전화를 걸어선 건방진 목소리로 원고료가 장당 만이천 원이니 한 열두 매 정도 콩트를 써줄 수 있겠느냐고 했었지. 한번 만나자는 얘기도 없이. 나는 화가 났던가? 섭섭했던가? 아니, 그렇지 않다. 나는 쓰겠다고 했고 썼고 원고를 보냈고 세금 얼마를 뗀 원고료를 받았고 그러곤 다시 까맣게 잊어버렸다. 말했잖아, 너는 나를, 나는 너를 잊었다. 우리의 과거는 과거도 아니다, 라고.

"아무튼 요긴하게 잘 썼어."

내가 그때 부리가 형광 핑크 빛인 비둘기가 등장하는 동물우화를 써서 보냈을 거라고 하자 너는, 역시 내가 그랬어? 너한테 원고 청탁을 했어? 하고 무심하게 반응했다. 하지만 나는 너의 이 무심함이 정말인지 짐짓 꾸며낸 것인지 의심을 하지 않을 수 없다. 나는 그만하면 내게 적지 않은 돈이라고 했고, 그리고 아무리 적은 액수의 돈이라도 내겐 적은 게 아니라고, 고맙게 생각한다고 덧붙였다. 너는 들은 얘기가 있어선지, 잠자코 고개를 끄덕였다.

그리고 너는 다시 아주 작은 한 구멍에 대한 얘기로 돌아갔다. 그건 아주 작은 한 구멍으로…….

너는 시선을 약간 비껴 가져갔다. 너의 시선은 내 눈을 비껴 지나가 옅은 각도로 옆으로 기울어지다가, 내 왼팔 겨드랑이 가까이에서 나를 한번 슬쩍 스치고는, 나 너머의 어디론가로 향했다.

나는 너의 시선을 따라 고개를 틀었다. 네 시선이 가닿은 곳은 나 너머의 나 가까운 곳이었다. 고개를 틀었을 때 내게 보인 것은 창가, 내 왼편의 창, 왼편 창에 쳐진 블라인드였다. 명확하지 않은 시선이었다. 그것은 딱히 정해지지 않은, 아직은 바라보아야 할 곳을 찾지 못한 시선이었다. 나는 그래서, 너 자신이 아직 네가 말하고자 하는 것의 정체를, 그것의 존재를, 존재의 거처를 확실히 알지 못하고 있다는 느낌을 받았다.

"그렇지."

너는 다시 시선을 내게 향하곤 말했다. 쓴 소금기 같은 것이 느껴지는 목소리였다. 네가 여기 취직하기 직전 우리가 함께했던 여행 길에 석모도 염전에서 맛보았던 그 소금 같은 쓴맛이었다.

"난 정확히 어딜 쳐다봐야 할지 몰라. 그게 어디 한 자리에나 있는 것인지도 모르겠고."

나는 가벼이 한숨을 쉬었다. 시간을 좀 더 주겠노라고 했다. 나는 오늘 얼마든지 여기 있어도 된다고도 했다. 내 귀는 오늘 한가해.

"아무튼 여기 있었어. 아니, 저기."

너는 팔꿈치를 테이블에 붙인 채 문득 손을 들어 내 왼 겨드랑이 너머 블라인드 어디를 가리켰다. 나는 그 손가락 끝을 따라 다시 고개를 틀었다. 오후의 센 햇살이 블라인드 틈새를 타고 비치고 있었다.

"그건 있었어, 저 부근에 있었어."

너는 입술이 말라오는지 혀로 입술을 닦았다. 그러고 보니 네 입술은 희게 일어나 있었다. 아까도 그랬나. 소회의실 실내가 건조해서 그런가. 나는 그런 네 입술을 내 침으로 적셔주고 싶다는 생각을 잠깐 했다. 멍청이 같으니라고, 얘는 벌써 결혼해서 애까지 낳았잖아! 내 침으론 이제 내 입술이나 닦아야 해!

너는 다시 내 왼 겨드랑이 너머로 시선을 두었다. 입을 다물고는, 눈은 약간 크게 뜬 채다. 나는 잠자코 너의 다음 말을 기다린다. 너는 예전에도 이랬지. 그래 너는 그랬지, 구멍 위로 커튼처럼 딱딱하고 예리한 햇살들이 드리워져 있다고. 그렇다고.

나는 그 예전의 햇살들이 지금의 블라인드와 무슨 관계가 있는지 따져본다. 그때의 딱딱하고 예리한 커튼이란 지금의 블라인드의 환유가 아닐까. 블라인드는 실제로 금속제이고, 손을 베었다는 사람은 보지 못했지만 그럴 수도 있지 않을까. 너는 그때도, 그리고 지금도 아주 작은 한 구멍을 창가에서, 창에서, 햇살이 비치는 창 부근에서 보았던 것일까. 그렇다면 그건 햇살과 관련이 있는 걸까. 창, 커튼이나 블라인드 같은 차광 효과가 있는 어떤 것과 관련이 있다는 걸까. ……하지만 신중하지 못한 추리이다. 아주 작은 한 구멍이 있기나 한 걸까. 나는 있지도 않은 것을 단서 삼아 추적에 나서는 꼴이다. 나는 그저, 네 얘기를 들어주기 위해 따라나선 것이다.

"그렇다면 사라졌다가 다시 나타났던 거군."

하지만 너는 고개를 저었다. 그건 사라졌던 게 아니라 다만 자기 눈에 띄지 않았던 것뿐이었을 거라고 했다. 확실히 그랬을 거라고 했다.

"그건 아주 작은 한 구멍이고, 때에 따라 구멍이 조금 넓어질 수도 더 작아질 수도 있는 구멍이야. 눈에 전혀 띄지 않을 만치 작아질 수도 있는 거지. 한동안 내 눈에 띄지 않아, 이제 그만 사라졌다고 착각이 들 만치."

　나는 도대체 이게 다 무슨 얘기인가 하고 가슴이 답답해졌다. 어딨는지 당장 찾지도 못하는 그것에 대해 너는 어쩌면 그리도 잘 알고 있는 것이냐. 네 시선은 블라인드를 떠나지 않는다. 나는 구십오 년 여름에 그 얘기를 네게서 처음 들었다. 너는 그때 그것이, 취업병의 한 증세가 아닐까 생각했다고 했다. 취업 재수 이 년 차였던 그때 너는 초인적인 참을성을 발휘해서 엉덩이에 쥐가 나도록 하루 열한 시간씩 책상 앞에 앉아 있었고, 삼 년 차가 되자 이번엔 그 짓을 열세 시간씩 일 년을 더했다. 그러다가 너는 스트레스성 전신 마비를 일으켜 병원에 입원하게 되었고 그때, 아주 작은 한 구멍을 입원실 창가에서 처음 보게 되었다고 했다. 엄마가 제비꽃 화분을 창턱에 가져다 놓았는데 화분 바깥으로 잎들이 길쭉하니 늘어져 있었고, 너는 실로 오랜만에 가져보는 하릴없고 아무 죄의식 없는 상태에서 종일 화분만 바라보고 있었다고 했다. 그리고 그 지저분한 잎 사이로 햇살이 비쳐 들 때면, 그것이 보였다고 했다. 아주 작은 한 구멍이. 너는 전에 없이 맑게 갠 정신 상태였지만 그 아주 작은 한 구멍을 빨려들 듯 바라보다가 문득, 이대로 죽겠구나, 그럼 차라리 기쁠 거야, 하는 생각을 하기도 했다고 말했다.

　나는 그거야말로 취업병이구나, 했다. 헛것이 보이다니. 나 역시 월급쟁이 생활이 한없이 부럽긴 했지만 책상하곤 아무래도 친해지지 않았고, 내 두 짝 엉덩이는 가볍기 그지없었다. 헛것을 보기엔 내 시선은 경솔하고 경박하고 부주의했다.

나는 네가 무서웠다. 너는 병원을 나오자마자 쏜살같이 책상 앞으로 돌아갔고, 다시 열다섯 시간씩 앉아 있었다. 너는 최후의 피치를 올리는 것이라고 부드럽게 웃어 보였지만, 나는 네가 무서웠다. 너는 쫓기는 사람이었고, 뒤통수가 서늘한 사람이었고, 발아래를 조심하는 사람이었다. 어쨌거나 내겐 무서운 사람이었다. 그리고 겨울이 오기 전 너는 지금 이곳, 소회의실이 있는 사내 방송국으로 발령이 났다.

"그래서 너는 부르주아가 됐지."

나는 코웃음 치며 말했다.

"물론이지. 부르주아는 우리 가계의 내력이야. 내 한 달 용돈이 네 한 달 수입보다 많을걸."

나는 웃다가 입을 다물었고 너도 입을 다물곤 다시 시선을 블라인드로 향했다. 아직 내게 보여줄 무엇이, 확인시켜줄 무엇이 나타나지 않은 걸까.

세 시가 지나 네 시에 가까워져가는데도, 블라인드에 비치는 햇살은 아까보다 더 세져 있는 듯했다. 수그러들 시간이 되지 않았나. 그만 옅어지고 약해질 시간이 아닌가. 계절 탓인가.

공기도 더 건조해져 있는 듯했다. 먼지들이 블라인드 주위를 부유하고 있었다. 나는 너의 입술에 시선을 박고 고민스럽게 쳐다본

다. 이걸 얘기해야 하나. 나는 네 입술을 정확히 반으로 가른 핏빛
의 짧은 선을 본다. 입술이 터져 피가 배어나고 있었다. 그건 그저
흘러내릴 만큼도 되지 않는, 아주 적은 양이긴 하지만 희게 껍질이
일어난 입술에 아주 뚜렷한 강조점을 찍어놓고 있었다. 나는 그것
의 맛을 알고 있다.

"뭐라도 바르고 나오지 그랬어."

"응?"

나는 손가락을 빠르게 펼쳤다 접으며 네 입술을 가리켰다.

"아."

너는 손등을 살짝 갖다 대보곤, 묻어난 피에 놀란 표정을 지었다.

"그 정도에 놀라?"

그러자 너는 정말 놀랄 일이라는 듯이 씁쓰레 웃으며, 피를 보는
게 꽤 오랜만이라고 했다.

"그것도 내 피를."

선혈을 구경하기가 점점 힘들어지는 세상에 살고 있어, 좋은 징
조지. 그러면서 너는 소리 나게 피를 빨았다. 나는 아쉬운 표정을
감추지 않는다. 연인의 입술에서 나는 피는 여느 다른 부위의 피와
는 다르다. 비릿하지만, 그렇지만 달콤하다. 침샘을 자극하고 혓바
닥에 부담스럽지 않게 감겨온다. 나는 네게 키스할 때면 입술이 찢
겨 피가 나기를 바라기까지 했다. 일부러 소리 나게 빨기도 했고 앞
니로 갉기도 깨물기도 했다. 너는 그럴 때면 저항했지만 내가 왜 그

러는지는 미처 알지 못했다.

너는 벌써 결혼한 몸이다. 그리고 징그러워서라도 너랑은, 더 이상 아무 짓도 못 하겠다.

피를 봐서인지, 네 얼굴은 해쓱해 보였다. 아주 적은 양이었는데도, 네 얼굴은 금세 야윈 듯 보였다. 아니, 햇살이 강해져서 그런가.

"그건 아주 작은 한 구멍으로……."

너는 아무 소품 없이, 아주 작은 한 구멍을 찾지 못했으니까, 이야기를 진행시켰다. 나는 흥미가 당기는 척 몸을 네 쪽으로 굽히곤 손에 턱을 괴었다.

"두 달쯤 되었나. 나는 부천에 있는 우리 협력 회사 소식을 다뤄보고 싶다고 실장에게 말하고 있었지."

이제 모노드라마의 본막이 올랐나. 나는 괸 턱을 끄덕였다. 아마도 회의 시간이었겠지. 그래. 다들 있었지. 차 대리가 내 어깨에 대고 숨을 몰아쉬고 있었어. 그 친구 구취가 심하거든. 잇몸이 썩어 내리는 병이야. 나병인가. 풍치. 아.

"어쩔까 망설이던 취재였어. 외사촌이 출자한 회산데, 어쩐 일인지 소문이 안 좋게 났어. 기조실에서 흘러나온 모양인데 좀 시달렸나 봐. 내가 뭘 어쩌겠어. 방송에 대고 전망 밝다는 얘길 틀어주면 좀 나아지겠지, 하는 생각이었어. 이사급 이상도 듣거든."

너는 보기보다는 실장이 까다롭다고 했다. 너는 부천의 협력 회사에 요즘 어떤 경사가 났으며, 기술 개발에 얼마나 더 투자를 하기로 했는지 기다랗게 실장에게 설명했다고 했다. 너는 열을 올렸고, 실장은 약간 고개를 갸우뚱한 채 뜻을 잘 읽을 수 없는 냉소를 흘리고 있었다고 했다. 바로 그 자리에서.

"네가 지금 앉아 있는 자리에서."

나는 너의 갑작스러운 지적에 놀라 턱을 움찔했다. 그렇지, 난 실장 자리에 앉아 있지. 나는 내가 실장이라면 그때 어쨌을까, 하고 생각하며 괴었던 턱을 들었다. 그러곤 허리를 펴며 다리를 꼬았고 삐딱하게 고개를 눕혔다. 입가를 일그러뜨리곤 너를 똑바로 바라보며, 네가 지금 무슨 수작을 하는지 속이 뻔히 보인다 보여, 하는 생각을 했다. 그러자 너는, 그래 그 표정이었어, 냉소, 하고 즐거운 얼굴을 했다. 실장이랑 똑같구나.

"실장이 뭐래?"

"실장은 아무 말도 하지 않았어. 아니, 어쩌면 했을지도 모르지. 아니, 했을 거야. 다다음 주에 그 협력 회사 인터뷰 방송이 나갔으니."

"몰라? 네가 물었잖아."

그러자 너는 갑갑하다는 듯 캐주얼 셔츠의 네크라인을 이쪽저쪽 잡아당겼다. 평일 정장 차림이었다면 넥타이를 푸는 동작이었을 것이다. 소회의실은 건조하구나. 답답하구나. 나는 혀끝으로 입술을 적셨다. 이런, 내 입술까지 말라가잖아.

"그건 아주 작은 한 구멍으로……."

너는 갑자기 허리를 앞으로 급하게 굽히며, 빠르게 어딘가로 시선을 던졌다. 내 왼 겨드랑이 너머였다.

"딱딱하고 예리한 햇살들이 커튼처럼 드리워져 있었어……."

그러면서 너는 손목을 들어 올리며 말하느라 잠시 구겨져 있던 입술을 쭉 폈다. 아랫입술이, 다시 터져 피가 배어났다.

"스치기만 해도 타오를 듯한 딱딱하고 예리한 햇살들이……."

"그 아주 작은 한 구멍에 드리워져 있었어, 그리고……."

너의 입술은 갈수록 빠르고 격렬히 움직였고 갈라진 틈은 더 커지고 더 빨개졌다. 아주 적은 양이긴 했지만 피는, 점점 더 많이 네 입술 위에 방울져갔다.

"그렇지만 그 구멍이 정말 무엇인지……."

네 입술에서 뚝, 뚝, 소리가 나는 듯했다. 핏방울은 커져갔고 좀 있으면 네 입술에서 굴러떨어질 것 같았다.

"그 구멍에 무엇이 기다리고 있는지 나는……."

너는 셔츠의 가슴패기를 쥐어뜯는 시늉을 해 보였다. 와이셔츠였다면 그건 단추를 힘껏 뜯어내고 벗어젖히는 동작이었을 것이다.

"하지만 나는 왜 그것 앞에서 자꾸만 비명을 지르게 되는지……."

너는 아랫배를 움켜쥐곤 인상을 썼다. 이마엔 혈관이 도드라져 있었고 입술은 파들거렸다. 너의 굽은 허리는 이제 완전히 꺾여 테이블에 엎어진 꼴이 되어 있었다. 나는 무언가 손을 써야 한다고 생각했다. 하지만 옴짝달싹할 수가 없었다. 나는 여전히 실장의 자리에 앉아 허리를 꼿꼿이 펴곤 다리를 꼬고 앉아 냉소가 처발린 얼굴을 하곤 이리저리 고개를 비트는, 주억거리는 너를 내려다보고 있었다.

"자꾸만 커다란 비명을 지르며 그 구멍은 아주 작은 한 구멍으로……."

네 입술에 맺혔던 핏방울이 굴러떨어졌다. 그건 곧 테이블 유리판 위에 새로운 방울로 맺혔고, 그건 또 네 갈라진 입술이 아닌 유리판으로부터 배어난 새롭고 신선한 핏방울처럼 보였다.

"누군가 아주 차분하고 부드럽게 노크하더라도, 절대로……."

그러면서 너는 드디어 울음을 멈추었다. 아니, 네가 언제 울기라도 했나. 어쩌면 흐느낀 정도였는지도 모르고 또 어쩌면 그저 숨을 몰아쉰 정도였는지도 모른다. 나는 숨을 멈추곤 네가 얼굴을 들길 기다렸다.

너는 금세 고개를 들었다. 허리를 펴고, 두 팔을 제자리에 갖다 놓고, 구겨졌던 네크라인을 폈다.

"이러고 나서 나는 아마 쓰러졌을 거야."

"그래?"

나는 바보처럼, 박수를 쳐야 할지 말아야 할지 망설였다. 이게 연기라면, 너에게서 전혀 뜻밖의 재주를 발견한 셈이군.

"그래. 그랬을 거야. 눈을 떴을 때 소회의실에 나 혼자 남겨져 있었으니까."

너는 눈을 떴을 때 잠깐 잠이 든 자세로 테이블에 엎드려 있었고, 또 소회의실엔 너 혼자였다고 했다. 나는 팔짱을 끼곤 고개를 갸웃했다. 그럴 리가.

"네가 정신을 잃었든, 기절했든, 혼절했든, 셋 다 그 표현이 그 표현이군, 그랬다면 병원엘 데려갔어야 하지 않아? 하다못해 회사 양호실이나 휴게실에라도. 사내 양호실은 있나?"

너도 고개를 갸웃했다. 있긴 하지만 빌딩이 달라. 거리만 따지자면 병원이 더 가깝지.

"이상하다면 이상한 점이군. 어째서 날 어떻게든 처리하지 않았을까. 왜 깨어났을 때 나만 있었을까."

너는 턱을 만지작거리며 잠시, 생각에 잠긴 표정을 하고 있었다. 나도 실장 자리에 앉아 짐짓 생각에 잠긴 표정을 짓고 있었다.

"나중에 아무 말도 못 들었어?"

"못 들었어. 묻지도 않았지."

그러더니 너는 유리판 위에 손가락을 또르르 굴리며 주저하는 투로 말했다.

"어쩌면 난 그냥 까무룩 잠들었던 건지도 몰라. 춘곤증이 좀 일찍 찾아온 거겠지."

"회의 도중? 말하는 도중에 까무룩 잠이 든다고?"

나는 하하, 소리 내 웃었다. 그러곤 이제 그만 가지, 하고 말했다. 너도 씩 웃으며 자리에서 일어났다.

너와 나는 회사를 나와 저녁을 먹었다. 족발을 시켰고 소주를 시켰다. 너와 나는 이젠 얼굴도 잘 기억나지 않는 옛 친구들 얘기를 했다. 남자 친구들은 장가를 갔고, 여자 친구들은 시집을 갔고, 또 누구는 어디를 다니며 누구는 빚을 크게 졌고 누구는 죽기도 했다고. 나는 장가가는 친구의 결혼식에 가서 너를 찾았다고 했고 너는 연락을 받지 못했다고 했다. 너는 죽은 친구의 장례식에 가서 나를 찾았다고 했고 나는 연락을 받지 못했다고 했다. 너는 새우젓이 입술에 닿을 때마다 눈꼬리를 일그러뜨렸다. 벌건 속살이 드러나 있었지만 피는 멈추어 있었다.

우리는 다시 과거 얘기를 꺼냈다. 나는 과거가 싫다고 했고, 너도 그렇다고 했다. 그럼 합의를 본 거군. 확실히 우리 과거는 재미없었다. 그래, 우리는 과거에 아무 일도 하지 않았으니까. 과거는 없었던 거야.

너는 흔쾌히 정리했다. 너는 나를 불편해하고 있었고, 잊고 싶어했다. 당연했다. 결혼해서 딸까지 낳았으니까. 게다가 너는, 네 와이프가 자기가 상상할 수 있는 가장 예쁜 여자라고 침이 마르게 자랑을 해댔다. 그러면서도 너는 왜, 이런 일이 생기면 나를 찾는 거니. 나는 얼른얼른 소주잔을 비웠다.

＊

얼마 지나지 않아 나는 전에도 그랬듯이, 너에 대해 너의 일에 대해 신경 쓰지 않게 되었다. 네 입술에 대해서도 잊어버렸다. 이제 내 입술도, 네 입술도 달콤한 어떤 것이 아니게 됐다. 우리의 입술은 나이 서른을 넘은 것, 담배 내에 찌든 것, 썩은 치아와 헐어가는 잇몸으로 악취를 풍기는 것이 되었다. 반값이 되었고, 늙어가는 일만 남은 입술이 되었다.

그래도, 왜 그런지 나도 알 수 없지만, 깜빡깜빡 네가 했던 몇 마디 말만은 떠오르곤 했다. 너는 그때 그랬다. 그건 아주 작은 한 구멍이라고. 그건 아주 작은 한 구멍이라서 눈을 크게 뜨고 바라봐야 한다고. 놓치기 쉬우니 한시도 한눈을 팔아선 안 된다고. 주시하고 있어야 한다고. 마음을 놓아선 안 된다고.

어째서 그 몇 마디가 계속 머릿속을 맴도는지 알 수가 없다. 너는 그때 소회의실 테이블에 네 얼굴을 쏟아질 듯 기울이며 그랬다. 그 구멍으로 빠져버린 이들의 명함은 부질없어졌다고. 그 구멍은 잘못 빠진 이들의 심장을 멈추게 하고 다시는 그 불행한 혀를 놀릴 수 없게 한다고.

너는 그때 온몸의 관절들을 한꺼번에 분질러버릴 듯 몸서리치며 그랬다. 그 구멍에 가까이 간 이들은 모두 실종되었다고. 너는 미친 듯이 아주 커다란 비명을 지르며 그랬다. 그 구멍은 아주 작은 한 구멍으로 어디에나 있다고. 너는 아주 커다란 울음을 바닥에 쏟아버리며 울부짖으며 그랬다. 그 구멍이 오늘 마침내 우리를 호출했다고.

누군가 아주 부드럽게 노크하더라도, 절대로 응답하지 말라고. 그 아주 작은 한 구멍이 사무실 저 밖에서 아주 커다란 한 입을 벌리고 있다고.

너는 그때 그랬다. 혼자 남겨져 눈을 떴을 때 눈을 떠 자신이 혼자 남겨졌다는 것을 깨달았을 때 격렬한 외로움이 네 눈을 덮쳤을 때 너는 그랬다. 이대로 죽겠구나, 그럼 차라리 기쁠 거야.

너는 그랬다, 그건 아주 작은 한 구멍으로……. 혼자 남겨진 빈 사무실에서, 아주 커다란 해바라기가 그려진 실크 넥타이에 너 스스로 목매달면서.

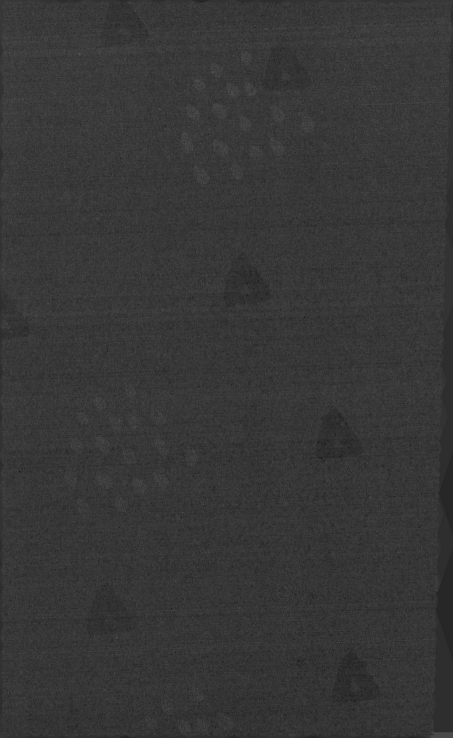

이렇게 정원 딸린 저택

나는 안방 한가운데 놓여 있던 중환자용 병원 침대를 치웠다. 간단히, 의료기상에 전화 한 통 걸어 침대가 비었으니 가져가라고 하면 되는 일을 일주일이나 뭉개고 있었다. 구십칠 년 늦여름의 일이다. 나는 책을 읽거나 스케치북을 올려놓고 낙서를 할 일인용 접는 탁자를 하나 구입했다. 그 전까진 그냥 눕거나 엎드려서 일을 봤고 아니면 평상을 썼다. 구십팔 년 초겨울의 일이다. 나는 한빛문화재단에서 나온 《탕가의 예술》 일, 이 권을 구입했다. 정가가 권당 십만 원이었다. 나는 비로소 안방 벽 한쪽에 걸린 불화의 도판을 뭐라 불러야 좋을지 알게 되었다. 그건 '육비(六臂) 마하칼라'였고, 풀이하자면 분노존(忿怒尊)이었다. 구십구 년 가을의 일이다.

그리고 해를 넘겨 바로 얼마 전에 나는, 포커스의 〈라이브 앳 더 레인보〉 엘피반을 구했다. 천구백칠십삼 년 오월 오 일 런던의 레인보 극장에서 있었던 공연 실황을 녹음한 음반이었다. 수록된 어떤 곡들은 우리나라의 뽕짝과 흡사하게 들렸다.

나는 하루 날을 잡아 낮 시간을 탁자에 앉아 불화 도해집을 들여다보는 일로 보냈다. 이백오십 밀리리터짜리 캠핑용 쇠 컵에 커피를 가득 담아 홀짝이면서. 〈라이브 앳 더 레인보〉를 몇 번이나 뒤집으면서. 어쩌다 깜빡깜빡, 이 댓 평이나 될까 한 방에 길쭉하게 자리했던 침대를 떠올리며.

그러다 문득, 생각 하나가 스치고 지나갔다. 그저 스쳐 지나가는 생각일 뿐이었지만, 짧고 분명한 메시지를 갖고 있는 생각이었다. 흐음, 그렇지, 하고 나는 불화 도해집에서 손을 뗐다.

"그러니까, 갖고 싶은 건 다 가진 셈이군."

진심이었다. 그리고 나는 느닷없는 기습을 당한 사람처럼 잠시 멍해져버렸다. 이 기이하고 시건방진, 뜻밖의 만족감은 뭘까. 정체가 뭘까. 그냥 좀 넓어진 방, 탁자, 도해집, 판 한 장에 지금 만족하고 있는 걸까. 욕심이 그리 없나. 설마…… 그렇진 않을 텐데.

하지만 그건 확실히 만족감이었다. 나는 마치 내년엔 침대를 사고 후년엔 차를 사고 내후년엔 다섯 평쯤 평수를 늘려 전셋집을 옮기자, 하고 말한 다음 그걸 정말로 실천한 사람처럼, 그래 놓고서 난 다 이뤘어 하고 자긍심을 가지는 사람처럼 뿌듯해하고 있었다.

내가 원했던 게 고작 이뿐이었어? 하는 물음이 곧 뒤를 이었다. 다른 것. 이를테면 직업이나 결혼 같은, 비교적 가까운 장래에 대한 전망을 가져보는 건 어떨까. 그게 탁자나 불화 도해집에 비해 좀 덜 구차해 보이지 않을까. 직업에서 좀 더 성취를 한다든가, 차에 나를 태우고 다닐 수 있을 만치 얌전한 여자를 만나 결혼을 한다든가 하는.

그렇지만 그런 쪽으론 구체적인 그림이 떠오르지 않았다. 프리랜서 생활을 접고 직장을 가져야 할까. 어느 직장을? 수입이 더 나아질 것이란 보장도 없잖아. 이 방에서 병원 침대를 내간 지 얼마나 됐다고. 결혼도 그렇지. 몇 년째 여자 친구가 없었고, 무엇보다 최근의 나는 이상하리만치 이성에 대한 흥미가 잦아들어 있는 상태였다. 이제 너는 선이나 봐야 결혼할 수 있을 거야. 내가 이런 서늘한 얘기를 들은 게 스물일곱 살 때였다.

나는 손깍지를 끼곤 등을 곧게 폈다. 하품이 나왔다. 커피는 식었고 햇볕은 흐려져서 도해집을 들여다보려면 스탠드를 켜야 했다. 나는 햇볕이 방에서 말끔히 물러날 때까지 깍지를 끼고 앉아, 내가 구체적으로 뭘 더 가지고 싶어 하는지, 뭘 더 가질 수 있는지 곰곰 따져보았다. 전자레인지를 하나 사서 냉장고 가까운 곳에 놓아두고 쓰면 좋을 거라는 생각이 떠올랐다. 그리고…… 아, 바닐라 퍼지의 〈니어 더 비기닝〉이 없군. 그 판을 부탁해놓아야겠어. 구하기 쉬울까. 그리고…… 그리고…….

생각은 그쳤다. 나는 내가 바라는 것이 정말 그것뿐인지 확신을 가질 수가 없었다. 그렇다고 부정할 수도 없는 노릇이었다. 떠오르는 게 그것뿐이니.

*

"그리 만족스러울 수 있다니 놀랍군."

"정말이에요."

"솔직하지 않은 건가, 억눌려 있는 건가?"

"글쎄, 몰라요."

"그러니까, 뭔가 자극이 필요하다?"

wt는 마땅치 않다는 목소리로 그렇게 말했다. 그러곤 어깨를 느릿느릿 흔들면서 이제 그만 알았다는 듯 아주 얕게, 턱을 끄덕였다. 손사래를 치려다 문득 그만둔 것처럼 오른손 끝이 짧게 파닥거렸다. 아랫사람을 다루는 게 체질이 된 사람이다, 하는 느낌이 들었다.

이 저택에 처음 들어서는 순간에도 그런 느낌을 받았다. 저택 정문이 열려 내가 빠끔히 고개를 들이밀었을 때 그는 잔디 정원의 저 중간쯤에 서서 뒷짐을 지곤 물끄러미, 아마도 그윽이 나를 바라보고 있었던 것이다. 그의 발밑으로 희끄무레한 것들이 깔려 있었고, 그것들은 에스 자형으로 정문의 내 발치까지 뻗어 있었다. 정문엔

자동 개폐 장치가 돼 있었다. 그는 저쪽에 서서 나를 향해 한 번 고개를 끄덕였다. 그는 아직 가치를 알 수 없는 어떤 손님을 위해 정원의 끝까지 가로질러 나올 그런 사람이 아니었다. 그는 반가운 마음을 그냥저냥 전달할 수 있을 정도의 선에서 적당히 걸음을 멈추는 그런 사람이었던 것이다.

"편지를 받고 놀랐어요."

내가 포석을 가로질러 다가가자 그는 말했다.

"실례했습니다."

"아니요."

그는 반걸음쯤 앞서 나가며 쓱 고개를 돌려 나를 내려다보며 이렇게 덧붙였다.

"죽은 사람의 손님인걸요. 흔히 있는 일은 아니지만 있을 수 있는 일이지요."

wt의 표현처럼 나는 죽은 사람의 손님이었다.

이거 좀 이상하군, 하고 나는 입맛을 다셨다. 돌아가신, 이나 고인, 이란 표현은 어떨까.

나는 그에게 저택을 방문한 까닭을 지난날을 돌아보게 된 탓이라고 했다.

"지난날이라고?"

"예."

그는 내가 돌아보게 된 그 지난날이 자기 아버지와 관련된 것이라는 게 자랑스럽다고 했다. 죽어서도 누군가에게 여전히 의미 있는 존재로 남아 있는 건 쉬운 일이 아닐 거라고 했다.

"글쎄요, 의미까지는 아니고⋯⋯. 기억나는 것들 자체가 희박해서."

그는 아무 대꾸도 하지 않았다. 그저 소파에 등을 얕게 묻고 있었다.

"저녁은 먹었을 테고."

"예."

"술 한잔할 테야?"

나는 그냥 고개를 끄덕거렸다. 그는 소파에서 일어났다.

wt와 나는 응접실을 나와 서재 겸 거실로 쓰는 두어 배쯤 널찍한 방으로 갔다. 한편에 바가 있었다. 그와 나는 바로 가 앉았다. 그는 확실히 키가 컸다. 바 붙박이 의자에 앉아도 슬리퍼 밑창이 거실 바닥에 닿았다. 나도 작은 키는 아니었지만 암만 발을 뻗어봐도 그저 뜬 채로 덜렁거릴 뿐이었다.

바엔 노리끼리한 액체가 담긴 술잔과 얼음 통, 내가 읽을 수 없는 나라의 말로 된 라벨이 붙은 술병이 놓여 있었다. 쇠 쟁반도 있었는데, 반쯤 뜯긴 무언가가 포크 끝에 관통된 채 달려 있었다. 그제야 나는 그가 나를 맞으러 나오기 전에 바에 놓인 그것을 홀짝이고 있었고, 날 대하는 동안 줄곧 취해 있었다는 것을 깨달았다. 그는 내게 무얼 마실 거냐고 물었고 나는 술이 약한데 괜찮다면 맥주, 라고 답했다. 재떨이가 없었기 때문에 나는 그가 내미는 작은 컵에 담뱃재를 떨었다.

나는 벌써 십 년도 더 된 일이지만 나 역시 이 근방에 살았다고 했고 그는 그러냐고 했다. 그는 차는 가져오지 않았고 그렇다면 걸어 올라왔느냐고 물었고 나는 그렇다고 했다. 나는 걸어 올라오기에는 솔직히 버거운 길이었다고 했고 그는 그러냐고 자기는 가끔 취미 삼아 걸어서 오르내리는데 살다 보면 그리 나쁘게만은 느껴지지 않는다고 했다. 나는 집의 규모가 상당해서 놀랐다고 했고 덧붙여 관악산 꼭대기에 절이 하나 있는데 볼 때마다 저 건축자재들을 어떻게 다 예까지 옮겨 왔을까 궁금해진다고 했고, 그는 그게 정말 궁금해서 묻는 기냐고 했다. 그는 방금 열 시가 지났는데 지금 이 시간에 죽은 사람에 대해 이러쿵저러쿵 떠드는 것은 그다지 어울리지 않는 일 아니냐고 했고 나는 그럼 어떻게 했으면 좋겠냐고 했다. 그는 하룻밤 묵는다면 내일 좀 더 편한 시간에 얘기할 수 있을 거라고 했고 나는 고인은 내게 다만 희박한 의미만을 지니고 있을 뿐이며 그렇게 정색을 하고 얘기할 만한 것이 아니라고 했다. 나는 방이 있느냐고 했고 그는 그렇다고 했다. 그는 내일은 스케줄이 비었다고 했다. 나는 좋다고 했다. 그와 나는 잠자코 술을 홀짝거렸다.

그러다 어느 순간 그는, 바 위로 한쪽 팔을 쭉 뻗었다. 갑작스러운 행동이었고, 나는 하이네켄 댓 병에 취해 고개를 늘어뜨리고 있었지만, 하나도 놓치지 않고 보고 있었다. 그는 술병 너머까지 길고 곧게 팔을 뻗곤 가볍게, 손목을 아래로 꺾어 내렸다. 희고 가느다란 손가락 다섯 개가 그 끝에 늘어져 있었다. 그 늘어진 손가락 다섯 개는 그의 덩치에는 어울리지 않는 것이었다. 그래 보였다. 그는 시선을, 손가락들 끝, 아니면 손가락들 너머 아주 가까운 곳 어떤 것에 고정시키고 있었다. 나는 팔꿈치를 바에 올려놓곤 멀거니 그런 그를 쳐다보았다.

wt는 자신을, 일종의 갈고리라고 여기고 있었다. 코를 쿵쿵대면 박하 향이 맡아질 듯한 저 맑게 갠 하늘 한 귀퉁이에서, 지상을 향해 드리워진 갈고리라고 여기고 있었다. 지상을 향해 짧게 드리워진 갈고리라고. 자신은 갈고리이며 거기에, 누군가 걸려들길 기다리는 중이라고 여기고 있었다.

나는 언뜻 상상이 되지 않았다. 내가 하늘을 쳐다본 지가 대체 얼마나 되었는지도 기억나지 않았다. 박하 향이 맡아질 듯이 맑게 갠 하늘이 어떤 하늘인지도 잘 떠오르지 않았다. 하늘은 비 올 때나 올려다본다.

물론 그의 생김생김까지 갈고리 같은 것은 아니었다. 그는 전혀 짧지 않으며, 지상으로부터 솟아 있는 존재였다. 그는 거구이고 이런 표현이 가능하다면, 좀 뭉툭한 편이었다.

그리고 점잖고 부유한 신사였다.

갈고리란 그의 자의식일 뿐이었다. 좀 특이한.

다음 날 아침, 나는 식사를 막 끝낸 식당에서 이 친구 왜 그래, 하고 고개를 갸웃거리고 있었다. wt가 이렇게 물어왔던 것이다.

"손가락을 만져봐."

그는 손가락을 내밀었고, 어렴풋이 지난밤 바에서 보았던 그의 행동이 떠올랐다.

"말라 있어, 젖어 있어?"

그는 다시 물었다, 말라 있어 젖어 있어?

내 결후 바로 아래, 그의 오른손 손가락 다섯 개가 활짝 펼쳐져 있었다. 희고 기다란 꽤 괜찮게 생긴 손가락들이란 느낌은, 어젯밤과 다르지 않았다. 나는 그가 장난치는 거라 생각했다. 한편으론 약간 움찔하기도 했다. 그의 손가락들이 지나치게 가까이 다가와 있다고 느꼈기 때문일 것이다. 손가락들이 지나치게 결후 가까이에 펼쳐져 있어서, 목을 살짝 조르려는 것이 아닐까 하는 의문이 머릿속을 스쳤다.

나는 잠깐 우물거리다 답했다.

"말라 있어요."

그러자 그는 볼멘소리를 냈다.

"그걸 어떻게 알아? 만져보지도 않았잖아. 내가 뭐라고 했어, 만

저봐달라고 했잖아."

그는 내 결후 아래 활짝 펼쳐진 손가락들에 힘을 주었다. 손가락들이 휘어졌다. 손가락들이 팽팽히 당겨졌다.

나는 그가 해달라는 대로 해주었다. 나는 내 손을 그 활짝 펼쳐진 손가락들 위에 올려놓았다. 그러곤 느릿느릿 더듬었다. 내 열 손가락은 그 팽팽하게 당겨진 손가락들 세부 세부를 매만지며, 꼼꼼하게 손톱까지 훑어 내렸다. 손가락들은 건조했다. 바싹 말라 있었다.

"말라 있는데요."

"얼마나?"

"바싹."

그러자 그는, 실망스럽다는 표정을 지어 보였다.

그는 내 결후 아래 늘어져 있던 희고 기다란 손가락 다섯 개를 거두어갔다.

"네 손가락은 젖어 있어."

그가 말했다.

"알고 있어요."

나는 고개를 끄덕였다.

"난 손바닥에서 땀이 많이 나죠."

그는 식당을 나갔다. 순홍빛 벨벳 커튼을 단 식당의 창문들로 아침 볕이 비어져 들어왔다. 아침 볕은 내가 앉은 식탁 한쪽 모서리에까지 닿아 있었다. 공중을 떠다니는 먼지들이 희부옇게 빛을 내며 반짝였다. 나는 허리를 틀어 급히 굽히곤 혀를 쑥 뺐다. 욕지기였다. 시큼한 기운이 식도를 긁으며 올라왔다.

식탁 위로, 아침 식사의 흔적이 남아 떠돌고 있었다. 향, 스테이크 소스의 향이었다. 소스는, 아주 짙은 초콜릿 빛이었다.

확실히 신선한 경험이었다. 난 그렇게 짜인 식단은 처음 보았다. 밥이나 빵은 없이, 시금칫국, 파래 무침, 김치, 튀긴 감자와 함께, 백오십 그램쯤 되는 스테이크가 나왔다. 스테이크는 소스에 무슨 향신료를 썼는지, 고기 그 자체의 맛을 거의 느낄 수 없었다. 맛이 워낙 강해, 씹으면서도 육질이 괜찮은 것인지 아닌지 알 수 없었다. 방금 끝낸 아침 식사에서 기억에 남은 건 소스 맛, 그리고 향뿐이었다. 토마토 반쪽과 살짝 데친 버섯이 곁들여져 있었다. 마실 것으론 차게 식힌 우롱차가 나왔다. 나는, 나이프와 포크와 수저를 앞에 놓고 무엇을 먼저 집어야 할지 몰라 당황했다.

"내 집에서가 아니라면 어디서도 못 먹을걸."

그가 물끄러미 내 당황하는 양을 바라보며 중얼거렸다.

나는 식당 밖 일 층의 긴 복도를 따라 정원으로 나갔다. wt는 정원에 있었다.

흠뻑 젖은 잔디들이 발밑에서 소리를 냈다. 잔디들은 짧게, 잘 정돈돼 있었다. 잔디들은 건강해 보였다. 사방에서 활기차게 빛을 내고 있었다. 그는 정원 중앙의 은빛 파라솔 아래, 이쪽으로 등을 돌린 채 앉아 있었다. 마 혼방 정장 차림으로, 자줏빛 넥타이까지 매고서. 핏빛 플라스틱 의자에.

그는 전혀 작지 않았다. 그는 컸다. 둔한 몸매는 아니었지만, 체중도 상당해 보였다. 의자의 등받이가 휠 정도였다. 의자 등받이는 그의 널찍한 크림색 등판에 비하면, 작고 빨간 얼룩 한 점이나 마찬가지였다. 흙가루들이 파라솔의 반짝이는 표면 위로 부드럽게 곡선을 그려놓고 있었다.

따가운 볕 때문에 고개가 절로 숙여졌다. 나는 그의 앞으로 돌아가 맞은편에 앉았다.

"내가 이런 정원을 가지려면, 굉장한 행운이 필요하겠어요."

나는 정원을 돌아보며 감탄하는 투로 그에게 말했다. 예의상 그리고 달리 할 말이 없어서기도 했지만, 정원에는 사실 보는 사람의 마음을 움직이게 할 만한 어떤 것이 있었다.

"게다가 관리하려면, 부지런하기도 해야겠고."

그러자 그는 소리 내 웃으며 말했다.

"이 정원은 내가 디자인한 거야. 어때?"

그는 자신의 정원이 간소하지 않으냐고 했다.

wt의 정원은 정말 간소했다. 그저 널따랗게 펼쳐진 잔디밭밖에는 없다고 말해도 좋을 듯싶었다. 정원, 하면 흔히 떠오르곤 하는 돌과 나무, 꽃이 없었다. 무언가 더 있다면 은빛 파라솔 하나와 핏빛 플라스틱 의자 두 개 정도였다. 정원의 외연은, 끈적끈적해 보일 만치 짙은 빛의 넝쿨이 덮여 있는 저택의 외벽과 곧바로 닿아 있었다. 그러한 잔디 정원을 화강암 포석들이, 에스 자형으로 새하얗게 가로지르고 있었다. 어제 첫발을 들여놓았을 때 흐릿하니 보았던 것들이었다. 화강암 포석, 파라솔과 의자, 그리고 넝쿨 담장과 잔디. 그 널따란 정원엔 그것들뿐이었다.

그러다 보니 하늘이 눈에 띄었다. 자연스러운 일이었다. 상쾌하게 갠 여름 하늘이, 정원의 아주 가까운 위를 흐르고 있었다. 정원을 디자인할 때 하늘도 계산에 넣었을까.

"어떤 사람들은 자신이 가진 평생의 행운을 다 쏟아부어도, 이런 정원을 가지지 못하지."

그는 장난기 가득한 얼굴로 날 내려다보며 말했다.

"정말이야."

나는 그런 식으론 한 번도 생각해보지 못했기 때문에 무어라 대꾸할 말이 궁했다. 하긴, wt의 말은 깊이 생각할 필요도 없이 경험적으로 옳은 말이었다. 세상에는 그런 사람들이 있는 법이고, 또 아주 많다. 평생 가질 행운을 한순간에 다 털어 넣어도 이런 정원을 가지지 못하는, 그런 사람들.

내가 아주 어렸을 때, 이렇게 정원 딸린 저택을 본 적이 있었다. 어째서 그 저택을 떠올리면 항상, 지금과 같이 한여름의 환히 갠 하늘이 따라붙는지 알 수가 없다. 그러고 보니 이상한 일이다. 다른 계절엔, 겨울엔 그 저택을 보지 않았나? 그 저택 앞에서 놀지 않았나?

환히 갠 한여름 하늘에, 연한 파랑의 이국적인 돔형 지붕, 창살이 꼼꼼히 박힌 높다란 시멘트 담장, 외벽 한편엔 운전기사의 오막 숙소까지 따로 달려 있는, 그야말로 저택이었다. 진초록의 널따란 잔디밭도 있었다. 항상 맑게 갠 하늘이 기억 속에 따라붙은 것은, 어쩌면 그 저택 위론 또 다른 집이 없어서 그랬는지도 모른다. 저택은 아마 동네의 꼭대기쯤에 있었고, 그러니 시야가 항상 트여 있을 수밖엔 없었던 것이다.

나는 그 저택 앞 소방 도로에서 공을 차곤 했다. 담장에 붙어 서 있는 전봇대를 골대 삼아 내 또래 아이들과 함께 축구를 했다. 공은 겉가죽이 떨어져나간 낡은 것이었다. 어찌나 낡았는지 한 게임을 끝내고 나면 바람을 넣어주어야 했다. 몇 년을 찼지만 아이들과 나는 중학교를 졸업할 때까지 한 번도 겉가죽이 온전하게 붙어 있는 새 공에 발을 대보지 못했다.

나는 공이 낡았든 어쨌든, 공이 맨살갗에 감겨오는 순간의 그 감촉이 좋았다. 나는 허벅지가 빨갛게 되도록 골문 앞에서 공을 막아냈다.

공을 차지 않거나 저택을 지나갈 때 문득 심심한 생각이 들면, 나는 저택 정문 쇠창살에 코를 박고 그 안을 들여다보곤 했다. 정문 안쪽으로 널따란 잔디 정원이 멋지게 깔려 있었다. 멀리 흰 돌로 만들어진 조형물도 보였고, 파라솔도 보였다. 분수가 있었나? 무언가 큰 것이 정원 귀퉁이에 놓여 있었다는 기억은 있는데 그것이 분수였는지까지는 알 수 없다.

그렇게 초등학교를 졸업할 때까지 몇 년을 그 앞에서 공을 찼지만, 십 년 넘게 저택 앞을 오갔지만, 누군가 거기에서 걸어 나오는 것은 한 번도 보지 못했다. 그래, 생각해보니 이상한 일이다. 방 하나에 올망졸망한 아이들을 서넛씩 집어넣고 악다구니로 키우는 것이 내가 살던 동네의 흔한 풍경이었는데, 나는 그 저택에서 누군가 걸어 나오는 것을 보지 못했다. 사람이 살지 않았다는 뜻이 아니다. 나는 그곳에 살던 사람들을 드물지 않게 보곤 했다.

나는, 저택에 어떤 사람들이 살까 무척이나 궁금해했다. 공을 차다 말고 저택 정문의 쇠창살에 이마를 박곤, 저택의 파랗게 펼쳐진 너른 잔디 정원을 훔쳐보곤 했다.

그래, 거기서 너는 무엇을 봤지? 어떤 사람들을 봤지?

정원의 사람들은 쇠막대를 들고 잔디 위로 흰 공을 굴리고 있었다. 그들은 둘, 셋씩 있었고, 흰 셔츠나 잔디와 잘 어울리는 참외 빛 셔츠를 입고 있었다. 챙 모자를 쓴 이도 있었고, 어떤 사람은 어렸고 아니면 백발이 섞인 머리를 하고 있었다. 그들이 쇠막대를 어깨 너머까지 들어 올리면 그것은 아린 빛을 내며 반짝였다. 하지만 그런 일은 드물었고, 그들은 대체로 아주 작은 각도로 쇠막대를 움직여 공을 굴리곤 했다. 공은 잔디에 파묻혀 대개는 보이지 않았다. 어느 정도 시간이 지나자, 나는 쇠막대에 맞은 공이 어느 쪽으로 얼마만큼 굴러갈지 어림짐작하는 일에 재미를 붙였다.

나는 내가, 그 저택 정원의 잔디를 얼마나 밟아보고 싶어 했는지 wt에게 들려주었다.

"정말 궁금해했어요. 저렇게 멋진 정원 딸린 집엔 누가 사나, 하고."

"쇠막대를 들고 잔디 위로 흰 공을 굴려?"

wt는 잠깐 고개를 갸웃하더니 아, 그건 골프를 말하는 거군, 했다.

"난 그걸 안 해, 골프 말이야."

아침부터 후끈거리는 날씨였다. 나는 땀으로 끈적이는 손바닥을 추리닝 하의에 문질러 닦으며 고개를 끄덕였다. 침실에서 새벽에 눈을 떠보니 그것이 입혀져 있었다. 그의 것은 아니었다. 그의 것이라면 나는 청바지처럼 바짓단을 접고 다녀야 했을 것이다.

"그런 집에 누가 사는지 궁금했어?"

그는 한심한 얘기라는 듯이 픽 코웃음 쳤다.

"누가 살긴. 부자들이 살지."

그의 이마와 콧등에 땀방울들이 돋아 있었다. 기름기 섞인 땀이 그의 두 뺨에서, 번질거렸다. 나는 추리닝 하의와 셔츠의 간편한 차림이었지만, 그는 전혀 그렇지 않았다. 그의 정장 차림새는 완벽했다. 타이는 와이셔츠 깃에 꼭 달라붙어 흐트러짐이 전혀 없었다. 와이셔츠 소맷부리의 단추들도 강박적으로 꼼꼼히 채워져 있었다.

그의 차림새는 내가 보기에, 그 자신의 정원과 조금도 어울리지 않는 것이었다. 복잡하게 디자인됐고, 화려했고, 인공적인 우아함이 깃들어 있었다. 그는 빽빽한 존재였다. 타이의 매듭과 와이셔츠의 단추들과 혁대의 버클로, 묶이고 죄이고 닫혀 있었다. 그는 아무 장식도 없이 그저 널따랗게 펼쳐져 있기만 한 자신의 잔디 정원 위에, 뻣뻣하고 꽉 죄인 채 곤두서 있는 존재였다.

"몇 살이라고 했어?"

그가 물었다. 나는 스물아홉이라고 답했다.

"아…… 그건 좋은 나이지 않아?"

그는 과장된 어투로 다시 한번 감탄하듯 말했다.

"틀림없이 좋은 나이야. 스물아홉. 네겐 네 나이 자체가 행운이야."

그래요, 하고 나는 말했다. 그러곤 두 손을 가만히 테이블에 올려놓으며 비아냥대는 투로 이렇게 덧붙였다.

"하지만 그게 곧 정원 딸린 저택을 의미하지는 않죠."

그러자 그의 한쪽 뺨이 약간 이지러졌다. 그게 그에겐 미소였다. 나 역시 미소를 지었다. 내가 내 스물아홉에 대해 그에게 확인해줄 수 있는 것은, 그것이 딱딱한 견과 같다는 느낌 하나뿐이었다.

그저 밋밋한 맛의 딱딱한 건과. 아무리 빨아도 맛도 없고, 깨물기 좋게 물러지지도 않는.

"그에 비하면 wt의 저택은 정말 먹음직스럽군요."

나는 짐짓 경탄하며 턱으로 저택을 가리켰다. 느닷없이 왜 그런 표현을 썼는지는 나도 알 수 없었다. 그냥 튀어나온 말이었고, 찰나의 인상을 옮긴 것이었다. 아무튼 파라솔 아래 앉아 저택의 전면을 바라보고 있자니 그런 느낌이 들었다. 외벽은 잘 익은 키위 빛깔의 착색 시멘트와 미색 대리석 마감이었다. 지붕은 구리나 황동쯤의 기와지붕이었다. 에나멜이 코팅된 에스 자형 장식 기와였다. 각각의 기와는, 받는 볕의 양과 각도, 놓인 위치에 따라 다르게 빛났다. 볕을 덜 받는 저편의 것들은 그저 까맣게만 보였고, 볕이 강렬한 이편 모서리의 암키와와 수키와 몇 개는 거의 핏빛이나 다름없게 빛났다.

그의 저택은 균형이 잘 잡힌 화려한 이 층 건물이었다. 어제 내가 직접 본 것과 외벽에 난 창문의 개수를 세어본 것으로 미루어보면, 저택에 방이 몇 개나 있는지 대충 짐작할 수 있었다. 우선, 내가 쓰는 손님방이 있는 이 층에만 세 개의 방이 있었다. 내가 쓰는 것을 뺀 나머지 방 둘은 잠겨 있었다. 일 층에도 방이 두어 개쯤 있었다. 저 방들 모두에, 주인이 있을까. 나는 송골송골 땀이 맺힌 그의 콧등을 바라봤다. 저택에 있은 지 열댓 시간쯤 되었지만 그 말고 다른 사람은 보지 못했다. 그의 침실은 서재, 욕실과 나란히 붙어, 일층 동남쪽에 있었다. 다락방도 하나 있었다. 다락방의 지붕은 피라미드형의 유리 지붕이었다. 박공의 각도가 아주 가팔랐다. 그것 역시 아주 멋졌다. 정원에서 바라보자니 그것은, 물결치는 핏빛 파도를 뚫고 솟아올라와 하얗게 부서지는 하이네켄 맥주의 거품처럼 보였다.

"이 집을 떠안자마자 다락방을 올리고, 벽을 새로 발랐어. 그리고 또 뭘 했더라. 기와도 다시 깔고. 또 여기저기…… 집이란 게 일정 규모를 넘어서면 에이부터 제트까지 구석구석 다 뜯어고친다는 게 불가능한 일이더군. 차라리 허물고 새로 짓는다면 몰라도. 이만하면 됐지 하고 손을 놓으면 또 뭔가 나타나."

그러면서 wt는 히죽 웃었다.

"아버지라면 또 모르지."

"아버지 집이었군요."

"그렇지만 지금의 저 디자인은 내 거야, 대개는."

그는 자기가 태어났을 때 이미 저택이 지어져 있었다고 했다. 산파가 자기를 받은 곳도 이 저택이라고 했다.

"저택의 어디?"

"일본식 다다미방이었는데, 가운데 차 끓이는 화로도 있고, 볕이 아주 밝은 날엔 창호에 떨어지는 꽃 그림자도 다 비치곤 했지. 일

조가 좋았거든. 그런데 그 방은 없어졌어. 지금의 서재 자리쯤 되려나."

그렇다면 저택은 얼마나 오래된 것일까.

"얼마나 됐어요?"

"아마도 내 나이쯤."

"wt의 나이가 얼만데요?"

"글쎄? 얼마나 돼 보여?"

그의 나이는 얼마쯤 될까? 보기엔 마흔이 좀 넘은 것 같았다. 삼십 대로 보기엔 좀 피곤해 보였다. 휴식을 가져도 풀 수 없는 피로가 있다. 운동을 해도 뺄 수 없는 나잇살이 있는 것처럼, 그런 피로는 풀리지 않는다.

"그렇다면 오십 년대쯤? 아무래도 육십 년대는 아닐 것 같군요."

"점쟁이야?"

파라솔 아래서 보면 저택은 갓 지은 듯 말끔했지만, 자세히 뜯어보면 그래도 옛 건물의 흔적이 군데군데 조금씩 남아 있었다. 그런 건 부러 신경 써 살펴봐야 알 수 있는 일이었다.

이 층 지붕 처마에는 함석제 물받이가 추레한 모습으로 달려 있었다. 몇 년씩이나 방치되어 있었던 듯 날아든 낙엽과 흙가루가 넘치게 쌓여, 질 나쁜 지방이 그득한 뱃살처럼 탄력 없이 늘어져 있었다. 언제라도 누군가의 머리 위로 끈적끈적하고 시커먼 부식토를 뱉어버릴 수 있을 듯했다. 실제 사용 중인 물받이는 따로 달려 있었다. 그것엔 기와에 쓰인 것과 같은 붉은 보랏빛의 에나멜이 칠해져 있었다. 아침에 양말을 찾느라 잠깐 들러본 일 층 세탁실의 바닥은 생시멘트 바닥이었다. 우윳빛 대리석 타일은 바닥 전체 넓이의 오 분의 일쯤에만 깔려 있었다. 그나마 검누렇게 찌든 채였다. 타일 바닥은, 누군가 타일 작업 도중 자리를 떴다가 돌아오는 것을 깜박한 듯, 창 쪽 귀퉁이에서 뚝 끊겨 있었다. 나는 그 앞에서 두 손에 wt의 양말을 들고선 잠시 넋 나간 듯 서 있었다. 식당의 뒤뜰로 난 창들도 그랬다. 오늘 아침을 먹으며 어렴풋이 눈에 걸리적거리는 것들이 있었다. 언뜻 눈에 띄지 않는, 커튼 뒤에 숨어 있는 것들이었다. 저택의 창들 대개는 깔끔하게 미끄러지는 경합금제의 여닫이식이었고, 식당의 그것들만 예외적으로 양 미닫이식 목조 창이었다. 그것들은 거의 반 아귀가 틀어져 있었고, 이끼와 균류에 파 먹혀 까맣게 변색돼 있었다. 나는 그 미소한 크레바스 속을 슬금슬금 기어 다니는 노래기를 한참이나 바라보았다.

나는 내가 보았던 그 모든 쇠락해가는 부조화에 대해 그에게 물었다.

"물받이가 곧 떨어질 것 같네요."

"그런가, 깜빡했군."

"타일을 깔다 그만둔 것 맞죠?"

"이런, 그렇군."

"창틀이 그러면 벌레가 끓지 않겠어요?"

"잡는 재미도 있지."

"아하."

저택 전체를 놓고 보자면 그것들은 눈에 잘 띄지 않는, 그야말로 세부들이었다. 그것들은 아주 작은 일부였다.

하지만 그것들에 저택 전체의 인상이 영향을 받고 있었다.

나는 고개를 갸웃거렸다. 무어라 표현하긴 어렵지만 확실히 영향을 받고 있었다. 한창 진행 중인 마무리 공사 일정이 느닷없이 취소된 듯한 인상, 완공을 고작 며칠 앞두고 몽땅 손을 놓아버린 듯한 인상, 완공의 바로 몇 시간 앞에서 공기(工期)의 흐름이 뚝 잘려나간 듯한 인상……

그런 인상을 주고 있었다. 균형이 잘 잡힌 화려한 이 층 건물이 아니라.

나는 좀 더 정확한 표현을 찾다가, 머릴 한번 흔들어 괜한 참견에 불과한 그 생각들을 털어버렸다.

열한 시가 조금 넘어 있었다. 나는 담배가 떨어졌다고 했다. 담배라면 내 집에 없는 것들 중에 하나지. 도라지예요. 도라지라면 특히 더. 문득 wt가 도라지라는 담배를 알고 있기나 한지 의문이 들었다.

"슈퍼에 가면 있지 않을까요?"

그는 그렇다고 했다.

"그런데 점심은?"

"난 한 시에 먹어."

나는 알았다고 했다.

"햄버거 좋아해? 난 진짜 고기를 써."

나는 고개를 저었다.

"고기는 상관없어요. 케첩을 뿌려놓은 양파나 양배추가 문제지."

나는 파라솔 아래서 일어나 에스 자형 화강암 포석들을 자근자근 밟으며, 잔디 정원의 끝까지 갔다. 그러곤 정문을 막 나서려는데 뒤에서 그가 외쳤다.

"이 동네 길은 골치 아파! 잃어버릴지도 모른다고. 경고야!"

나는 웃어주었다. 그러곤, 그의 저택 정문을 나서자마자 길을 잃었다.

나는 뙤약볕 아래에서 오십 분을 헤맸다. wt의 경고는 옳았다. 땀에 흠뻑 젖어가며 그만큼 걷다 보니 나중엔 내가 무엇을 위해 그의 저택을 나온 것인지 잊어버릴 지경이 되었다. 골목들은 좁다랗고, 뒤엉켜 있고, 짧게 짧게 끊어져 있었다. 몇 번째인지 모를 막다른 곳에 다다라 문득 이마의 땀을 닦고 보니, 도무지 여기가 어딘지 알 수조차 없었다.

담배를 파는 가게는 찾을 수 있었다. 가정집 담 한편에 구멍을 내고 자그마하게 공간을 마련한 곳이었다. 아직도 이런 데가 남아 있었네, 하고 반가운 마음이 들었다.

"구멍가게가 아직도 있네요."

가게 여자는 무슨 소린지 알아듣지 못했다. 고개를 들어 위를 살펴보니 '한마음 슈퍼'라는 아크릴 간판이 조그맣게 달려 있었다. 나는 말을 바꾸었다.

"예전에 이 근처에 살았거든요, 십 년도 더 전에."

그녀는 눈을 끔뻑거렸다. 그녀는 자기는 삼 년밖에 되지 않아 잘 모르겠다고 했다.

담배를 샀다. 배 속이 꿈틀하며 욕지기가 밀려 올라왔다. 습기가 대단했다. 후텁지근하다는 표현이 이렇듯 잘 어울리는 날씨는 올 들어 처음이었다. 셔츠와 바지는 습기와 땀에 절어 있었다. 가슴팍에선 쉰내가 났다. 셔츠의 양 겨드랑이에선 묵직한 감이 느껴졌다.

구멍가게에서 저택까지의 실제 직선거리가 얼마나 될진 알 수 없었다. 백 미터쯤 꽤 많이 내려온 것일 수도 있고, 아니면 겨우 이십 미터나 삼십 미터쯤일 수도 있었다. 그저 좌우로 위아래로 얼마 되지 않는 거리만을 맴돌고 있었던 것인지도 몰랐다. 소방 도로를 따라 그냥 쭉, 걸어 내려올 걸 그랬나? 그랬다면 지금쯤은 언덕 아래 대로변 쇼핑가에 가 있을 것이었다.

지금은 우기의 절정이었다. 갠 하늘을 보는 것이 열흘 만이었다. 오늘은 아침부터 볕이 나고 있지만, 새벽까지만 해도 폭우가 쏟아졌다. 볼만한 하늘이었다. 거의 현실의 것이 아닌 듯싶었다. 아주

맛나 보이는 하늘이었다. 혀가 거기까지 닿기만 한다면, 한번 핥아 보고 싶을 정도였다. 나는 손차양을 하고 목을 빼 저택을 찾아보았다. 저택의 그 핏빛 기와지붕은 보이지 않았다.

나는 구멍가게의 공중전화 앞에 섰다. 동전을 넣고 다이얼을 돌렸다. 새파란 사과 빛 몸통에 다이얼이 달려 있는 구식 공중전화였다.

"여긴 너무 덥다."

나는 수화기에 대곤 징징거렸다.

"샤워를 백 번쯤 해야 되겠어."

"몰라. 어쩌면. 어쨌거나 말이야."

나는 수화기에 대고 wt와의 일을 얘기했다. 그의 희고 기다란 손가락 다섯 개 이야기부터, 그의 꽉 조인 옷차림, 저택의 어딘가 부조화스러운 인상까지. 저 방들 모두에 주인이 있다면, 그의 가족은 얼마나 대가족일까. 혼자일까. 그럴 수도, 그렇지 않을지도 몰라. 그건 내 알 바 아니지. 호모? 설마. wt는 나이가 많아. 아니, 스킨십의 일종으론 보이지 않았어. wt는 중년에다가, 점잖은 신사처럼 보여. 어쨌든 지금까지는 그래. 손가락을 또 만져보라고 하면, 부러뜨려버릴지도 몰라.

"아, 그런데 뭘 입고 있어?"

"wt는 그저 그렇지만, 저택은 맘에 들어. 그건 그렇고 내가 지금 뭘로 전화를 걸고 있는지 알아? 다이얼식 전화기야. 세상에."

수화기를 내려놓는데 다시 욕지기가 올라왔다. 나는 허리를 굽히곤 웩웩댔다. 더운 공기와 습기와 짜증이, 숙취와 덜 소화된 고기와 소스가, 내 배 속 어딘가를 쥐어짜고 있었다. 두 짝 구두코 끝에 내 그림자가 아주 짧게 드리워져 있었다.

어디 어디로 해서 저택까지 올라갈 수 있을지 계산이 서지 않았다. 나는 선풍기를 닦고 있는 가게 여자에게 큰 소리로 소방 도로가 어디 있느냐고 물었다. 그녀는 다음 골목이니, 저쪽 모퉁이를 돌아 골목 하나를 더 건너면 있을 거라고 했다.

나는 한 시가 좀 넘어 저택으로 돌아왔다. wt는 보이지 않았다. 방으로 올라가 거울을 보니 눈꺼풀이 잔뜩 부어 있었다. 나는 침대 베개에 코를 박곤 쓰러져버렸다.

전화벨이 울렸다. wt의 전화였다. 돌아왔으면 돌아왔다고 해야지. 점심은 하겠어? 시계를 보니 두 시 반이었다. 나는 코맹맹이 소리를 내며 점심 먹을 시간은 아니군요, 라고 했다. 그러고 나서 길게, 더운 김을 뱉었다.

나는 침대 턱에 걸터앉아 담배를 피웠다. 땀 한 줄기가 겨드랑이를 타고 옆구리로 차게 흘러내렸다. 머릿속에 큼지막한 견과를 하나 쑤셔 넣고 다니는 기분이었다. 흔들면 두개골 속을 이리저리 굴러다니는 소리가 날 듯했다. 나는 셔츠와 추리닝을 벗고 팬티를 끌어 내린 다음에, 알몸이 됐다. 다시 담배를 한 대 더 피웠다. 그러곤 찬물을 뒤집어쓰러 욕실로 갔다.

나는 욕실에서 나와 창가의 전신 거울 앞에 서선, 무어라 알 수 없는 몇 마디를 중얼거렸다. 노래도 흥얼거렸다. 알몸 뒤편으로 생강 사탕 빛깔의 비단 벽지로 치장된 산뜻한 방 풍경이 들어왔다. 그가 내게 내준 방은, 저택에서 시간을 보낼 손님을 위해 부러 꾸며놓은 티가 나는 방이었다. 욕실이 따로 달려 있는 것은 물론이고, 호텔에서처럼 전화에는 내선 기능까지 딸려 있었다. 그래서 그는 돌아왔느냐고 묻기 위해 이 층 손님방까지 올라올 필요가 없었다. 나역시 점심을 거르겠다고 말하기 위해 부러 바지를 입고 일 층까지 내려갈 필요가 없었다. 벽 한쪽엔 방향 장치도 달려 있었다. 센서가 작동되면서 귤 향을 단속적으로 흩뿌리는. 식당에도 설치돼 있던 것이었다. 식당의 것은 꽤 강해서 스테이크 소스 향을 어렵지 않게 덮을 수 있었다. 방과 식당뿐이 아니었다. 그런 유의 방향 탈취 장치는 저택 곳곳에 걸려 있었다. 아담한 일인용 책상도 있었다. 책상 서랍 속엔 노트와 필기도구가 새것으로 들어 있었다. 책꽂이엔 책 몇 권도 꽂혀 있었다.

채 닦지 못한 물기가 거웃에 남아 있었다. 물기가 거웃 위에서 까맣게 반짝이고 있었다. 신기하게도 그 탓에 거웃은, 끔찍하리만치 기름지고 건강해 보였다. 나는 손을 뻗어 거웃의 물기를 훑어 올렸다. 그러곤 나머지 한 손으로 위아래로 불룩 튀어나온 배를 쓰다듬었다. 나는 거울 속의 새하얗고 커다랗고 팽팽한 것을 향해 혀를 찼다.

　나는 창의 발코니로 나갔다. wt는 보이지 않았다. 파라솔 아래
는 비어 있었다. 저택의 위치가 언덕의 꼭대기쯤이었기 때문에, 내
려다보이는 전망은 탁 트여 있었다. 그래서 눈을 좀 멀리 두면 도로
건너편 언덕의 동네까지 한눈에 들어왔다. 저 언덕이 있는 산을 뭐
라 부르곤 했는데…… 언덕 동네의 반은 아파트 단지였다. 주거용
빌딩들이 경사를 따라 언덕 중턱까지 가파르게 거대한 겹겹을 이루
고 있었다.

　저택 아래로 펼쳐진 이쪽 언덕의 전망도 환했다. 그럭저럭 규모가
좀 되는 양옥들이 여기저기 흩어져 있었다. 그리고 그 나머지 자리
들을, 작고 낮은 지붕들이 되는 대로 채우고 있었다. 슬레이트 지붕
이나, 칠이 벗겨진 뿌연 시멘트 기와지붕도 적잖이 눈에 띄었다. 이
편 언덕 주택가는, 슬레이트나 팍팍한 시멘트 기와지붕 집들을 누군
가 한 집 두 집 사들여, 주차장이 있고 정원이 있고 간혹 간이 수영
장도 있는 고급 주택으로 넓혀 짓는 식으로 형성된 것이었다. 도로
건너편 언덕처럼 한꺼번에 밀어붙이듯 개발된 동네가 아니었다.

　언덕의 이쪽 면은, 핑크 빛이 옅게 도는 회백색의 반구처럼 보였
다. 광선이 너무 강해서 그래 보였는지도 모른다. 그리고 반구를,
그 부드럽게 구를 이룬 회백색의 반구를, 소방 도로가 좌우로 갈라
놓고 있었다. 아까 내가 올라왔던 길이었다.

나는 발코니 턱 너머로 허리를 길게 빼곤, 내가 뙤약볕 아래서 한참 헤맸던 아까의 그 골목들을 찾았다. 골목들은 셀 수 없이 많았다. 어느 것이 내가 걸었던 것인지 잘 알 수 없었다. 그것들은 내 눈이 닿는 자리마다 빈틈없이, 그 좁고 어두운 그늘을 은밀히 내보이며 오래 묵은 주름살처럼 패어 있었다.

"적어도 한 세대 전의 골목들이지."

나는 중얼거렸다. 그냥, 그렇게 튀어나왔다.

어쨌거나 이 층 발코니에서 내려다본 언덕 동네의 전경은 좀, 약간, 기이했다. 가만 보고 있자니, 무언가 떠오르는 상이 있었다. 아침나절에 정원 파라솔 아래 앉아 이 저택의 전면을 바라보던 순간의, 그런 인상이었다.

바로 그 인상이 다시 떠올랐다. 무언가가 느닷없이 취소돼버린 듯한 인상, 그런 채로 오래 방치되어 있었던 듯한 인상. 회백색의 반구 전체를 어루만져주던 어떤 거대한 손이 그만 움직임을 멈춘 듯한 인상, 반구의 주름들을 세세히 훑고 지나던 어떤 보이지 않는 흐름이 어느 순간 뚝 끊긴 듯한 인상…….

나는 아침나절에 그랬던 것처럼, 언덕의 전경을 묘사할 좀 더 적확한 표현을 찾다가 고개를 저어버렸다.

나는 발코니 아래로 허리를 굽혔다. 발코니의 쇠로 만든 대에 맨살이 닿자, 윗배와 아랫배가 동시에 꿀렁거렸다. 정원을 비추는 볕은 여전히, 오히려 좀 더 환해져 있었다. 파라솔도 잔디들도 생기가 넘치다 못해, 핏대를 올리며 발끈 성을 내고 있는 듯 보였다.

나는 아래층으로 내려왔다. 층계를 돌아 거실로 가자 wt가 보였다. 그는 구부정히 서선 섬잣나무 분재의 이파리를 닦고 있었다. 그의 손끝의 융이, 짧고 뾰족한 이파리 다발을 감싸 쥐곤 빠르게 팔락이고 있었다. 융의 흰색은 그의 손에 잘 어울렸다. 그 희고 가느다란 손가락들과. 어제 나란히 앉아 잔을 비우던 바는 말끔히 치워져 있었다. 청소가 취미라고 했던가?

"뭣 좀 먹을 게 있을까요?"

그는 고개도 들지 않고 아, 그럼, 했다.

"케첩 뿌린 양배추는 싫다며?"

"햄버거, 괜찮아요."

"겨자는 좋아해? 저녁땐 다른 걸 준비해보지."

그는 식당 쪽을 향해, 융을 흔들어 보였다. 가서 기다리란 뜻이었다.

나는 아침 식사 때 앉았던 그 자리에 다시 앉았다. 식당 창문의 커튼들은 모두 젖혀져 있었다. 뒤따라온 그는 부엌으로 들어갔고, 열어놓은 부엌문 안쪽에서 무언가 치대는 소리와 함께 끓는 기름 냄새가 났다.

큰 규모의 집이 흔히 그렇듯 그의 저택도 식당과 부엌이 분리되어 있었다. 아침 식사 땐 식탁을 차리느라 부엌 쪽문을 몇 번이고 들락거리는 그를 볼 수 있었다. 부엌 쪽문은 알루마이트 처리된 금속제였다. 그것은 쿠킹 포일처럼 빠닥빠닥, 빛을 냈다. 방취 기능을 하고 있는 듯했다.

잠시 후 그가 나왔다. 약간 탄 고기 냄새가 내가 앉은 자리까지 그의 걸음보다 먼저, 빠르게 풍겨왔다. 그의 손엔 뷔페식당에나 어울릴 법한 커다란 쟁반이 들려 있었다. 일 리터짜리 우유갑과 접시 몇 개가 눈에 띄었다. 아까 내가 한 불평 때문인지, 그는 햄버거와 샐러드, 빵을 따로 내왔다. 입맛대로 챙겨 먹으라는 뜻이었다. 나는 샐러드와 스테이크를 먹었다.

"빵과 야채와 고기와 케첩과 겨자라는 조합을 누가 생각해냈을까요?"

햄버거에 겨자를 뿌리며 내가 물었다.

"각각은 이렇게 괜찮은데. ……겨자가 특히 맛있네요."

그는 그것이 수제 겨자라고 했다.

"육수를 넣는 게 비결이지."

"무슨 육수요?"

그 역시, 아침에 앉았던 그 자리에 다시 앉았다. 그건 그의 자리였다. 이 식당에서, 이 식탁의 질서에서 정해진 그의 자리였다. 써놓지 않아도, 아무 표식이 없어도, 그것이 그의 자리이며 그가 항상 그 자리에 앉으리라는 것은 묻지 않아도 알 수 있었다.

에어컨 소음이 귓불을 간질였다. 식당은 정원의 후텁지근함과는 멀리 떨어져 있었다. 식당의 대기는 청결하고 습기 없이 가볍게 말라 있었다. 여름 한낮의 땡볕까지 냉랭하게 보이게 할 정도였다. 내 앞에 놓인 접시의 죽은 고기도 싸늘하게 식은 듯 보였다. 죽은 고기의 반죽도 차고 마른 듯 보이게 했다.

"죽은 사람에 대해서라면, 나도 잘 몰라."

"예?"

그는 그것 때문에 찾아왔잖아, 하는 표정을 지었다.

"죽은 사람의 삶에 대해서보단, 그가 남겨놓은 서류 더미에 대해서 더 많은 것을 알고 있지."

나는 햄버거 조각을 들곤 잠시 멍해져 있었다.

"서류는 정말 많이 남겨줬거든. 무지 많아. 얼마나 많으냐 하면, 그걸 검토하느라 채 슬퍼하지도 못할 정도로."

그의 말뜻은 간단했다. 자신은 자신도 놀랄 만큼 돌아가신 아버지에 대해서 아는 게 없다는 뜻이었다. 어쩌면, 세상의 다른 많은 아들들이 알고 있는 만큼도 알고 있지 못할 수도 있다는 뜻이었다.

"그건 수치로 나타낼 수 없는 거지요."

"뭐?"

"세상의 아들들이 자기 아버지에 대해서 얼마나 알고 있는지 wt가 어떻게 아느냐는 거예요. 세상의 다른 많은 아들들은 어쩌면 wt보다 자기 아버지에 대해서 더 조금 알고 있을지도 모르고, 또 어쩌면 wt는 wt가 생각하는 것보다 훨씬 더 많은 걸 알고 있을지도 몰라요. 그리고 무엇보다, 세상의 아들들이 뭐죠? 그런 모집단을 대체 무슨 수로 구성하죠?"

나는 햄버거를 씹어 삼키듯 간단하게 그의 말을 끊어먹었다. 그는 웃더니, 하긴 슬퍼할 마음이 내게 있기나 했는지 몰라, 하며 컵에 가득 담긴 우유를 단숨에 깨끗이 비웠다.

"아버지가 지금의 널 본다면 좋아했을 거야."

wt는 작지만, 밝고 유쾌한 목소리를 냈다.

"어쨌거나 이렇게 컸고, 또 무엇이든 하고 있으니까, 하고 있을 테니까 말이야."

그 얘기에 마치 칭찬이라도 들은 듯이 내 기분도 좋아졌다. 이렇게 컸다, 무엇이든 하고 있다, 어쨌거나 전과자나 무위도식자가 되지는 않았다, 삶을 망쳐버리지는 않았다, 삶을 망치지 말고 어디에든 유용한 인물이 되라고 베풀어준 나름의 온정을 저버리지 않았다, 그리고 이렇게 찾아올 만큼의 사리도 깨달았다……. 뜻밖의 반응이었지만 기분 나빠 할 반응은 아니었다. 다만, 누군가가 나에 대해 그런 생각을 가질 수도 있다는 사실을 너무 오랫동안 잊고 지냈던 것이다.

유용한 인물이라…… 하지만 어디에? 전과자나 무위도식자가 뭐가 나쁜데? 나는 환한 표정을 지어 보였다. 망자에 대한 예의니까. 유령을 위한 예의란 것도 있으니까.

"네 얘길 몇 번 듣긴 했는데, 무슨 얘기였는지 기억이 잘 안 나."

그는 혀를 찼다. 그는 접시의 마지막 고깃점을 입에 넣곤 거의 죽이 되지 않았을까 싶게 오래, 열심히 씹었다.

"무슨 맛이죠?"

"종이 맛."

고기를 일정한 선을 넘어 오래 씹다 보면 종이 맛이 난다는 얘기였다.

점심은 그것으로 끝났다. 내가 설거지를 하겠다고 나섰지만, 그는 거절했다.

내 두 눈은, 그릇을 챙겨 쪽문을 열고 부엌으로 들어가는 그의 등짝을 좇았다. 그의 등짝에서 그의 아버지의 흔적을 찾아볼 수 있을까 해서였다. 그리고 쪽문 너머로 그가 완전히 사라졌을 때, 나는 거기 없다는 것을 알았다. 내가 찾고 싶어 한다고 스스로 믿고 있는 것이, 그의 등짝에 없다는 사실을 알았다.

그의 등짝이 그의 아버지의 등짝과 닮지 않아서가 아니었다. 그건 아마도 내게, 그의 아버지의 등짝에 대한 기억이 없어서일 것이었다. 내가 가진 그의 아버지에 대한 기억이, 질로나 양으로나 그만큼 형편없기 때문이었다.

고인에 대해 남아 있는 기억이라곤, 흰 와이셔츠와 구릿빛 나는 안색뿐이었다. 약간 작은 듯한 앉은키와 검은 뿔테 안경. 고인은 정갈한 와이셔츠 차림에, 안경 너머로 눈을 자주 깜박거리는 성실한 인상의 중년 남성이었다. 그리고 이런 묘사는 너무 단순하고 평범해서, 희박해서, 특정한 어느 누구에 대해서도 만족할 만큼 설명해주지 못한다.

나는 죽은 사람에 대해 아무것도 설명하지 않은 것이나 마찬가지다.

내 가난한 기억에서 좀 더 짜내자면, 이런 것도 있다.

흰 와이셔츠에 검은 뿔테 안경을 쓴 성실한 인상의 그 중년 남성은, 내게 이렇게 말했다.

"아버지라고 불러봐."

wt와 장을 함께 보러 가기로 했다. 그를 부엌에 남겨두고 나는 거실로 나왔다. 거실 섬잣나무 분재 왼편엔 시디 랙이 놓여 있었고, 그 맞은편엔 오디오 시스템이 있었다. 어제 바에 앉아 술을 마실 땐 보지 못했던 것이었다. 조명이 어두웠으니까. 보기엔 간단한 시스템이었다. 진공관 인티 앰프와 스피커, 시디플레이어가 있었다. 시디플레이어는 코플랜드 제품이었지만 나머지에는 제작사 표시가 없었다. 수제품이었다. 오직 그의 두 귀만을 위해 제작된, 세상에 하나뿐인 앰프와 스피커였다.

시디 랙을 보니, 그의 음반 수집량은 상당했다. 거실 한 면이 다였다. 원한다면 감상실을 하나 차려도 좋을 듯싶었다. 내가 알 만한 음반을 찾아보았지만 그런 건 눈에 띄지 않았다. 또, 그의 목록엔

엘피반이 없었다. 엘피반이 전혀 없는 목록.

그건 취향의 문제다. 삼십 센티미터짜리 아날로그 비닐제 취향이냐, 십이 센티미터짜리 디지털 유리와 금속제 취향이냐.

"좋아하는 거라도 있어?"

내가 시디 랙에 코를 박고 있을 때 어느새 뒤로 다가온 그가 물었다. 나는 고개를 저었다.

wt와 나는 소방 도로를 타고 언덕을 내려왔다. 언덕 아래 대로변 상가에 이마트가 있다고 했다. 차를 탄 것이긴 하지만 언덕을 다 내려오는 데는 십오 분이면 족했다. 차창 양편으로, 저택 이 층 방 발코니에서 내려다보았던 그 어둡고 좁다랗게 팬 주름살들이 희뜩희뜩 지나갔다.

"청소하고 장 봐주는 아주머니가 있는데, 이삼일에 한 번씩 와."

그가 말했다. 저택 관리인도 있었는데, 두 달 전에 해고했다고 했다. 식욕이 왕성한 친구였어. 자리가 비었으니, 네가 관리 일을 해도 좋아. 물론 아직 결혼을 하지 않았고, 또 지금 하는 일보다 그 일이 좋아 보인다면 말이야. 앞창 저쪽으로 이마트의 간판이 보였다.

"자식도 마누라도 없이 혼자 사는 친구였어. 그래서 이 층 방 한 칸을 내줬지."

"내가 어제 잔 그 방요?"

"아마 그 건너 걸 거야."

"월급은 얼마나 줬는데요?"

"육십만 원쯤."

"거짓말."

"거짓말? 하긴, 거기서 방 값을 좀 빼긴 했어."

육십만 원에서 방 값을 제했다면 얼마나 남았을까. 차는 이마트 주차장으로 들어갔다. 그는 아마 사십오만 원이나 사십만 원쯤 주었을 것이다. 그 정도 월급으로도 일할 사람이야 얼마든지 구할 수 있을 테니.

"어딘가 마누라나 자식 한둘이 있었을 게 뻔해."

그는 내게, 주는 자와 받는 자 사이에 있어야 할 바른 기준을 얘기했다. 자기가 얼마나 줄 수 있는지가 아니라, 상대가 얼마나 받아야 하는지를 따져야 해. 그게 바른 기준이고 이 사회에서 지켜져야 할 질서란 얘기였다. 그와 나는 식료품 매장으로 올라갔다.

"너라면 말이야, 얼마나 받을 수 있을까?"

에스컬레이터에서 그가 문득 물었다.

"뭘요? wt 집의 관리인으로 일한다면요?"

"뭐든. 관리인이든, 집사든 뭐든."

나는 딱히 뭐라 답해야 할지 알 수 없었다. 물음이 뜻하는 바도 잘 파악할 수 없었다. 우물거리고 있자, 그는 짐작했던 대로라는 듯 단정 짓는 투로 말했다.

"넌 네 가치를 한 번도 따져보지 않은 거야."

나는 몇 걸음 뒤처져선 wt를 쫓아다녔다. 쭉 빠진 정장 차림으로 상체를 느릿느릿 좌우로 흔들며, 쇼핑 카트를 밀고 가는 거구의 뒷모습은 불만했다. 매장을 누비는 그의 속도는, 빠를 것도 느릴 것도 없는 한가롭고 여유로운 것이었다. 그에겐 이 식료품 매장의 지리가 익숙한 모양이었다. 직원의 도움을 빌리지도 않았다. 대형 마트에 갈 때마다 직원의 도움을 받아야 하는 나완 판이했다. 저녁 찬거리를 준비할 시간이었다. 식료품 매장은 장 보러 나온 치들로 복닥댔고 들끓었다. 그 복닥대는 통로에서도 그는 한가롭고 여유로운 길음걸이를 흐트러뜨리지 않았다.

　다른 카트와 부딪히는 일도 없었고 먼저 빠져나가려 애쓰지도 않았다. 진열품에 정신을 팔다가도 다른 카트가 나타나면 미련 없이 눈을 떼곤 한쪽으로 비켜서선, 지나갈 때까지 기다려주곤 했다.

　나는 주류 코너에서 그와 떨어졌다. 맞은편은 분유 코너였다. 가슴에 아기를 매단 여자가 세레락 두 통을 골라 카트에 굴려 넣고 있었다. 나는 눈꺼풀을 깜박이며 그저 정신을 놓고, 거기 서 있었다. 무엇을 하자고 그를 따라 예까지 와버렸을까. 그를 만난 지 채 하루도 되지 않았다. 그와 나를 이어주는 것이라 봤자, 그의 표현처럼 '죽은 사람'일 뿐이었다. 게다가 둘 다, 그 죽은 사람에 대해 자신 있게 뭔가 말할 정도로 잘 알고 있지 못하다. 그리고 죽은 사람은, 더 이상 이야깃거리를 만들어내지 못한다. 나는 몇 분 더 우두커니 서 있다 그를 찾아 걸음을 뗐다. 가공식품 코너로 나서자 십여 미터 앞에 그가 보였다.

야채 코너였다. 야채 코너로 카트들이 모여들었다 흩어지길 반복하고 있었다. 카트들은 조명 앞에서 찰랑찰랑 일렁거리고 있었다. 나는 쇼핑이 끝나간다면 먼저 가서 줄을 서 있겠다고 얘기할 참이었다. 계산대에는, 쇼핑에 든 시간보다 더 많은 시간을 들여야 제 차례를 맞을 수 있을 만치 긴 줄이 늘어서 있었다.

나는 몇 발짝 다가가다가 멈춰 섰다. 그는 야채 진열대에, 바짝 붙어 서 있었다. 뻣뻣한 직립 자세였다. 얼굴의 왼쪽 면이 보였다. 조금 이지러져 있었다. 무엇보다 내 걸음을 멈추게 한 것은 그의 손이었다. 그의 왼손이 야채 진열대 안을 향해 치켜들려 있었다. 그는 팔을 길게 뻗고, 손목은 꺾어 아래로 내려뜨리고 있었다. 그리고 그 끝에, 희고 가느다란 손가락 다섯 개가 활짝 펼쳐져 있었다.

수증기의 막이 그의 손가락 다섯 개를 감싸며 흘러내리고 있었다. 수증기의 막은 백색 형광등 빛과 어우러져, 작고 가볍고 빛나는 폭포처럼 그의 손목께까지 흘러내렸다. 그의 손가락 다섯 개는 그 차고 환한 진열대의 공간을 조용하게, 깊숙하게 파고들고 있었다.

그의 손가락 다섯 개는 샤워 장치와 백색 형광등 아래서 화려하고, 더 희어 보였다. 그는 마치 주문하고 있는 듯 보였다. 내 손가락을 만져봐, 라고. 말라 있어? 젖어 있어? 라고. 그의 활짝 펼쳐진 다섯 손가락은, 수증기와 형광등 불빛의 폭포수 내부를 파고들어가, 내부의 그 어떤 것을 깊이 후벼내고 있는 듯했다.

잠깐 사이의 인상이었다. 기껏해야 이삼 초 정도거나 그 이하였다. wt는 이내 팔을 내리고 손가락들을 거두어버렸다. 그러곤 산책하듯 다시 느릿하게 매장을 돌아다니는 다른 쇼핑객들 행렬에 섞여 들었다.

"다 샀어요?"

나는 그에게 다가가 물었다. 내 등장이 느닷없었는지, 그의 왼 어깨가 움찔했다.

"가서 미리 좀 줄을 서둘까요?"

"왜?"

그는 가타부타 말이 없이, 송이버섯을 한 줌 집어 비닐봉지에 담아 무게를 달았다. 나는 그럴 필요까진 없었는데도 창피한 느낌이 들었다. 덕분에 그는 계산대에서 앞뒤로 치이며 짜증 나는 시간을 보내야 했다. 그가 카트에서 꺼내놓은 것들은 대개 요리 재료들이었다. 버섯 몇 종류와 감자, 당근, 양파 그런 것들. 케일이나 청경채, 파프리카도 있었다. 젓갈 몇 가지, 그리고 라거 캔 한 박스도 있었다.

"맥주 먹을 거지?"

언덕의 소방 도로를 오르며 나는 요리하기를 좋아하느냐고 물었다. 그는 짧게 머릴 저었다.

그는 그런 것까지는 아니라고 했다. 나는 다시, 그가 장 보는 것이나 요리하는 것에 익숙해 보인다고 했다.

"그래 보여? 그렇군."

그의 목소리가 문득 잦아들었다.

"죽은 사람이 버릇 들여놓은 거야."

죽은 사람에 대해 마침내 할 얘기가 생겼군, 하고 그는 운을 뗐다.

그는 옛날 얘기라고 전제를 달았다. 죽은 사람이 언젠가 그에게 혼자가 되어 손님을 맞았을 때 무례를 범하지 않는 법을 가르쳤다고 했다.

손님에게 괜찮은 끼니, 어쩌면 훌륭한 끼니가 될 수도 있는 한 접시의 요리를 대접하는 법을 가르쳤다고 했다. 죽은 사람은 이렇게 말했다고 했다. 훌륭한 요리란 훌륭한 인상을 낳는다, 너와 너의 집에 대해.

"처음에는 죽은 사람이 날 가르쳤어. 다음엔 어머니가."

그는 처음에는 죽은 사람이 그것들을 가르쳤고 그러곤 어머니가 그를 가르쳤다고 했다. 그다음엔 아내가 가르쳤고.

어머니와 아내는 차례차례, 그가 마침내 혼자가 되었을 때 아무것이나 입에 퍼 넣지 않도록 교육을 시켰다고 했다. 아무것이나 아무렇게나 먹지 않을 수 있는 법을 그에게 가르쳤다고 했다.

그는 재미있는 얘기를 했다. 아무것이나 아무렇게나 목구멍 너머로 퍼 넘기는 것은 타락이거나 방탕이라는 것이었다. 아니면 타락과 방탕, 그 둘 다거나. 죽은 사람과 어머니, 아내는 그가 타락과 방탕에서 스스로를 구원할 수 있도록 만들어주었다.

wt가 말하길, 그래서 자신의 혀는 아직까지도 생기가 넘치고, 다행히 긴장을 잃지 않고 있다는 것이었다.

혀에 대해 그렇게까지 세심하게 신경을 쓰는 사람을 나는 그 전까진 본 적이 없었다. 나부터가 혀란, 태어날 때부터 그냥 주어지는 것이라 밖엔 여기고 있지 않았다. 차는 느릿느릿 언덕을 올랐다. 차창 밖 지긋지긋한 골목들에도 기다란 그늘이 지기 시작했다.

요리 기술의 습득은 또, 냉장고가 구린내를 풍기기 전에 안에 든 것들을 제때에 처리하는 최선의 방법이기도 했다.

"제때 먹어치우는 것이, 냉장고 구린내를 없애는 최선책이었군요."

"난 그렇게 생각하는데?"

나는 고개를 끄덕였다.

그리고 그는 다른 이면의 진실을 말하고 있었다. 그는 그러니까, 그 저택에서 혼자였던 것이다.

저택에 도착해서 나는 wt를 따라 짐을 식당 안쪽 부엌으로 옮겼다. 쿠킹 포일처럼 뽀득거리는 알루마이트 쪽문은 보기보다는 사뿐히 여닫혔다.

쪽문 너머는 그저 부엌이었다. 첫발을 들여놓고 나서의 느낌은 거기가, 평범하다는 인상뿐이었다. 별다른 기대를 하고 있던 것도 아닌데, 첫 느낌이 그랬다. 나는 싱크대 한편을 다 차지한 도마에 짐을 올려놓았다. 말끔히 닦인 이 미터가량의 길쭉한 나무 도마였다. 두께가 거의 팔뚝 길이만큼 되었다. 반은 젖어 있었고 반은 말라 있었다. 흐릿한 피 얼룩이 져 있었다. 부엌은 넓기도 넓어서 가스레인지와 후드, 오븐, 선반과 찬장, 식기세척기, 믹서기, 대형 환풍기, 마켓 식육 코너에서 볼 수 있는 육절기와 분쇄기, 그리고 요리 책이 빽빽이 꽂힌 선반과 티 테이블이 넉넉히 들어가고도 남을 정도였다. 티 테이블을 위한 의자는 하나뿐이었다.

그 열 평도 넘을 공간에 여유롭게 들어찬 부엌 집기들은 흔히 볼 수 있는 것들이었지만, 몇몇은 고가의 수입품들이었다. 냉장고는 개중 가장 독특했다. 가정용이 아닌, 큰 용량에 겉모양이 투박한 업소용 냉장고였다. 어찌나 큰지, 그와 내가 나란히 손을 맞잡고 함께 들어가 있어도 될 듯했다. 부엌 바닥은 잘 익은 가지 빛깔의 도기 타일이었다. 굳이 이렇게 짙은 빛깔을 깔 필요가 있었을까, 하는 생각이 잠시 들었다. 말끔한 것이, 일 층 세탁실의 바닥관 판이했다.

그의 부엌은, 그의 정원처럼 깔끔하고 간소한 디자인을 따르고 있었다. 고기와 향신료 탄내가 조금 나긴 했지만 환풍기와 방향 장치가 제 기능을 다하고 있는지 공기는 제법 쾌적했다. 방향 장치에선 이 층의 내가 쓰는 방에서와 같은 귤 향기가 났다. 음식 내와 섞여 도리어 역겨워지지 않도록 잘 조절되어 있었다.

"냉장고에 넣을까요?"

내가 물었다. 그는 그냥 두라고 했다.

저녁 식사는 그의 예고대로 여섯 시에 준비됐다. 평소에는 일곱 시인데, 오늘 저녁은 좀 빨랐다.

저녁 식탁은, 아침 식사 때만큼 놀랍지는 않았지만 여전히 참신한 것이었다. 죄다 고기 요리였다. 밥 대신 마죽이, 스테이크 대신 고기 찜과 고기 조림, 고기 튀김이 나왔다. wt는 소스가 흥건한 고기 찜을 덜어주었다. 소스는 접시 이쪽저쪽 가장자리를 걸쭉하게 흘러 다녔다. 그는 식탁 저쪽에서 우적우적 고기 튀김을 씹으며, 수시로 고개를 끄덕이고 있었다. 맛이 제대로 났다는 뜻일까. 한가득 쌓아놓은 튀김은 버섯과 피망을 곁들인, 뭐랄까, 탕수육 산적 같아 보였다.

저녁 식사는 느렸다. 고기 탓이었다. 세 번째 식사니 그 맛과 의미를 나는 좀 더 차분히 따져볼 수 있었다. 분명 흔히 접할 수 있는 식탁은 아니었다. 메뉴는 매번 바뀌었지만 주재료는 변함없이 고기였다. 고기가 빠진 적은 없었다. 돼지나 소, 닭, 뭐 그런 따위. 저 훈제는 칠면조 고기? 그리고 소스에 무슨 향신료를 썼는지, 어찌나 진한지, 고기의 맛을 제대로 느낄 수 없었다. 고기에서 맛을 지워버릴 만치, 소스와 양념장의 위력은 굉장했다. 식당의 공기도 갖은 향으로 가득 찼다. 흥건히 젖은 접시들에서 빽빽이 풍겨 나오는 향이었다. 저며져 누운 죽은 고깃점들이 저마다 식당의 대기에 대고 커다랗게 숨을 내뱉고 있는 듯했다. 그 숨의 맛은, 쓰고 달고 시었다. 수십 가지의 쓴 향과 수십 가지의 단 향과 수십 가지의 신 향.

맛은 있었다. 육질도 괜찮았다. 아까 들려줬던 것처럼 그는, 손님에게 좋은 인상을 줄 한 접시의 끼니를 대접할 줄 알았다. 겨자도 스스로 만들어 쓰는 사람……. 나는 청경채와 함께 볶은 갈색 고깃점을 집어 들다 말고 문득 고개를 들었다.

"아까 장 볼 땐 고기가 없었잖아요."

"없었지."

그는 그래서 뭐? 하는 표정이었다.

"그런데 이게 다 어디서 났어요?"

"냉장고."

더 할 말이 없었다. 이마트 식료품 매장에서 고기를 사지 않았는데도 고기 요리가 나왔다면 고기는, 그의 부엌 냉장고에 있었다는 얘기다. 나는 화제를 바꿨다.

"향신료론 뭘 쓰세요?"

이번에도 그의 답은 간단했다.

"후추와 계피."

그러고 나서 몇 가지를 더 들었다. 정향이나 육두구, 아니면 올드 스파이스. 올드 스파이스? 화장품 상표 아닌가? 그가 든 향신료는 모르는 이름들뿐이었다.

그는 이렇게 덧붙였다. 훌륭한 향신료는 고기에서 악취와 독을 날려준다고. 식탁에서의 그는 부엌에서 나날의 보람을 찾는 사람처럼 보였다.

"하긴 그럴지도 몰라. 그렇다면 나는 불행한 사람이지. 어쨌거나 내 직업은 요리사가 아니니까."

wt는 그러면서 저택 현관에 놓인, 텅 비다시피 한 신발장 얘기를 들려줬다. 내 신발도 들어 있는 신발장이었다. 이 저택의 거의 모든 것이 그렇듯, 그것은 내가 평소 흔히 접할 수 있는 그런 종류의 신발장이 아니었다. 그건 두 자 반짜리 자개장이었고, 그것도 두어 세 대는 족히 묵었을 것 같은 골동품이었다. 그리고 그 속엔 그의 구두 몇 켤레와 쓰지 않는 슬리퍼, 골프화와 등산화, 조깅화 따위가 몇 짝 들어 있었다. 적은 편은 아니었지만 자개장 전체 크기를 놓고 봤을 땐 많은 수가 아니었다. 텅 빈 듯하다는 표현이 그리 과장되게 느껴지지 않을 만한 수준이었다. 게다가 내 신발을 빼면, 나머지 신발들의 주인은 모두 그였다.

그가 말하길, 그 신발장은 느닷없이 휑 비어버린 게 아니라, 십수 년에 걸쳐 조금씩 비워져온 것이라고 했다. 처음엔 아버지의 것이, 다음엔 어머니의 것이, 그리고 나중엔 아내의 것이. 그는 아까 이마트를 다녀오며 요리 얘기를 할 때와 똑같은 차례로 말하고 있었다. 처음에는 아버지의 신발이, 다음엔 어머니의 신발이, 그러곤 아내의 신발이. 저택의 신발장은 해가 갈수록 빈자리가 넓어져, 지금은 그의 신발 몇 켤레만 남은 휑한 것이 되었다. 그는 쓸쓸하다거나 외롭다는 표현은 쓰지 않았다. 그는 휑하다거나 퀭하다는 표현을 썼다. 지금은 내 것들밖엔 없어, 하고 그는 담담하게 덧붙였다. 신발장이 휑한 것에 대해 무슨 정서적인 반응이 있는 것은 아니라는 뜻이었다. 처음에 신발장에서 아버지의 신발들을 치워버릴 때의 정서적 충격과 나중에 아내의 것들을 치워버릴 때 느꼈던 흐릿한 감정엔, 꽤 차이가 있었다고 했다.

"지금은 말이야."

그는 무언가를 입에서 뱉어내며 잠시 말을 우물거렸다.

"그 휑하게 비어버린 자리에 뭘 또 새로 채워 넣고 싶은 생각도 없어."

새 식구를 들이지 않겠다는, 재혼하거나 할 필요를 지금은 느끼지 못하겠다는 얘기였다. 그리고 누이가 하나 있다고 덧붙였다. 누이는 지금 캐나다 새스커툰에 가 있고, 몇 년째 소식이 없다.

"무소식이 희소식이지."

그는 기분 좋게 킥킥거렸다. 그는 소리 내 웃었다.

가족으로부터 물려받은 것이 상당한 모양이었다. 그는 아버지의 가산을 크게 불려놓았다고 자랑스레 말했다. 재산가, 하고 나는 중얼거렸다. 의미야 어찌 됐든, 그 순간 그 발음은 꽤 듣기 괜찮은 것이었다.

"아버지는 당신 몫의 행운을 고스란히 내게 물려줬고, 나는 그 죽은 사람의 행운을 한 배 반으로 늘려놓았지."

그는 냅킨으로 정성스레 입가를 문질렀다.

그는 식탁보에 양념장을 떨어뜨리는 일도 없었고, 음식을 덜면서 그릇을 부딪는 일도 없었다. 그의 턱은 아까 이마트의 진열대 사이를 비집고 다닐 때처럼 조심스레, 부드럽게 움직였다.

나는 내 앞에 앉아 있던 wt의 아버지, 죽은 사람이 그 정도의 재산가인 줄은 몰랐다. 그저 좀 높은 직책의 회사원이거나 슈퍼마켓 주인 정도가 아닐까 했다. 그러고 보니 죽은 사람이 내게 베푼 선행은 재산의 수준에 맞지 않는 것이었다. 재산의 수준에 따라 선행의 수준도 달라진다면 말이다.

이 저택의 주인이었던 성실한 인상의 중년 남성이 내게 베푼 선행은 우체국 통장이었다.

나는 삼 개월에 한 번씩 동네 우체국에 가서 돈을 찾곤, 죽은 사람에게 감사 전화를 넣었다. 통화의 내용은 단순했다. 잘 지냈어? 예. 통장은? 예, 고맙습니다. 그 일은 중학교 일 학년 여름부터 두 해 반 동안 이어졌다.

죽은 사람과 나눴던 통화의 마지막 것은 아직도 기억하고 있다.

"어떻게 지내?"

"고등학교에 들어가요."

"통장은 봤고?"

"예. 고맙습니다."

그게 다였다. 내가 죽은 사람을 실제로 만난 건 딱 한 번뿐이었다. 내가 기억하고 있는 흰 와이셔츠와 구릿빛 나는 안색, 약간 작은 듯한 앉은키와 검은 뿔테 안경의 조합이라는 인상은, 그 딱 한번 만났을 때 내게 박힌 인상이었다.

죽은 사람은 그 자리에서, 내게 아버지라 불러보라 했다. 그때 그 목소리가 어땠는지는 영 떠오르지 않는다. 내가 갖고 있는 기억은 아주 희박한 수준의 기억이었다.

내가 어떻게 했더라? 그때 나는, 눈꺼풀만 깜박이고 있었다. 아버지라⋯⋯. 원하는 바대로 불러주지 않아 기분이 상했는지 어땠는지는 알 수 없다. 이제 알아낼 길이 없어졌다. 여하튼 죽은 사람이니까.

사실을 말하자면, 죽은 사람과 나의 관계는 그저 그렇고 그런 것이었다. 피부 아래서 열흘이면 녹아 없어질 가용성 봉합사 같은 관계였다. 잠시 후면 삭아 끊어져 사라질. 우체국 통장에 입금이 되지 않으면 그걸로 끝날 관계. 하긴, 이제껏 내가 내 삶에서 맺어왔던 관계들 대개가 그러했다. 얼마나 잘 삭는지, 끊어지는지, 흉터 하나 남기지 않는.

고기 만찬은 끝났다. 웃기는 식단이긴 했지만 맛은 있었다. 나는 이것저것 해서 세 접시나 비웠다. 찐 파슬리를 남겼다고 책망하긴 했지만 죽은 사람의 아들은, 식성 좋은 나를 흡족한 눈으로 바라봤다.

내 이야기를 다 듣곤, wt는 알 듯 모를 듯한 미소를 지으며, 조심스러운 투로 내가 한 말의 문장을 손보아주듯 이렇게 중얼거렸다.

"검은 뿔테 안경을 갖고 있긴 했지. 하지만 쓴 걸 보지는 못했어."

식사는 끝났다. 그와 나는 거의 동시에 빈 접시에 포크와 나이프와 수저를 올려놓았다.

wt는 자신과 다락방으로 올라가지 않겠느냐고 했다. 나는 좀 씻겠다고 했다.

나는 방으로 돌아갔다. 약간, 어지러운 기운이 있었다. 샤워를 하고 담배를 태웠다.

어제와 오늘에 걸친 저택에서의 시간들엔, 무언가 혼란스러운 게 있었다. 딱히 잠자리가 바뀌고 식탁이 달라져서 그런 건 아니었다. 부잣집 저택에 처음 들어와봐 촌티를 내는 건가. 나는 손바닥으로 이마를 쿡쿡 찍었다.

"이런 저택 정원의 잔디를 한번 밟아보는 것이 내 어릴 적 바람이었잖아."

젠장. 그래, 실컷 밟아봤잖아. 그러고 보니 그 원을 이뤘군그래!

이런 정원 딸린 저택에 무엇이 있나 궁금해했잖아. 이런 정원 딸린 저택에 누가 사나 보고 싶어 했잖아. 축구공을 차다 말고 정문 쇠창살에 코를 박고 훔쳐보곤 했잖아. 누가 무엇을 하며 사나 하고.

나는 턱이 가슴에 닿도록 깊이 고개를 숙였다. 내 두 어깨는 조금씩 조금씩 들썩였다. 환한 볕이 내리쬐는 드넓은 잔디 정원에, 혼자 나와 있는 누군가가 그려졌다. 나는 저택 정문 쇠창살 바깥에서 정원을 훔쳐보고 있었다. 그 누군가는 뜨거운 한낮의 볕 아래서 뻣뻣한 직립 자세로 서 있었다. 진초록 잔디 정원 한가운데 마냥, 하염없이 서 있었다. 그러다 어느 순간, 팔을 치켜들며 손목을 꺾어 문득 아래로 늘어뜨렸다. 희고 가느다란 손가락 다섯 개가 활짝, 환하게 펼쳐졌다.

나는 울고 있었다. 거웃이 형광등 불빛에 점점이 반짝였다.

wt와 나는 다락방으로 올라갔다. 일곱 시였다. 사면이 파리한 회벽이었다. 다섯 평쯤 되는 넓이에, 벽의 높이는 내 키에도 미치지 않는 낮은 것이었다. 정원에서 보았던 대로 지붕은 피라미드형의 유리 지붕이었다. 하늘은 검은 아스팔트 위에 잘 익은 홍시를 발로 밟아 으깨놓은 것 같은 빛깔을 하고 있었다. 비구름이 몰려오고 있었다. 이런, 또 폭우군. 그가 피라미드의 꼭짓점 아래로 걸어 들어가며 중얼거렸다. 발바닥에 탄력이 전혀 느껴지지 않았다. 다락의 바닥은 여러 장의 철판을 이어 붙여놓은 것이었다.

다락은 화실이었다. 네 칸짜리 수납장, 걸상, 그리고 먼지막이 천이 씌워진 캔버스가 눈에 띄었다. 캔버스는 아주 커다랬다. 다락의 벽 한 면을 다 채우고도 모자라 다른 한쪽 면에까지 비스듬히 걸쳐

저 있었다. 그는 라거 캔과 고기 튀김을 수납장에 올려놓았다. 그러곤 서랍을 뒤져 화구들을 꺼내 이것저것 바닥에 늘어놓았다.

이쪽 한편엔 퀼트 방석이 깔린 등받이 없는 걸상이 있었다. 날 위한 것이었다. 나는 조명이 드리워진 침침한 그림을 멀거니 바라보았다.

"난 아마추어야."

그가 엉덩이를 들썩이며 말했다. 그건 말하지 않아도 알 수 있는 일이었다. 장식용으로나 쓰일 법한 조명을 달아놓은 것만 보아도 알 수 있는 일이었다. 그는 아버지가 죽은 후로 시작하게 된 소일거리 중 하나가 그림 그리기라고 했다. 정식으로 배워본 적도 없고, 잘 그리지도 못해.

"어쨌거나 시간이 남아돌지 않게끔 주의해. 그렇잖으면⋯⋯."

그는 라거 캔을 던져주며 말꼬리를 흐렸다. 나는 고개를 끄덕였다. 그가 무슨 얘기를 덧붙이고 싶었는지는 알 수 없지만, 내 경우엔 남아도는 시간들이 죄다 뱃살로 와 붙어버렸다.

"그건 그렇고⋯⋯ 저렇게 큰 캔버스를 어떻게 이런 좁은 문으로 들여왔어요?"

"간단해. 여기서 조립했거든."

나는 셔츠 밑자락을 말아 쥐다가 문득 손을 멈추곤 고개를 들었다.

"꼭 벗어야 해요?"

"왜?"

"그냥."

"그래 주기로 했잖아."

wt는 팬티 한 장 걸치지 않은 알몸을 원했다. 그 대가로 나는 십오만 원을 받기로 했다. 아까 저녁 식탁에서 농처럼 오간 거래였다. 좀 늦게 돌아가도 된다고 하자 그가 기다렸다는 듯 꺼내놓은 제안이었다.

"농처럼 시작됐으니, 농처럼 끝내야지요."

"그런 게 어딨어?"

나는 셔츠를 벗곤 추리닝 하의를 넓적다리까지 끌어 내렸다. 그러곤 걸상에 앉았다.

"엉뚱한 짓 하면…… 손가락을 분질러놓을 거예요."

나는 추리닝 하의를 벗어 구석으로 던져놓았다. 긴장을 풀자 배가 커다랗게 부풀어 올랐다. 그게 짐짝이나 되는 것처럼 나는 두 손을 아랫배에 걸쳐놓고, 위아래로 흔들었다. 나는 사진관에서 증명사진을 찍을 때의 자세를 취했다. 걸상에 앉아 턱을 들고 등과 목을 빳빳이 세웠다. 나는 양 무릎을 꼭 붙였다. 그와 나는 웃음을 참느라 입을 떼지 못했다. 뺨이 좀 붉어지긴 했지만, 결국 분위기는 자연스러운 쪽으로 흘러갔다.

"됐어요? 어떤 게 괜찮은 자센지 모르겠어요."

"글쎄, 괜찮은 자세?"

그는 혀를 한번 차더니 오케이, 했다. 그는 한 가지 더, 슬리퍼를 좀 벗어주길 바랐다. 나는 완전한 알몸이 되었다. 찬 기운이 발바닥을 타고 올라왔다.

　그건 마을 풍경이었다. 아마도 여름의. 그리고 일몰이 한 시간쯤 남았을 저녁 무렵이었다. 마을은 몇 채 되지 않는 건물만으로 이뤄진 작은 곳이었다. 캔버스 왼편 아랫단에 자리한 빵집이 먼저 눈에 띄었다. 흔히 현실의 거리 모퉁이에서 마주치곤 하는 빵집이었다. 핏빛 벽돌 건물이었는데, 벽돌들의 모서리는 모두 빵 덩이처럼 둥글었다. 창은 아주 맑게 닦여 있어서 쇼 케이스가 환히 비쳤다. 빵집 앞엔 스툴이 내놓아져 있었고 그 위에 위생복 차림의 비만한 사내가 앉아 있었다.

　그 오른편에는 잡화점이 있었다. 잿빛 벽돌 건물이었다. 출입문 유리는 코팅을 해 파랗게 빛이 났다. 유리 안쪽으로 사람 실루엣이 어렴풋이 비치고 있었다. 원피스였고, 아주 연한 참외 빛이었다. 세제 값 세일을 알리는 포스터도 붙어 있었다. 빵집과 잡화점을 나누고 있는 것은 도로였다. 도로는 빵집 사내가 밀가루를 흘린 듯 덩이 덩이 흰빛이 찍혀 있는 황토 빛 비포장도로였다.

　도로는 화폭을 비스듬히 가로지르며 상단 끝까지 닿아 있었다. 다른 건물 몇 채가 도로를 따라 좌우로 늘어서 있었다. 딱히 용도를 알 수 없는 나지막한 건물들이었다. 술집, 여인숙, 주유소, 그리고 저 멀리 돼지 농장의 축사가 보였다.

건물들은 모두 도로의 좌우를 따라 차츰 작아지면서 화폭 저 끝까지 자리하고 있었다. 그리고 그 모든 건물들 너머론 벌판이 드러나 있었다. 벌판은 잎도 없이 가지 몇 개만 붙은 나무가 한 그루 서있는 허허벌판이었다. 그것은 저녁 어스름의 침울한 청회색이었고, 마을은 얇은 초승달 형태의 벌판에 감싸여 있는 형국이었다.

wt가 말하길, 밑그림이 처음 그려진 건 아버지가 죽던 해였다고했다. 그리고 가장 최근 다락방에 올라온 게 작년 겨울이었다고 했다. 그럼 대체 얼마나 저 그림을 붙들고 있었다는 걸까. 그는 그림은 아직 완성되지 않았고, 아마도 한 세대가 지날 만큼의 시간은 걸릴 거라고 했다. 그래야, 벽 이쪽저쪽에 걸쳐놓아야 할 만치 큰 캔버스를 다 채울 수 있을 거라고 했다.

"붓을 하루에 한 번 놀리면 그 정도 되겠군요."

나는 기가 막혀서 중얼거렸다.

"어쨌거나 내겐, 무언가 계속되고 있다는 느낌이 필요해."

그가 캔버스에 코를 박곤 중얼거렸다.

그가 하는 것을 보니, 그가 원하든 원하지 않든 그림은 웬만해선 끝나지 않을 것 같았다. 손놀림이 워낙 느리고 꼼꼼했던 것이다. 그림보다 그가 먼저 지쳐 떨어져나갈 것 같았다. 잡화점 창에 붙은 포스터의 글자 획 하나하나까지, 벌판 귀퉁이 죽은 나무의 가지 하나하나까지, 그는 연신 붓을 바꿔가며 형태를 고치고 색을 덧입히고 있었다.

나는 하품을 했다. 나는 빵집 앞 비만한 사내를 가리키며 말했다.

"저 사람, 좀 있으면 터져버릴 것 같네요."

사내는 팔짱을 낀 자세로, 캔버스의 맨 아랫단에 앉아 있었다. 몸집이 어째 이스트를 듬뿍 넣곤 대충 구워낸, 크나큰 빵 덩어리 같았다. 위생복은 하얬지만, 얼굴은 누렜고 손은 새빨갰다.

그는 그래 잘 봤어, 했다.

"머잖아 오븐과 함께 뻑, 할지도 모를 사람이지."

돌아보는 그의 입가에 라거 거품이 비어져 나와 있었다. 내 입도 라거 한두 캔에 텁텁해져 있었다. 발가벗고 앉은 지 꽤 지났건만 그만하자는 사인은 받지 못했다. 그림을 그리면서도, 캔버스 앞에 앉아서도 그는 뻣뻣하고 꽉 조인 듯한 곤두선 자세를 하고 있었다. 여유 없이 빡빡한, 타이도 풀지 않은 차림이었다. 강박적으로 꼼꼼히 채워져 있는 와이셔츠 소맷부리 단추들이 유난히 돋보이는 차림이었다.

아침, 정원에서부터 보고 있었던 바로 그 차림, 그 자세였다. 그 상태에서도 그는 조금도 불편한 기색 없이 한가롭고 여유롭게 붓을 놀렸다.

"어떤 네가 나올 거 같아?"

wt가 물끄러미 돌아보며 물었다. 그의 손은 그 저물녘 마을 어딘가에 날 그려 넣고 있었다.

"글쎄요……."

사실, 뭐가 어찌 되어 나오든 신경 쓸 바 아니었다. 알고 싶지도
않았다.

"머리와 위만 있는 어떤 것."

"뭐?"

"머리에, 길쭉한 자루 같은 위만 달린 어떤 것."

그는 내 대답이 언뜻 이해가 되지 않는지 다시 뭐? 하고 물었다.

"그게 뭐야?"

나는 고개를 저었다.

"그게 답니다. 나, 하면 떠오르는 게. 그게 뭔지는 나도 잘 모르겠
어요."

"사지는 없고? 팔다리 말이야."

나는 두 팔을 활짝 펼쳐 보였다.

"그런 건 보이지 않는데요."

하긴, 그가 지금 그리고 있는 나의 모습도 정상적인 몰골은 아니
었다. 캔버스에서의 나는 여인숙 앞을 서성이고 있었다. 나는 핫도
그 같은 밋밋하고 길쭉한 몸매였다. 살갗은 덜 익힌 고깃덩이 같은
빛깔을 하고 있었다. 웃기는 것은 거웃이었다. 거웃은 핫도그 한가
운데 밀가루 옷이 터진 자리처럼 그려져 있었다. 나는 소리 내 웃었
다. 나는 이십 센티미터 정도 키의 나체였고, 두리번거리는 듯한 형

상이었다.

"의도적인 거예요, 솜씨가 서툴러서 그런 거예요?"

"의도적인 거지."

시간은 한참 더 흘렀다. 맥주가 떨어져 캔 몇 개를 일 층에서 더 가지고 올라오기도 했다. 그가 그리고 있는 그림은, 그림의 세부 어느 것 하나 완성되어 있지 않은 듯 보였다. 그는 나를 그리다 말고 종종 붓을 옮겨 다른 세부를 손보곤 했다. 여인숙의 간판 글씨나 돼지 농장 페이로드의 주걱 손 따위를 손보곤 했다. '엘'에 힘을 좀 더 준다든지, 주걱 손의 말라붙은 흙덩이에 잔주름을 더한다든지 하는 식으로.

그림은 어쩐지 그의 저택을 떠올리게 하는 구석이 있었다. 그림의 마을도 손볼 데가 아직 있었다. 마을 한편은 한창 공사 중이었다. 돼지 농장 페이로드 앞엔 그림자가 드리워진 깊은 구덩이가 패어 있었다.

마을의 주민은 빵집 앞 사내와 원피스를 빼면, 모두 다섯이었다. 내가 다섯 번째 주민이었다. 핫도그를 닮은 주민들은 여기저기 흩어져 있었다. 돼지 농장 축사에 하나, 주택의 정원에 하나, 주도로에 둘, 그리고 여인숙 앞의 나.

그들 모두 나처럼, 나체거나 팬티 차림이거나 했다. 가슴이 없고 거웃 아래 뭔가 달린 것을 보니 그들은 죄다 남자였다. 윤곽선이 두껍고 색 처리가 모호했지만 알아볼 수는 있었다. 그들은 발끝을 들고 바닥에서 몇 센티미터쯤 떠올라 있었다.

"손님이었지."

내가 그들에 대해 묻자, 그는 그들이 저택의 손님이었다고 답했다. 저택을 찾아와 나처럼 고기반찬 일색인 식사를 하고, 나처럼 이 다락에 올라와, 나처럼 발가벗곤 걸상에 앉았다고 했다.

팬티 차림이 있는 것은 끝내 나체가 되기를 양보하지 않은 결과라고 했다. 그들 중 두 명이 그랬다고 했다.

"타협이란 어렵지."

나는 당황했다.

"다들 식사에 만족해하던가요."

그의 손놀림이 빨라졌다. 이제 아홉 시였다.

"스테이크를 좋아했지. 그건 아직 비싼 음식이거든."

"왜 손님들을 그리죠?"

wt는 자기 저택을 찾은 손님들을 다락으로 불러다가 발가벗겨놓곤, 마을의 주민으로 들여앉혀놓는 작업을 하고 있었다.

그러니까 손님들은, 나도 곧 그러겠지만, 저택을 떠났지만 여전히 저택에 묵고 있는 셈이었다. 이 다락의, 캔버스의, 마을의 한 주민으로.

얼큰히 취기가 돌았다. 목소리가 높아졌다.

"wt도 있어요?"

그는 붓 끝으로 빵집 앞 사내를 가리켰다.

"그거였어요?"

나는 당황한 채였고, 목소리에서도 당혹감이 묻어났다.

빵집 앞 사내는, 전체 구도의 맨 아래쪽 꼭짓점을 차지하고 앉아 있었다. 도로는 사내의 발아래에서부터 올라오고 있었다. 사내의 빵집은 맨 아랫단에 자리 잡은 데다 핏빛 벽돌색을 한 탓에, 전체 구도의 무게중심 노릇을 하고 있었다. 마을의 다섯 주민은 그 핏빛 무게중심에 얹혀, 두 발을 띄운 채, 유령들처럼 이리로 저리로 떠다니고 있었다.

사내는 뭘 하고 있는 걸까? 나는 무언가 말하려고 손을 뻗고 입술을 달싹거렸지만, 말이 나오지는 않았다. 쯧, 소리와 함께 혀가 말려들었다.

나는 내 당혹감이 무엇에서 기인하는지도 알지 못했다. 나는 무언가 적확한 설명을 찾기 위해 연신 고개를 주억거렸다. 마을은 지금 공사 중이었다. 마을의 시간은 현재진행 중이었다.

"됐어!"

그가 나지막이 소리 질렀다.

무릎을 펴고 일어나려는데 발아래서 캔이 덜그럭거렸다. 빈 라거가 여섯 캔이나 굴러다니고 있었다. 나는 기지개를 켜곤 옷을 주워 입었다. 두 발에 슬리퍼를 꿰었다.

이로써 나는 마을을 떠다니는 다섯 번째 주민이 되었다. 나는 화구를 챙기는 그를 두고 먼저 거실로 내려왔다. 어찌 된 셈인지 분이 치밀어 올랐다.

"씨발, 씨발."

층계를 내려가면서 나는, 아무 데나 된 침을 뱉어 발라놓고 싶어졌다.

"난 내일 일곱 시면 나갈 거야."

wt가 말했다. 경기도 광주에 있는 회사 창고가 물에 잠겼는데, 그 상황을 보러 가야 한다고 했다. 그와 나는 맥주 캔과 안주 그릇을 챙겨 들곤 바 대신 창 쪽 소파에 앉았다.

"난 어째요?"

"뭘?"

"내가 일어날 때쯤이면 wt는 이 집에 없을 텐데."

"괜찮아."

그는 부드러운 목소리를 냈다.

"그냥 나가면 되지. 아침은…… 아주머니가 아침을 챙겨줄 거야. 그리고 더 있고 싶다면 얼마든지."

내일 눈을 뜨면 그가 없을 것이다. 그와 나는 미리 작별 인사를 나누었다. 그러곤 다시 맥주를 홀짝이기 시작했다.

거실 소파는 엉덩이를 흠씬 빨아들일 것같이 푹신했다. 스윙이 흘러나왔다. 그는 취한 척했다. 그 정도는 알 수 있었다. 서먹서먹

함은 많이 가져 있었다. 우리 둘은 소파에 사이좋게, 나란히 앉아 있었다. 그의 엉덩이와 내 엉덩이는 꼭 달라붙어 있었다. 그의 엉덩이에선 단단한 근육질이 느껴졌다. 그는 잔디밭 손질과 스쿼시 라켓으로 체력을 단련한다고 했다.

"그래, 이런 정원 딸린 저택엔 어떤 사람이 사나 궁금했다고 했지?"

"하앙."

"의문이 풀렸어?"

"대충."

나는 잔디밭은 밟아봤으니, 만족한다고 했다.

"어쩌면 그 집이 이 집이었는지도 모르죠. 정작 풀리지 않는 건, 내가 왜 그런 원을 품었느냐는 거예요. 아무리 어렸을 때라도."

그러면서 나는 어제와 오늘, 저택에서 받았던 어떤 인상들을 떠올리고 있었다. 저택에 대한 인상, 언덕 동네에 대한 인상, 그림의 마을에 대한 인상……. 그래, 나는 뭔가 놓치고 있었다. 그것들은, 그 인상들은, 내 망막 위를 미끄러지면서 수수께끼 같은 어떤 잔상들을 남겨놓고 있었다.

나는 취기와 의혹이 벌겋게 섞인 눈으로 그를 바라봤다.

"그 친구들, 어디서 구했죠?"

그는 허리를 빳빳이 세우곤 꺽, 하고 트림을 했다.

"그 친구들, 모델이 아냐. …… 손님이지. 손님이라고 그랬잖아."

그는 완전히 방심한 표정을 하고 있었다. 그는 너와 같아, 했다.

"스스로 발을 들여놓은 거지."

그는 더 말하지 않았다.

한 시 반이었다. wt는 내일 아침 일찍 일을 나가야 했고, 나도 좀 취해 있었다. 라거도 없었다. 그와 나는 남은 캔 두 개를 하나씩 나눠 들곤 탭을 땄다.

"아버지가 있었다면 행운을 좀 나눠줬을 거야."

"wt가, wt의 행운을 내게 좀 나눠주면 어때요? 죽은 사람 대신."

그와 나는 어느새, 어깨동무를 하고 있었다.

"그럴까."

그는 그렇지만, 자기는 죽은 사람과 다르다고 했다.

"아버지가 왜 네 후원자가 돼줬을 거라고 생각해?"

"글쎄. 심심해서?"

나는 반 혀 꼬부라진 소리로 지껄였다.

죽은 사람, 그의 아버지와 연을 맺게 된 것은, 구청의 '소년·소녀 가장 돕기'라는 행사를 통해서였다. 나와 그의 아버지가 참여했던 것은, 그 행사의 일부인 '대부 대자 맺어주기' 프로그램이었다. 대자가 되면, 육성회비 같은 학비에 용돈을 좀 얻어 받는 정도의 혜택이 있었다. 그리고 대부 한 명이 대자 여럿을 후원했다. 혜택은 대자가 고등학교에 입학하면 끊기게 돼 있었다. 구청 사회복지과 직

원이 찾아낸 다른 중학생 소년·소녀 가장이 그 후원을 승계하게 돼
있었다.

그러니까 죽은 사람은 내 대부였다. 그래서 내게 아버지라 불러
보라 했던 것이다.

나는 그 얘기를 그에게 들려줬다. 그러자 그는, 몇 번이나 기세
좋게 고개를 저었다.

"아니."

그는 굉장히 우스운 어떤 비밀이기라도 하다는 듯 어깨를 들썩이
며 속웃음을 웃었다.

"아버지는 겁이 많았지. 아이들을 후원한 건 무서워서였어. 너 같
은 애들이 무서워서였다고."

"너 같은 애들?"

그는 트림 같은 웃음을 터뜨렸다.

"그래, 너 같은 애들. 너 같은 애들이 자라나서, 이놈의 재산을 다
빼앗아갈 거라고 여겼거든."

나는 기가 막혀서 절로 고개가 들렸다. 엉뚱한 얘기는 계속됐다.

"……너희가 자라면서 세상에 원한을 품지 않도록, 개인적인 차
원에서 손을 좀 써둔 거였어. 심성이 거룩한 부자도 있다는 걸 보여
주고 싶었던 거지. 아무튼 빨갱이니 뭐 그런 걸로 난리를 치던 때였
으니. 너 같은 애들은 워낙 없이 살아서, 크면 다 빨갱이가 될 거라
고 여겼던 거야. 빨갱이가 돼서 현관을 박차고 들어올 거다, 뭐 그

렇게. 어떻게든 막아야 할 텐데 방법은 모르겠고, 그래서 너흴 후원했던 거지. 아마 거의 사명감 수준이 아니었을까?"

그러고 나서 그는 이렇게 덧붙였다.

"지금 와 생각해보니 그래."

나는 웃었다. wt의 얘기는 농담 그 이상은 아니었다.

"순진하지? 그치?"

그는 이미 죽어, 있지도 않은 사람을 향해 코웃음을 쳤다.

"난 딴 놈들을 키우지."

"딴 놈들?"

"딴 놈들. 너희보다 훨씬 많이 먹히는 놈들."

그가 말하길, 자기는 세무서와 의회의 실력자들을 키운다고 했다. 소년·소녀 가장은 안 키운다고 했다. 세무서장과 의원들을 키운다고 했다. 아버지가 내 우체국 통장에 돈을 넣어준 것처럼, 그들의 후원자가 되어 그들을 키워준다고 했다.

"그 돈으로 뭘 했어?"

"응?"

"우체국 통장에 넣어준 돈으로 뭘 했냐고."

머리가 지끈지끈 쑤셔왔다. 뭘 했을까? 그걸로 뭘 했을까?

"아…… 비닐판을 샀죠."

"비닐판?"

"엘피, 레코드판."

"아."

나는 그 돈으로 엘피반을 샀다. 통장을 톡톡 털어 그걸 샀다.

나는 그때 내가 샀던 엘피반 목록을 정확히 기억하고 있었다. 〈오즈의 눈폭풍〉, 〈피, 땀, 그리고 눈물〉, 〈스카이 투〉, 〈텐 이어스 애프터〉, 〈에드거 윈터 그룹〉, 〈바닐라 퍼지〉……

그는 아버지의 후원 일을 편집증 환자의 음모처럼 얘기했지만, 사실 통장엔 푼돈뿐이었다. 판 몇 장 사면 끝인 금액이었다. 그 후원 일엔 그의 말처럼 무슨 판돈이 걸려 있지도 않았고, 무슨 시대의 히스테리가 어려 있지도 않았다.

"야! wt."

나는 혀 꼬부라진 소리를 냈다.

"뭣 좀 알고 떠들어."

그러고 나자마자 나는 느닷없이 슬퍼졌다.

"……이제 좀 자야지."

"응?"

그의 손바닥이, 내 턱 바로 아래서 펼쳐지는 게 보였다.

"삼켜."

"응?"

무언가 입술에 와 닿았다.

"아침에 눈을 떠보면, 파출부가 와 있을 거야."

나는 그가 넣어주는 대로 삼켰다.

그리고 잠시 후, 나는 소읍의 유령처럼 발끝을 들고 허공에 몇 센티미터쯤 떠 있는 기분이 되었다. 나는 막대가 달린 핫도그처럼 밋밋하고 물렁물렁하고, 고분고분했다. 누군가의 속삭임이 귓전을 울렸다.

"갖고 싶은 건 다 가졌나? 정말 갖고 싶은 건 다 가졌다고 생각하나? 더 떠오르는 게 없나? 정말 만족하나? 그 만족감은 아직 가시지 않았나?"

속삭임은 내 뺨 아주 가까운 곳에서 가볍게 물어뜯듯 울렸다. 난 지상을 향해 짧게 드리워졌어……. 누군가 걸려들길 기다렸지, 오늘은 네 차례야…….

나는 속삭임에 귀를 내주곤, 가까스로 이렇게 생각했다. 이런 거 없이도 난 잠 잘 잔단 말이야!

나는 열 시가 조금 넘은 시간에 깨어났다. 이 층 내 방이었다.

나는 셔츠와 바지를 벗고 욕실로 갔다. 그러곤 돌아와 거울 앞에 섰다. 몸 여기저기를 살폈다.

창의 발코니로 나갔다. 부슬비가 저택의 정원에 가득했다. 한바탕 쏟아붓고 난 뒤 잠깐의 소강기 같았다. 나는 발코니에 기대서선 허릴 굽히곤 팔을 길게 뻗었다. 미지근한 빗물이 손가락 끝을 타고 한참 만에 팔꿈치까지 흘러내렸다. 부슬비 탓에, 정원 전체가 우윳빛 막에 씌워져 있는 듯했다. 시야에 걸리는 모든 게 희부연 빛을 냈다.

파라솔 아래는 비어 있었다. 파라솔의 은빛은 침침하게 죽어 있었다. wt는 보이지 않았다.

그는 이 시간쯤, 경기도 광주 어디에 있다는 회사 창고에 가 있을 것이었다. 골이 부서져나갈 듯 아파왔다.

내가 떠날 채비를 하고 아래층으로 내려왔을 때, 누군가 날 불러 세웠다.

"여기요."

"예?"

"아침 식사는요?"

그가 얘기한 일해주는 아주머니였다.

"사장님이 아침을 꼭 차려드리라고 했어요."

그녀는 부엌 쪽문을 들락거리며, 콩나물국을 데우고 공기에 더운 밥을 담아 가져왔다. 젓갈과 참치, 나물 몇 가지도 올라왔다. 김치도 있었다. 콩나물국에 밥, 그리고 젓갈……. 그러고 보니, 이 저택에서 받아본 가장 평범한 식탁이었다.

그녀는 식당 구석에 의자를 끌어다 놓고 앉아서 이따금 날 곁눈질하며, 연신 하품을 해댔다. 부슬비에 식당 창틀의 균열들이 새까맣게 젖어 들어가 있었다.

나는 느긋하게 밥과 국을 즐겼다.

"고기가 없네요."

"예?"

"고기가 없잖아요, 웬일로."

나는 부엌 쪽문을 가리키며, 냉장고에 고기가 다 떨어졌나 봐요? 했다. 그녀의 어깨가 들썩, 했다.

"와, 거기 들어가봤어요?"

"예. 어제……."

그녀는 놀란 표정이었다. 그녀는 나도 오늘이 처음인데…… 하고 말꼬리를 흐렸다.

"거긴 사장님만 출입하세요."

내가 더 캐묻자 그녀는, 부엌은 항상 잠겨 있는 곳이라고 했다. 외부인은 드나들 수 있는 곳이 아니라고 했다.

"특별히 아끼시는 곳이라서."

그녀는, 사장님은 부엌이 딴 사람의 손을 타는 걸 싫어한다고 했다. 애착을 갖고 관리하는 곳이라고 했다.

"애착? 부엌에 그런 걸 품다니."

나는 혼자 중얼거렸다.

내가 가겠다고 하자, 아주머니는 우산을 챙겨 들고 정원까지 쫓아 나왔다. 흠뻑 젖은 잔디가 발아래서 질퍽거렸다. 기분 좋은 질퍽함이었다. 나는 에스 자로 휘어진 화강암 포석 위로 올라섰다. 부슬비의 희부연 우윳빛 막에 저택 전체가 감싸여 있었다. 정원 잔디밭, 핏빛 기와지붕, 다락의 유리 지붕, 눈에 띄는 모두가.

그리고 그것은 탁한 빛을 냈다. 그것은, 우윳빛 막은, 저택 전체를 감싸곤 탁한 빛을 냈다.

"아."

나는 우산을 쥐여주고 돌아가는 그녀를 불러 세웠다. 문득 떠오른 것이 있어서였다.

"잠깐만요."

그러곤 나는, wt 흉내를 냈다. 나는 한쪽 팔을 쭉 내밀었다. 그리고 손목을 꺾어 내려뜨리곤, 손가락 다섯 개를 활짝 펴 들었다.

"이거 아시죠?"

나는 소리를 높였다. 정원에서 현관 처마 아래까진 몇 발짝 안 되는 거리였지만, 그래서 말소리를 전달하는 데는 아무 무리가 없었지만, 어쩐지 부슬비의 그 희부연 막이 부담스럽게 느껴졌다.

내 말소리는, 부슬비에 덮인 저택의 적막을 깨고, 깊고 넓고 멀리 퍼져 울려나갔다.

"wt가 왜 이렇게 하곤, 손가락이 젖어 있느냐 말라 있느냐 하는 겁니까? 왜 자기 손가락이 젖어 있느냐 말라 있느냐 물어보는 거냐고요."

그녀는 잠깐 말이 없다가 이제 알았다는 듯 아, 하고 피식 웃어 보였다.

"그건,"

그녀의 답은 길지 않았다.

"사장님은 자기가 갈고리인 줄 알고 계세요. 어쩐지, 그래 보이죠?"

그러면서 그녀는 나와 똑같은 자세를 잡았다. 그러고 보니 그건 갈고리의 형상이었다.

그녀는 이어서 그 휘어진 손끝으로 무언가를 홱, 낚아채고 후벼 파는 듯한 동작을 해 보였다.

"말 못 할 것도 없어요."

그녀는 참 우스운 일도 다 있다는 듯 흥겨운 미소를 지었다.

"다들 아는 사실이니까."

*

소방 도로를 찾는 건 쉬웠다. 나는 소방 도로를 따라 느릿느릿 걸어 내려왔다. 그냥 가는 것이 맘에 걸려, 내 전화번호를 이 층 손님 방 책상에 남겨두고 왔다. wt의 명함도 내게 있었다.

"갈고리라고?"

소방 도로 좌우로, 골목들이 줄곧 나타났다간 사라졌다. 좁다랗고 어둡고, 비 맞아 추저분해진 골목들이었다. 부슬비는 여전했다. 빗줄기의 성긴 정도가, 어쩌면 이럴 수 있나 싶을 만치 저택에서와 똑같았다. 부슬비의 막이 희부옇게 소방 도로를 감싸 덮고 있었다. 부드럽게 구를 이룬 회백색 언덕이 동네 전체를 감싸 덮고 있었다.

나는 우산을 내려놓곤 공중전화 수화기를 들었다.

"비까지 오잖아."

머리카락이 금세 미지근하게 젖어들었다.

"이런 기분은 정말 싫어."

나는 수화기에 대고 투덜거렸다.

"wt는 역시 호모는 아니었어. 응, 갈고리래. 말이 돼? 갈고리란 어쩌면, 휘어진 성기나 바이브레이터의 은유일지도 몰라. 아니, 그럴까? 근데 내가 어젯밤 정신없을 때 wt는 무슨 짓을 했을까. 몸을 건드린 흔적은 없어. 그래, 아무튼 호모가 아니었다는 건 다행이지. 응, 날 이 층 방까지 업어다 줬어. 호모는 지겨워."

"지금은 뭘 입고 있는데?"

"그런데 그 친구 갈고리에 걸리면 어떻게 되는 걸까……."

그 순간, 마을의 빵집 앞에 앉아 있던 사내의 새빨간 손이 떠올랐다. 그 순간, 두 발을 들고 떠다니던 주민들의 행방이 궁금해졌다.

나는 수화기를 떨구곤 허리를 굽힌 채 토하기 시작했다. 내 커다랗게 벌어진 입으로부터, 짓이겨진 주홍빛 속의 것들이 뭉텅뭉텅 쏟아져 나왔다. 콧구멍과 식도가 위액에 긁혀, 가리가리 찢긴 듯, 아리고 쓰라려왔다. 내 얼굴은 눈물과 속의 것들로 범벅이 됐다. 나는 더 토할 것이 없을 때까지 토하고도, 계속해서 계속해서 웩웩댔다.

수화기 저쪽엔 아무것도 없었다.

인
형
의

조
건

그 단순한 기계에서 무슨 보람을 찾을 수 있다는 것인지 모르겠
다. 사내는 선 자리에서 백 원짜리 동전을 열 개쯤 쓸어 넣더니 겨
우, 반 뼘 크기의 인형 한 개를 건져 올렸다. 안테나가 쌍으로 달린
오렌지 빛 포켓몬 천 인형이었는데, 사내는 하얗게 헐어가는 잇몸
을 죄다 드러내며 마치 인형을 흉내 내기라도 하듯이, 커다랗게 미
소 지었다. 사내는 인형을 손에 들고 있는 조그마한 쇼핑백에 쑤셔
넣었다. 쇼핑백은 여성 월간지 한 권과 몬스터 인형과 비슷비슷한
크기의 또 다른 인형들로 그득했다.

　사내는 내게 지폐 몇 장을 내밀며 동전으로 좀 바꿀 수 없느냐고
물었다. 나는 없다고 했다. 사내는 지폐를 기계 앞 빵집에서 바꿔왔

다. 바삐 기계 앞으로 돌아와 섰다. 다시 바삐 여섯 개쯤 되는 동전
을 더 털어 넣었다. 그러는 동안에 내가 기다리던 버스가 왔고 나는
얼른 올라탔다. 그 와중에 사내가 잠시 내게 말을 건넸던 것을 기억
한다. 뭐라고 했더라. 난 지금 저 늑대를 노리는 겁니다, 했던가. 노
란 테의 선글라스를 쓰고 가슴엔 흰색 기타를 안은 검은 털 늑대를
가리키며 저거요, 했던가. 아무튼,

　포켓몬의 오렌지 빛은 무엇을 본뜬 것이었을까. 지하계의 거꾸로
올라붙은 지표일까. 지하계의 거꾸로 올라붙은 하늘에서 소용돌이
치는 붉고 뜨거운 흙먼지일까.

＊

　ru는 자기가 뭘 원하는지 분명히 밝혔다. 오렌지 빛 포켓몬은 아
니었다. 반 뼘 크기의 천 인형도 아니었다. 아이가 원하는 건 동전
몇 개 넣고 토이 크레인에서 꺼낼 수 있는 게 아니었다. 아이는 자
기가 갖게 될 인형은, 껴안으면 편안함을 느낄 수 있을 만치 컸으면
좋겠다고 했다. 그건 할머니의 품 같으면 좋겠어. 너무 풍요롭지 않
게 적당히 말랐으면서도 아직 따뜻함을 잃어버리지 않은. 그리고
살갗에 닿게 될 것인 만큼 폴리에스테르가 아닌 순면 소재였으면
한다고 했다. 털이 있든 없든 상관 않겠지만 만약 있다면 짧은 것이
좋겠다고 했다. 색상은 잘 잠들 수 있도록 파스텔 톤에 어두운 계통

으로, 하지만 그걸 바라보고 기분이 나빠지지 않는 계통이었으면 좋겠다고 했다.

"굉장한 주문이야."

나는 내 앞으로 방금 배달되어온 주문서를 어떻게 처리해야 할지 알 수 없었다.

"인형."

내가 잠시 머뭇거리자 ru는 다그쳤다.

"인형이라고. 간단한 주문이야."

그렇지, 굉장한 주문이 아니다. 내가 잠시 주춤했던 것은 누구를 위해 인형을 사본 경험이 없어서였다. 우리가 찾는 건 대개 우리 곁에 있기 마련이다. 나는 알았다고 했다. 서울 중심가에 나갈 것도 없이, 찾아보면 안양 시내 가까운 곳 어딘가에 그런 인형들이 있을 것이다.

ru는 목에 주름이 팰 만치 크게 고개를 끄덕였다. 친절하게도 자기 생일까지 며칠이나 남았는지 가르쳐주었다. 그러곤 그 얇고 짧은 두 다리를 놀려 복도 저편으로 사라졌다. 갑자기 이런저런 소리들이 내 귓전을 때렸다. 아파트 현관문 여닫는 소리, 착착 바닥에 감기는 고무 슬리퍼 소리, 엘리베이터 벨 소리, 저 아래 주차장의 경적 소리, 누군가 고함을 치고 찌르듯 웃어대고, 또 위층 어딘가에선 피아노 소리가 벽을 타고 흘러내렸다.

그 소리들 중 하나로 ru가 숨어들었을 것이다.

"기이하게 생겼구나."

이것이 ru가 나를 향해 처음 입을 열어 했던 말이다. 그 아이는 마치 서른 살이 갓 된 남자 어른을 처음 보는 듯한 투로 그렇게 물었다. 길지도 않은 수염이 지저분하게 턱을 덮고 있었나 그랬다.

"꽤는 아니지만 그냥저냥 봐줄 만큼은 생겼다고들 하던데?"

나는 내 허리께밖엔 오지 않는 그 아이, ru를 상대로 자존심을 세우고 있었다. 어쩌다 보니 일이 그렇게 돼가고 있었다. 기이하게 생긴 건 사실 그 아이였다.

"아냐, 그렇게 생겨선 애인도 없겠어."

ru는 아픈 데를 건드렸다. 나는 고개를 저었지만 있다고는 말하지 못했다.

"하지만 꼬셔보려는 여자는 있긴 해."

"그래?"

"그래."

"어딨는데?"

나는 내가 꼬셔보려고 이런저런 시도를 하고 있는 여자는, 영동 사거리에서 한 정거장쯤 비껴난 도로변에 있는 빌딩의 십이 층에 있다고 했다. 거짓말. 아냐, 거짓말 아냐. 영동에 가면 잘 갠 가을 하늘색 타일을 붙인 십삼 층짜리 빌딩이 있는데 말이야, 거기 있어. 잘 갠 가을 하늘색 타일? 응. 그것도 오전 열한 시쯤의 하늘색.

"잘 갠 가을 하늘색은 금방 흐려져."

ru가 조잘거렸다.

"더럽게, 때가 탄다."

이렇듯, 처음엔 여자를 꼬실 수 있을 만큼 생겼느냐 말았느냐로 시작해서 한 계절이 지난 이즈음 ru와 나는 생일 선물을 챙겨주는 사이가 되었다. 물론 아이가 가르쳐주지 않았어도 나는 생일 선물을 챙겼을 것이다. 아직 많이 남았다. 조건에 맞는 인형을 물색할 시간쯤은 넉넉하다. 물색? 이런. 어울리지 않게 거창한 표현이군. 아이의 귀여운 얼굴이 떠오르자 콧구멍이 씰룩거렸다. 아이와 가까워지고 나서의 버릇이다. 누군가 추해 보인다고 핀잔을 주어도 어쩔 수 없다. 내 두 콧구멍은 심지어 길을 가다가도, 길가 빌딩의 화장실에서도 그 아이의 체취를 찾아 씰룩거린다.

아이에 대해 나 말고 다른 사람이 알아야 할 필요가 있을까. ru에 대해선 아는 사람이 아직 없다. 아무에게도 그 얘기는 들려주지 않았다, 그 누구에게도. 그래서 내가 인형을 사야겠는데 무엇이 좋을까, 했을 때 친구들은 부러 흥미가 당기는 척하며 여자 친구가 생겼느냐고 캐물었던 것이다.

"불도그가 어떨까?"

"그건 털은 좀 짧지만 코가 납작해서 껴안기 좋지."

"인형은, 귀가 긴 게 좋아. 길고 보드라운 귀는 만지작거리기 좋지."

"그런가? 귀는 아무래도 괜찮아."

김은 몇 달 전 신문 기사까지 찾아내 읽어주었다. 키티라는 캐릭터 인형이 인기라는 것이었다. 그건 천 인형이야, 털이 없어. 천이면 어때. 그래, 상관없댔어. 박은 털이 있어야 한다면 수제 인형 집에 문의할 수도 있다고 했다. 맘에 드는 디자인을 갖다 주고 털이 좀 달린 것으로 새로 하나 만들어달라고 할 수도 있다고 했다. 나는 인형의 조건을 들려주었다. ru의 조건을 들려주었다. 잠자리에서 껴안고 뒹굴 수 있을 정도로 커야 하며, 소재는 폴리에스테르나 아크릴이 아닌 순면일 것, 털이 있다면 짧을 것, 그리고 파스텔 톤의 어둡지만 기분이 나빠지지는 않는 색상. 잘 잠들 수 있게. 음, 뜻밖인데. 정리가 잘되잖아. 그러자 박은 수제 인형 집의 전화번호를 불러주며 조건이 그렇다면 여자 친구의 키를 알아야 한다고 했다. 글쎄. 최는 껴안으려면 아무래도 앉은키 정도는 돼야 하지 않겠느냐고 했다. 순면 인형이 구하기 쉬울까. 순면 털? 마지막 조건이 모호하군. 잘 잠들 수 있게 기분 안 나쁜 어두운 파스텔 톤이라……. 기분 안 나쁜, 이 아니라 기분이 나빠지지 않는, 이야. 어쨌거나 나도 그 조건이 맘에 걸렸다. 이건 순 감수성 문제 아닌가. 억지야. 차라리 수면제를 사다 주지그래. 어쨌거나 친구는 이래서 필요하다. 금세 재잘재잘 정보들이 쏟아진다.

나는 과분한 친절들에 감사하며 손뼉을 쳤다. 좋아, 좋아. 사러 가는 일만 남았군. 전화번호 고마워. 그러고 나서 나는 인형 사는

일을 아직 서른 낮 서른 밤도 더 남은 일, 얼마든지 해결할 수 있는
일, 도무지 대수롭지 않은 일로 여기기 시작했다.

　이젠 아파트 단지에 들어설 때부터 내 코는 씰룩거린다. 좀 이른
행동이다. ru가 아파트 주차장에 나타날까. 아직 그래 본 적이 없고
또, 앞으로도 그러지 않을 것이라는 게 내 생각이다. 아이는 슈퍼마
켓 주인의 눈에 띄는 것을 마뜩찮게 여길 것이다. 나와 함께 빵집에
들어가 우유 식빵 한 줄을 사는 것을 꺼릴 것이다. 단지 정문 경비
아저씨의 인상이 좋지만은 않다고 불평을 해댈 것이다. 누군가 자
기를 발견하는 것을 걱정하며 그 아이는 이럴 것이다, 여긴 보는 눈
이 너무 많아!
　그러니 내 두 콧구멍은 동 엘리베이터 앞에서부터나 씰룩거리면
되는 것이다. 어쩌면 그것도 이른 행동이다. ru가 엘리베이터를 타
고 일 층 복도까지 내려온 것을 나는 이제껏 보지 못했고, 또 그 아
이가 그러기도 하리라는 것을 지금으로선 믿지 못하겠다. 어쩐지,
그렇다. 일 층 복도에 내려와 우편함을 기웃거리는 것은 아이와 어
울리지 않는다. 아이에게 쓰레기봉투를 들고 일 층 복도를 가로지
를 일이 있을 것 같지도 않다. 어쩐지, 그렇다.
　내 두 콧구멍은 바로 그래서, 엘리베이터가 육 층에서 열리자마
자, 육 층 복도의 공기가 섞여들자마자 씰룩거리기 시작한다. 씰룩
거리는 정도가 좀 격심해도 나는 맘껏 그러라고 내버려둔다. 격심

할 때는 보통 엘리베이터 안 공기에서 그 아이의 체취가 맡아질 때다. 그럴 때 코는, 어쩌면 엘리베이터의 속도보다 더 빠르게 육 층 복도를 향해 솟아오른다. 내 코점막은 예민해지고, 부풀어 오른다. 옆집 아저씨와 마주쳐 그가 내 씰룩거리는 콧구멍을 이상하다는 듯 바라보아도 나는 내 코의 의지를 존중해준다. 이게 대체, 뭐가 추하단 말인가.

ru의 체취를 맡았다고 해서 그 아이가 당장 나타나는 것은 아니다. 내가 맡은 체취는 등장을 알리는 예시일 수도 있고, 좀 전까지 있다가 방금 자리를 떴다는 흔적일 수도 있다. 예시인지 흔적인지는 기다려보면 안다. 아무튼 지금은 아니다. 나는 육 층 복도로 나선 다음, 찬 바람을 맞으며 아이가 나타나기를 기다렸다. 바람은 약간 습기를 머금고 있었다. 이럴 때면 나는 육 층 복도 난간에 배를 걸치고 서서, 저 밑 주차장을 빠져나가는 승용차의 수를 센다. 오늘은 다섯 대다. 그만큼의 시간 동안 나는 멀거니 아이를 기다리며 서 있었다.

나는 밤 한 시까지 베개에 얼굴을 파묻고 있었다.

휴일이 되었지만 인형을 사러 가거나 하지는 않았다. 인형을 사는 일은 날짜가 좀 지나자, 자꾸 미루고만 싶어지는 숙제처럼 되었다. ru를 다시 보면 인형의 조건을 상세하게 지정해달라고 부탁할 참이었다. 껴안고 잘 잠들 수 있을 만치 어둡되, 기분은 나빠지지 않는 파스텔 톤이라고 하면 가게 점원이 이해할까. 그건 누군가 금방 알아듣기엔 너무 긴 문장으로 이뤄진 주문이 아닐까. 혹은 점원이, 아이의 나이를 내게 되묻지 않을까. 그건 곤란한 얘기다. 아이에 대해 꼬치꼬치 캐묻지 않을까. 그 흉물스러운, 그래서 나도 아이도 원치 않을 포켓몬 인형을 강권하지는 않을까. 어디선가 인형 카탈로그를 구해 아이에게 디밀고는 직접 고르라고 하는 것이 합리적인 방법은 아닐까. 그렇지만 지나치게 계산적이다. 이건 선물 아닌가. 이런저런 생각 끝에 나는 인형 가게를 찾으러 나왔고 그러다가 그만, 단지에서 몇 블록 떨어진 근린공원으로 쭉 새버리고 말았다.

나는 노천극장의 스탠드에 쪼그리고 앉아 김밥을 먹고 음료를 마셨다. 장식 블록이 깔린 광장은 인라인스케이트를 굴리는 아이들로 한가득이었다. 자전거를 타는 아이들은 광장 바깥 라인을 따라 맴을 돌았다. 탈것을 갖고 오지 않은 어른들은 나처럼 스탠드에 앉아 김밥을 먹거나, 광장의 아이들을 지켜보거나, 잡담을 나누고 있었다. 이런, 나도 인라인스케이트를 갖고 올 걸 그랬어. 나는 내겐 있지도 않은 그것을 떠올리곤 또, 그것을 신고 광장으로 뛰어드는 나를 떠올렸다. 나는 곧장 비명을 지르며 바닥을 굴렀다. 또 나는 광장으로 ru를 불러들였다.

ru의 조그맣고 예쁜 두 발에서 천 운동화를 벗겨내고 인라인스케이트를 신겼다. 아이는 이마가 하얗게 질릴 정도로 겁이 나 있었다. 나는 아이의 등을 두드려주곤 광장으로 밀어 넣었다. 아이는 서너 번 넘어지긴 했지만 금세 균형 잡는 법을 배웠다. 내가 초등학생이었을 땐 롤러스케이트가 유행이었다. 실내 스케이트장도 인기여서, 거기서 발목이 부러져 깁스를 하고 다니는 형, 누나를 몇이나 알고 있었다. 잘 타는구나. 나는 허리를 잡은 듯 앞 아이에 바싹 붙어 광장을 도는 아이를 보며 탄성을 지른다. 연신 지른다. 아이의 이마는 상기돼 있다. 땀에 젖었다. 흰빛보단 핏빛이 잘 어울려. 나는 떨어진 김밥 한쪽을 집어 비닐봉지에 담곤 포장 팩과 함께 쓰레기통에 던져 넣었다.

나는 오후 다섯 시가 넘어서 노천극장 스탠드에서 일어났다. 네 시간쯤 거기 꼼짝 않고 앉아 있었던 셈이다. 시간은 꽤 흘렀지만 하늘은 흐리고 보라가 약간 섞인 잿빛인 게 별로 변함이 없었다. 비가 올 것 같지도 않았다. 하늘은 가볍고…… 그렇지, ru를 처음 보던 날도 이랬다.

ru를 처음 보던 날, 볕이 희박하던 흐린 날, 그렇지만 비구름도 없어 하늘은 거의 중량감이 느껴지지 않았다. 나는 열 블록쯤 떨어진 전자 제품 할인 마켓까지 느릿느릿 걸어갔다 돌아오는 길이었다. 무얼 사러 가긴 했는데 내 손엔 아무것도 들려 있지 않았다. 그런 일은 내게 드물지 않다.

나는 엘리베이터에 올라타곤 패널에서 육 층을 눌렀다. 입주 가구 수가 많은 소형 평수 아파트지만 엘리베이터에서 평소 만날 수 있는 이웃의 수는 뜻밖에도 드물다. 그날도 그랬다. 나는 엘리베이터에 혼자 탔고 육 층까지 혼자 갔다. 그리고 벨 소리가 울리고 엘리베이터 도어가 열렸을 때 나는 ru가 도어 바로 앞에 바싹 붙어 서 있는 것을 발견했다. 나는 주춤했다. 아이가 곧 엘리베이터에 올라탈 것이라고 생각했기 때문이다.

ru는 꼼짝도 않고 그 자리에 계속 서 있었다. 한 발짝 내디디면 되는데도 아이는 그러지 않았다. 아이의 몸은 쏟아질 듯 앞을 향해, 내 쪽을 향해 기울어져 있었다. 차려 자세로 꼿꼿이 직선으로 선 몸이, 반 뼘쯤의 각도로 이쪽으로 기울어져 있었다. 때문에 아이가 지금 쓰러지고 있는 중은 아닐까 하는 생각까지 들었다. 아이는 물론 쓰러지지 않았다. 나는 나중에야 흉내를 내보고서, 그런 자세를 그만큼 유지하기가 얼마나 힘든 것인지 알게 되었다. 인간의 신체 구조상. 아니면 적어도 내게는. 아이는 엘리베이터 앞을 막아선 채, 나는 그 상황을 그렇게 여겼다. 꼼짝도 않고 있었다.

ru는 내 눈을 똑바로 올려다보고 있었다. 쏘아보고 있다는 느낌이 들었다. 몸이 기울어져 있어서 그리 보였는지도 모른다. 아이는 눈이 크고, 눈망울도 컸다. 유달리 눈망울이 검었다. 커서 더 검어 보였는지도 모르겠다. 눈가 주름이 여럿 있었고, 화장을 한 것도 멍이 든 것도 아닌데 푸른 먹선처럼 물이 들어 있었다. 그게 다. 아이는 도어가 도로 닫히는 것을 보곤 그 자리에서 비켜주었다. 사실 나는 옆으로 비껴 지나가면 되었다. 그런 상황이라면, 흔한 일은 아니지만 내가 바쁘다면, 나는 언제든지 그랬을 것이다. 아이는 내 앞을 막아설 생각이었을까. 재미로? 알 수 없다. 그저 그 자리에 서 있고 싶었던 것이었는지도 모른다.

ru는 엘리베이터 도어가 닫히도록 그냥 내버려두었다. 내가 뒤돌아보았을 때 아이는, 그 자세로 고개만 틀어, 내가 흔들리는 발길을 복도로 돌리는 것을 가만히 쳐다보고 있었다.

그게 지난 계절의 일이다. 그 후로 나는 이따금, 종종, 간혹, 자주는 아니지만 그렇다고 드물지는 않게 ru의 체취를 맡곤 해왔다.

나는 늦은 밤이든 저녁이든 이른 아침이든, 내키는 대로 육 층 복도를 짧고 느린 보폭으로 오가며 서성인다. 엘리베이터 통로를 꾸준히 들여다보면서 이쪽 끝에서 저쪽 끝까지. 어찌나 짧고 느린지 기껏해야 사십 미터쯤 될 그 거리를 백오십 보로 걷고 왕복하는 데 오 분이나 쓴다. 그러면서 열심히 코를 씰룩거리고 자칫 놓치기라도 할까 봐 눈에 힘을 주고 아직 나타나지도 않은 상대에게 던질 인사말을 무심코 중얼거린다. 이따금 멈춰서 얼른 표정으로 저 아래 주차장을 향해 쏟아질 듯 몸을 기울인다. 육 층 복도에 닥작닥작 붙은 열 세대의 사람들은 이런 나를 보곤 좋지 않게 생각할 수도 있다. 덩치가 크고 인상이 나쁜 어떤 사내가 자기 앞마당을 침범하고 있다고 여길 수도 있다. 복도를 향해 난 작은 창을 통해 자기들 작은 방을 엿보려 한다고 의심을 품을 수도 있다. 아니면 그저 그런 일이려니 신경을 끄던가, 아직 아무 흥미도 느끼지 못했을 수도 있다.

나로선 아무래도 상관없는 일이다. 나는 그들이 거리낄 일을 하지 않았다. 각 세대 앞 복도의 가로 사 미터, 세로 일 미터 오십 센티미터짜리 좁다랗고 차갑고 텅 빈 공간은 그들의 앞마당이 아니고 나는 어떤 창도 기웃거리지 않았다. 온종일 그러는 것도 아니고, 몇 번 육 층 이웃과 마주치기도 했지만 그때마다 미소로 인사를 나누었다. 나는 누구의 아무것도 침범하지 않았고 육 층 복도와 관련해서 아무 문제도 일으키지 않았다.

"조건을 완화해달라고?"

ru는 손가락 두 개를 펼쳐 내 왼 손등을 착착 두 번 두드렸다.

"이게 무슨 소꿉놀이인 줄 알아? 이건 생일 선물이야."

ru는 허리에 두 손을 얹고는 혀를 찼다.

"그래, 그래서 내가 말하잖아. 조건이 좀 명확했으면 해. 내가 카탈로그라도 구해놓을까?"

나는 오른 손바닥으로 왼 손등을 감싸 쥐며 더듬더듬 말했다.

"노력은 해봤어?"

ru의 다그침에 나는 아무 대꾸도 못 하고 눈만 끔벅였다. 왜 하필 이 얘기가 지금 나왔을까.

"이건 그냥 생일 선물이야. 너 하고 싶은 대로 해. 순면이 아니더라도 괜찮고 눈 시린 원색이라도 괜찮아. 인형이 아니라도 괜찮다고. 너를 괴롭힐 생각은 없었어."

ru의 말투는 단호했고 그 커다란 눈망울은 젖어 있었다. 내가 뭔가 큰 실수를 저지른 것이 틀림없었다.

"네가 괜찮은 거라면 나도 괜찮아. 그러니 나를 고집 센 아이로 만들지 마. 조건 같은 건 없어."

이럴 땐 어째야 할까. 허리를 굽히고 ru의 손등에 입이라도 맞추어야 할까. 회초리를 구해와야 할까.

"네가 주는 것이라면 무엇이든, 기쁘게 받겠어."

내 이마 위쪽에서 가늘게 떨리는 한숨 소리가 들렸다. 나는 어느새 한쪽 무릎을 바닥에 대고 고개를 숙인 채 ru의 손을 잡고 있었다. 그것은 곧 내 두 손 사이를 빠져나갔다. 비상계단을 울리는 구둣발 소리가 들렸다. 엘리베이터 통로의 희미한 공명음이 들렸고 텔레비전 소리, 현관 투입구에서 신문을 빼 드는 소리가 들렸다. 자전거 바퀴가 복도를 구르는 소리, 라디오의 잉잉 우는 소리, 그리고 아파트 단지의 대기를 찢어놓는 차량 도난 방지기의 느닷없는 경보음 소리.

ru도 그 소리들 새로 사라졌다. 내가 왜 쓸데없는 얘기를 꺼내 스스로를 옴짝달싹 못하게 만들었는지 모르겠다. 이제 인형에 관해서라면 대충은 없게 됐다.

나는 벌써 때가 늦은 건 아닐까 하는 생각을 하며 박이 일러준 수

제 인형 집을 찾았다. ru에게 선물을 주어야 할 날짜가 일주일밖엔
남지 않은 것이다. 날이 어쩌다 이리 금방 흘러가버렸는지 기이한
느낌까지 든다. 나는 아주 조금씩 움직이는 사람이다. 그렇지만 시
간의 속도는 내 속도와는 상관이 없다. ru가 그랬지, 나무늘보도 늙
어 죽잖아.

　수제 인형 집은 양재역에서 개포동 쪽으로 이백 미터쯤 내려온
주택가 끄트머리에 있었다. 가끔 버스를 타고 지나치곤 했기에 낯
이 선 거리는 아니었다.

　"약도가 어렵지는 않던가요?"

　인형 집 여자가 묻자, 나는 아니라고 찾기 쉬웠다고 했다. 그곳을
찾는 데 약도는 필요 없었다. 그저 말로 일러준 것으로도 충분히 찾
을 수 있었다. 인형 집은 삼 층 일반 주택의 일 층 전체를 개량해 널
따랗게 쓰고 있었다.

　인형 집에서 날 맞은 여자는 가는 윗눈썹에 긴 속눈썹을 지닌 약
간 흐릿한 피부의 여자였다. 눈길을 끄는 피부였다. 아주 얇은 막이
새하얗고 투명하게 여자의 얼굴을 덮고 있는 듯 보였다. 그 막 안
엔, 재를 아주 조금 섞은 듯한 회반죽 같은 피부가 탁하게 자리하고
있었다. 화장은 아니었다. 실내조명이 밝아서 그래 보이나? 단발머
리에, 연한 레몬 빛 형광 셔츠와 청바지 차림이었다. 이 피부가 두
겹인 여자는 나이가 몇이나 됐을까.

　"전화로 듣긴 했지만……."

275

나는 여자에게 ru의 조건을 다시 불러주었다. 아이에 대한 불만
이 생겨서 아이가 불러준 그대로, 마치 아이의 어리석음을 일러바
치기라도 하려는 듯이 한 자도 더하거나 빼지 않고 그대로 불러주
었다. 아이의 목소리까지 흉내 냈을지도 모른다. 그렇군요. 여자는
주의 깊게 들어주었다. 새로 만들어야겠어요. 그게 좋겠지요? 어렵
지 않겠어요? 수제라면 조건을 맞출 수 있지 않겠어요? 역시 어렵
지 않나요? 순면이어야 합니다. 천 빛깔에 주의하셔야 하고요. 있을
까요? 일주일밖엔 안 남았는데. 일주일.

"누구한테 주실 거지요?"

여자는 생긋 웃으며 공손하게 물었다. 공손하고 심상한 표정이
었다. 이 여자에겐 인형의 조건이 별게 아니란 얘길까. 그래, 이 여
자에게 정작 중요한 것은 천이나 빛깔이 아닌, 선물 받을 사람의 나
이나 성별, 성격이나 취향 같은 것인지도 모른다. 힘 빠지는 반응이
군.

"아, 그건…… 아이죠."

"어떤 아이죠?"

어떤 아이? ru와 관련해서 이런 질문을 처음 받아보았기에 나는
아주 간단하게 말문이 막혔다. 아니, 아이에 관해서라면, 질문이라
곤 받아본 적이 없었다. 아니, 내가 아이와 함께 있는 것을 누가 보
기나 했단 말인가. 내 입에서 아이 이야기가 나오는 것을 누가 듣
기나 했단 말인가. 어쨌거나 대답을 하기 위해서 나는 재빨리 입술

을 놀렸지만, 말이 되어 나오지는 않았다. 그 아이가 어떤 아이인지 생각해보지 않았던 것이다. 아니, 그 아이를 알게 된 지난 계절부터 너무 많이 생각해보아서, 나는 결국 아무것도 모르는 것처럼 되어 있었던 것이다.

"키는 이만해요."

나는 그래서, 어쩔 수 없이 말뜻 그대로 표피적인 설명에만 그치기로 했다.

"그리고 눈망울이 아주 크고, 피부가 아주 새하얗습니다. 목소리는 여리고 당최 흥분하는 법이 없지요. 아, 손발이 유난히 작아요."

"나이는요?"

"글쎄, 키가 이만해요."

"뭘 좋아하죠? 이를테면 비디오나 텔레비전 프로 같은 것."

"아무튼 오렌지 빛 포켓몬은 싫답니다."

"학교는 다니나요? 키가 그렇다면 초등학생? 몇 학년인가요?"

"가방을 메고 있는 모습을 본 적은 없어요."

여자는 다시 한번 생긋 웃어 보였다. 여전히 목소리도 나긋나긋했다. 하지만 내가 갓 들어섰을 때의 그 표정과 목소리는 아니었다. 여자는 가볍게 한숨을 뱉었다. 그러곤 고민스러운 얼굴로 선반 앞을 오가기 시작했다. 그러고 보니 일을 정말 까다롭게 만드는 건 ru가 아니라 나일지도 모른다는 생각이 들었다.

여자는 인형 감을 천 종류와 색상 계열별로 한 아름씩 안고 와 내게 보여주었다. 나는 솔직히, 틀려서나 마음에 들지 않아서가 아니라, 뭘 어째야 좋을지 몰라 계속 고개를 갸웃거리고만 있었다. 자꾸만 가격이 올라가네요. 아무래도 좋아요, 가격은. 그래요? 장난이 아닐 텐데. 인형 집에는 가운데 바닥 면적을 반 넘게 차지한 크나큰 평상이 하나 놓여 있었고, 네 벽을 모두 빙 둘러가며 완성된 인형들이 진열된 선반들이 있었다. 나는 여자가 권하는 대로 평상에 걸터앉았다. 평상에는 바느질이 덜 끝났거나 속을 채워 넣지 않은 인형들, 천에 본만 떠놓은 인형들이 산만하게 흩어져 있었다. 여자가 진짜 작업을 하는 방은 안쪽에, 그러니까 가정집이라면 부엌이 있을 만한 자리에 따로 있는 듯했다.

"대체 그 아이와 어떤 관계시죠?"

여자는 내가 이렇게 저렇게 간신히 고른 인형 감을 평상에 쪽 펼쳐놓으며 물었다. 인형 집에 발을 들여놓은 지 반 시간도 넘어 있었다.

"그냥 아는 사입니다."

나는 진실을 말했다. 여자가 내 말을 어떻게 이해했는지는 알 수 없었다.

"이제는 디자인을 결정해야 해요."

여자는 사진과 그림 들로 가득 찬 스크랩북을 가져왔다. 세 권이었는데, 한 권은 동물들을 모아놓은 것이고 한 권은 영화나 애니메이션의 등장인물들을, 나머지 한 권은 세계 각국의 인형들과 아마

도 여자 자신이 디자인한 듯한 다채로운 인형 사진들을 모아놓은
것이었다. 두께로 보아 수백 점은 될 듯했다.

"이런."

나는 시계와, 땀으로 엷게 젖어 있는 여자의 이마와, 스크랩북을
번갈아 쳐다보다가 얼마 지나지 않아 사진 한 장을 짚었다. 긴 몸통
에 짧은 다리, 짧은 털, 멍청한 표정의 개 사진이었다.

닥스훈트로군요. 독일 갠가요? 여기 쓰여 있잖아요. 여자는 잘 골
랐다, 아니다, 코멘트 한 줄 없이 스크랩북을 내 손에서 뺏어가더니
쿵 소리가 나게 닫아버렸다.

"마침 색상도 적당할 것 같네요. 먹음직스러운 초콜릿 색상이 좋
을 거예요. 배가 부르면 잠도 잘 오는 법이죠. 좋죠?"

나는 고개를 끄덕였다. 나는 다시 ru의 조건을 불러주었다. 손이
심심하지 않게 만지작거릴 수 있도록 귀가 길었으면 한다고 내 조
건을 곁들였다. 여자는 수첩을 꺼내 일일이 받아 적었다. 그러곤 나
흘이면 넉넉할 거라고 했다. 나는 기분이 좀 나아질까 싶어 박의 이
야기를 꺼냈다. 하지만 여자는 그게 누구냐는 표정을 지었다.

"선금을 내셔야죠."

나는 인형 값의 반을 치르고는 여자가 끊어주는 영수증을 받았
다. 여자의 말처럼 가격이 장난이 아니었다. 이 정도면 키티 인형
두어 다스는 살 수 있겠어. 인형 집을 나오며 보니 인도 모퉁이 쪽
으로 차 한 대가 서 있었다. 암청색 구형 스텔라였다. 내부가 어두

워 잘 보이지는 않았지만 누군가 운전석을 젖혀놓곤 거기 기다랗게 누워 있었다.

　나는 ru에게 자랑스럽게, 곧 껴안고 잠들기에 좋은 인형을 갖게 될 거라고 말해주었다. 이제 단지 이삼일 후면 그것은 내 손에 들어오게 되고, 다시 날짜에 맞춰 근사한 세레나데와 함께 네 작은 두 손에 건네질 것이라고 했다. 멍청한 짓거리로군. 나는 입맛을 다셨다. 있지도 않은 선물을 갖고 자랑부터 하다니. 뭔데? 글쎄. 아이에게 기대감을 심어주기 위해서가 아니었다. 인형을 어떻게 생각할지 덜컥 겁이 나서였다. 닥스훈트는 지나치게 무난해서 아무도 놀래줄 수 없는 선물이 아닐까. 누구든 충분히 예상할 수 있는 선물이 아닐까. 개 인형을 좋아하지 않으면 어쩌나. 색상이 잘못 나오면 어쩌나. 나는 최선을 다했다는 것을, 다하고 싶어 했다는 것을 일러두고 싶었다. 생일날이 오기 전에.

　나는 언제나처럼 육 층 복도에 서서 ru와 대화를 나누었다. 점심을 늦게 먹었으니 오후 두 시 반쯤 되었을 시간이다. 복도 난간 너머로 보이는 하늘은 음산하고, 비좁다. 잔구름들이 어지럽게 얽혀 흘러 다닌다. 해는 있지만 탁하다. 햇볕은 난간을 넘지 못한다. 나는 이런 날이 얼마나 지속되었는지 아이에게 물었다. 아이는 항상, 이라고 했다.

　"지난주 토요일에는 괜찮았던 것 같은데."

나는 수제 인형 집에 갔던 날을 떠올리며 중얼거렸다. 그날은 날씨가 좋았다.

"토요일에도 이랬어."

"그랬어?"

"그래."

ru의 크고 검은 눈망울은 마치 여긴 날씨가 좋았던 적이 한 번도 없었다고 말하고 있는 듯했다. 이제까지 단 한 번도. 그랬구나. 나는 날씨야 같은 수도권이라도 여기서기 늘 다를 수 있는 거니까, 하고 고개를 끄덕였다. 그리고 아무래도 네가 나보다 여기서 더 많이 시간을 보내니까, 하는 생각도 문득 스치고 지나갔다. 비는 오지 않았어? 차라리 비가 온다면 좋지. 대기가 씻겨서 조금은 청결해지니까. 내가 말했지, 잘 갠 가을 하늘색은 금방 흐려진다고. 더럽게, 금세 때가 탄다고. 내 키가 아이의 키만 했을 때 햇볕은 지금보다 훨씬 맑았고, 그 질감은 마당 빨랫줄에 널린 잘 마른 무명 이불보처럼 따스하고 부드러웠다. 고작 이십 년쯤 전인데도 말이다. 이제 햇볕은 따갑기만 하지, 맑지도 부드럽지도 않다. 거칠고 냉정하다. 하드보일드다.

"금요일엔 언제 볼까."

나는 짐짓 자신감에 넘치는 표정으로 ru의 눈망울을 뚫어져라 바라보았다. 이맘때쯤, 어쩌면 밤이고. 어디서? 여기서지 어디야? 여기 서 있어.

나는 이미 박과, 인형 집과 인형 집 여자에 대해 얘기를 해보았다. 나는 어쩌면 선물을 하나 더 준비해야 할지도 몰랐다. 여자에게는, 그깟 개 인형 하나를 위해 그토록 차분하게 귀 기울여주고 애를 써준 보답이라고 하면 될 것이었다. 팁을 좀 얹어주면 되지 않을까. 그래가지고서야 커피나 얻어 마실 수 있겠어? 저녁이나 사주지. 박도 여자에 대해 잘 알고 있는 것은 아니었다. 나이는 나보다 서너 살쯤 많고, 아마도 결혼한 듯하다고 했다. 어떻게 알아? 옷을 예쁘게 입으려 하지 않고 깨끗하게 입으려 하잖아. 혹은 단정하게. 너 바보야?

"왜? 취향이 연상이야?"

"무슨 소리를 하는 거야!"

나는 그저 여자 피부가 두 겹인 게 재미있고 친절했던 게 마음에 들었을 뿐이라고 했다. 피부가 두 겹이라고? 그래. 그래? 그런가? 난 왜 몰랐지? 넌 원래 관찰력이 수준 이하였어. 뭐든 대충 보지. 나는 여자에게 네 얘길 했더니 아무 대꾸도 하지 않더라고 했다. 통 모르겠다는 표정을 지어 보였다고 했다. 그러자 박은 여자의 이름까지 가르쳐주며 그럴 리 있겠느냐고 했다. 설마 그럴 리가.

"너를 경계하는 거겠지."

나는 인형이 다 되었는지 인형 집에 전화를 걸어보았다. 여자는 간단한 마무리만 하면 된다고, 내일 오후 아무 때나 오라고 했다. 나는 내일모레가 그 인형이 필요한 날이라고 했다. 여자는 그렇다면 조금도 늦은 게 아니라고 했다.

　나는 그렇게 큰 닥스훈트가 있으리라곤 생각해보지 않았다. 누구나 예상할 수 있는 무난한 선물만은 아니었다. 내가 일러준 ru의 키에 맞추다 보니 덩치가 그렇게 커진 것이었다. 여자는 귀를 기다랗게 늘어뜨린 다음에 그 끝 둘레를 파스텔 톤의 핑크 빛으로 처리했다. 다리는 실제보다 더 짧게 하고, 몸통은 길쭉하고 두툼하게 했다. 아이가 맘에 들어 할까. 적어도 내 마음엔 들었다. 색상은, 약간 바랜 온화한 초콜릿 빛으로 손끝에 묻어날 듯이 선명하고, 한편으론 부드러웠다. 털은 내 손가락 한 마디 정도로, 짧지도 길지도 않았다. 여자는 이것이 순면이라고 했다. 만져보니 거칠고 성긴 감이 있었다.
　"이건 말뜻 그대로 수제예요."
　여자가 가볍게 한숨을 쉬며 말했다. 여자는 놓치기 싫다는 듯 인형을 가슴에 꼭 껴안고 있었다. 여자의 손가락엔 반지가 없었다. 반지를 꼈던 자국도 보이지 않았다. 나는 고생을 하였으니 밥이라도 사고 싶다고 했다. 여자는 자신이 한 일에 대한 대가는 인형 값에 모두 포함되어 있다고 했다. 그러면서 잠시 가게 밖으로 시선을 두었다. 전에 보았던 구형 스텔라가 거기 또 세워져 있었다.
　"그렇군요."
　"그럼요."

내가 남은 값을 치르자 여자는 인형을 포장해주었다. 알록달록한 은박 포장지였다. 리본으로 꼭대기를 묶고, 들고 갈 수 있도록 커다란 비닐봉지에 담아주었다. 나는 다시 박을 아느냐고 물었다. 여자는 이번엔 분명하게 아니라고, 모른다고 했다. 여자의 피부는 새하얗고 투명한 것이, 여전했다. 피부가 두 겹인 여자. 안쪽 피부는 전보다 더 흐릿하고 탁해져 있었다. 회반죽에 지난 한 주일간, 재가 조금 더 섞인 듯했다.

날은 흐리고 탁했다. 잔구름들이 얽힌 틈을 햇볕은 뚫지 못한다. 햇볕은 난간을 넘지 못한다. 나는 그저 서 있기만 하면 된다. 나는 육 층 복도 끝에서 끝으로, 빠를 것도 느릴 것도 없는, 무엇도 의식하지 않는 깨끗이 비운 머리로 그저 왔다 갔다 하기만 하면 된다. 수제 인형이 담긴 비닐봉지를 질질 끌면서. 콧구멍이 씰룩거리는 것은 내가 그러고자 해서 그러는 것이 아니다. 콧구멍은 멋대로 경련한다. 나는 내 코의 경련을 존중한다. ru의 체취를 찾아서, 육 층 복도를 향해 치솟는 엘리베이터보다 더 빠른 속도로 그 아이의 체취를 향해, 내 코는 경련한다. 나는 내 코의 의지를 존중해준다. 비닐봉지가 시멘트 바닥을 스치는 소리는 경쾌하고 발랄하다.

ru는 육 층 복도의 끝에서 끝을 거의 열다섯 번쯤 오갔을 때, 좌우 엘리베이터가 각기 세 번, 네 번 여닫혔을 때 나타났다. 내 두 콧구멍이 먼저 알아보고 반갑게 인사했다. 코끝이 시큰해지면서 묵직하게 경련했다. 나는 육백십이 호 앞에 서 있었고 아이는 육백칠 호 앞에 서 있었다. 내 왼팔은 절로 흔들리며 비닐봉지를 들어 올렸다.

"이게 그거야?"

"그거야."

나는 ru의 기분이 지금 어떤지 잘 알 수 없다. 아이는 선 자리에서 빠르게 손을 놀려 자기 키만 한 선물 꾸러미를 풀었다. 나는 어깨에 힘을 주고 팔짱을 끼곤 지켜보았다. 나는 우뚝 서서 내려다보았다. 아이는 비닐봉지를 벗겨내고 은박지 포장을 묶은 리본을 풀고, 그리고 거기서 옷을 벗듯 드러난 인형을 바라보았다.

"칭찬을 듣고 싶은 거지?"

ru가 바짝 고개를 치켜들곤 내게 물었다.

"칭찬을 받아야 할 일이라면 마땅히 그래야겠지."

나는 고개를 끄덕였다. ru는 내가 한 말을 잊지 않아줘서 고마워, 하고 들릴락 말락 하게 웅얼거렸다. 네 나쁜 머리로는 기억하기에 좀 긴 문장의 주문이었는데 말이야. 나는 별것 아니었어, 하는 뜻으로 가볍게 소리 내 웃어 보였다. 우리가 찾는 건 대개 우리 곁에 있기 마련이고 또, 내겐 그 정도는 언제든 살 수 있을 만치 수입도 있으니까.

"색이 맘에 들어, 특히."

"뭔지 알겠어? 초콜릿색이야, 약간 옅은."

"나는 이걸 껴안고 싶어."

그러곤 ru는 인형을 한 아름 껴안았다. 크고 검은 눈망울이 사납게 반짝였다. 나는 어쩐지 사납다고 느꼈다. 저 큰 눈에 눈물이 맺힌다면 그건 또 얼마나 크고 무거울까. 나는 한 발짝 다가서서 손으로 만져보기라도 하고 싶었다.

"좋아하는 모습을 보니 나도 좋아."

"응."

하지만 나는 ru가 정말로 좋은 기분인지, 기뻐는 하고 있는지, 닥스훈트가 흡족한 선물이었는지 잘 알 수 없었다. 짐작도 할 수 없었다.

그리고 곧, 내 귓전이 이런저런 소리들로 채워지기 시작했다. 관리실에서 금요 장이 열렸으니 단지 주차장으로 나와보라고 알리는 소리, 위층 복도를 재게 걷는 구둣발 소리, 새된 아이 비명 소리, 이삿짐 트럭이 시동을 거는 소리, 누군가 고함을 치고, 무언가 무거운 것이 엘리베이터 벽을 울리고, 비상계단에서 무언가 쿵쾅대며 끌려 올라오는 소리, 현관이 열렸다가 다시 힘껏 닫히는 소리, 내 두 콧구멍과 심장이 경련하는 소리, 내가 땀에 젖은 내 두 손바닥을 허벅지에 대고 비비는 소리, 바로 옆에서 누군가 내 어깨를 두드리는 소리, 두드리며 형씨 형씨 하고 낮고 당황한 목소리로 나를 부르는 소리.

나는 그다음 순간 ru가 어디로 사라졌는지 알고 있기나 한 듯이 육 층 복도를 달리기 시작했다. 달리면 채 숨이 차기도 전에 끝에 닿게 될 복도를, 라인을, 트랙을 달리기 시작했다. 그러곤 엘리베이터 복도로 나섰다.

다시 그러곤, 엘리베이터 도어에 이마를 대고 반듯이 엎어져 있는 ru의 인형 앞에서 멈춰 섰다. 두 팔을 늘어뜨리고 등을 약간 굽힌 채, 두 콧구멍을 씰룩거리면서 그것을 내려다보았다. 그 순간 그건, 딱히 뭐라 말할 수 없는 의심스러운 물건처럼 보였다. 딱히 뭐라 얘기할 수 없는, 내가 전에 결코 본 적이 없는 어떤 물건처럼 보였다.

나는 육 층 복도로 돌아왔다. 내 어깨를 쳤던 사내가 아직 거기서 있었다. 나는 사내에게 쑥스럽게 웃어 보이고는 인형을 바닥에 끌며, 내 아파트로 들어갔다.

나는 수제 인형 집으로 향하면서 내내, 이 일을 어찌 설명해야 좋을지 생각했다. 어째야 여자가 내 말을 알아듣고 이해하고, 나를 미친 사람으로 보지 않을지를 곰곰 생각했다. 나는 물론 내가 왜 인형 집을 지금 찾아가고 있는지도 설명할 수 없다. 여자와 왜 이 일에 대해서 이야기를 나누려고 하는지도 설명하지 못한다. 나 자신에게도.

나는 양재역에서 내려 느릿느릿, 천천히 걸어갔다. 내 왼손엔 인형을 담은 비닐봉지가 들려 있었다. 알록달록한 은박지 포장은 이미 없고, 덜 끓인 초콜릿 빛깔의 닥스훈트 인형만 덩치 큰 짐처럼 흔들렸다. 어쩌면 인형을 돌려주려 여자를 찾아가는 것인지도 모른다. 어쩌면 무어라 트집을 잡아 어떻게든 반품을 시키고, 얼마큼이라도 인형 값을 되찾고 싶은 것인지도 모른다. 어쩌면 ru가 초콜릿색을 맘에 들어 하지 않으니 무언가 다른 색으로 털을 갈아달라고 찾아가는 것인지도 모른다. 아니, 그럴 리가.

나는 수제 인형 집 앞에 비닐봉지를 내려놓았다. 거기 버려두기에는 아까운 물건이라는 생각이 잠깐 스쳤다. 짧게 메모라도 붙여놓을까, 옆 슈퍼마켓에 맡겨라도 놓을까 하는 생각이 들었지만 그냥 놔두기로 했다. 아니, 내가 여기 왜 왔을까.

여자가 가져도 되는 것이라면 실은, 누가 집어가도 상관없는 일이었다. 나는 셔터를 내린 수제 인형 집 앞에 잠시 서 있다가 발길을 돌렸다. 구형 스텔라는 그 자리에 그대로 있었다. 나는 가까이다가가 유리창에 얼굴을 대고 안을 들여다보았다. 흐릿하게, 그저이런저런 물건들의 윤곽만 눈에 들어왔다. 운전석은 아마, 뒤로 기다랗게 젖혀져 있는 듯했다. 하지만 아무리 가까이 코를 박고 들여다보아도, 거기 누군가 있는지, 누워 있는지 혹은 있지 않은지 알수가 없었다.

*

그 단순한 기계에서 우리가 무엇을 건져 올릴 수 있다는 건지 모르겠다. 나는 주머니가 늘어지도록 동전을 바꾸어선, 토이 크레인동전 투입구에 밀어 넣는다. 이백 원에 한 번, 오백 원이면 세 번을할 수 있다. 작동은 간단하다. 버튼은 둘밖에 달려 있지 않고, 복잡하게 생각할 필요도 없이 내게 주어진 기회는 두 번뿐이다. 크레인

암을 움직일 기회는 두 번뿐이다. 그 이상이라면, 나는 지칠 것이다. 너무 많은 기회는 내게 필요 없다.

나는 정신없이 동전을 쏟아 넣고 버튼을 눌러댄다. 암은 번번이 비껴나간다. 예전의 그 사내가 내게 무어라 그랬더라. 여기서 미친 듯 동전을 쏟아 넣으며 헛손질만 하던 그 사내가 뭐라 했더라. 난 지금 저 늑대를 노리는 겁니다. 그랬던가.

선글라스에 흰색 기타를 안은 저 늑대 말입니다. 그랬던가.

진
창
늪
의 극
장

그 문장을 언제 썼는지 기억나지 않는다. 언제? 잠결에? 코를 골면서? 일어나보니 그냥 거기 적혀 있었다. 글씨도 글줄도 흐트러지지 않은 채로. 말짱한 정신으로 썼다는 듯이.

　　극장은 한물갔어. 여기저기 흘러 다니는 진창처럼 물러져서,
　　알 수 없게 돼버렸어.

평소 내 글씨체이긴 했지만 크기는 좀 작았다. 나는 대충 씻고 면도를 하고, 이젠 외출하려면 밤새 수염이 얼마나 자랐는지 검사해야 한다, 옷을 갈아입었다. 신발은 편한 걸 골랐다. 그러곤 그 문장

이 적힌 메모지를 찢어 호주머니에 쑤셔 넣었다. 저녁은 나가서 먹기로 했다.

기이한 문장이긴 했지만 아주 이해 못 할 문장도 아니었다. 나는 내가 어디로 가야 할지 알고 있었다. 나는 그 극장을 안다.

*

간판의 크기는 기껏해야 아파트 현관문 몇 개쯤 붙여놓은 것밖엔 되지 않는다. 때에 전 흰색 타일 빌딩. 나는 뒷주머니에 두 손을 찔러 넣고 왼발을 동당거리며 간판을 올려다본다. 눌러쓴 롤러 보이 모자의 챙 탓에 나는 눈을 부릅뜨지 않으면 안 된다.

빌딩은 삼 층이나 사 층 정도지만 옆으로 뚱뚱하니 퍼져 있고, 오토바이 대리점과 주물럭 고깃집과 보세 옷 가게가 일 층을 차지하고 있다. 극장으로 내려가는 출입구를 찾는 일은 어렵지 않다. 상영작과 횟수, 상영 시간을 적은 아크릴 판이 벽 한편에 붙어 있으니까. 어렵지는 않지만 주저하게 만드는 무언가는 있다. 나는 청바지 뒷주머니에 두 손을 찔러 넣고 왼발을 동당거리며, 이 지하로 통하는 층계 앞에서 주저하고 있다. 정면에서 내려다보이는 층계는 어두침침하다. 카펫 썩은 내와 곰팡내가 계단을 타고 기어오르고 있는 듯하다.

무슨 영환지는 알 수 없다. 간판의 그림은 흐릿하게, 칙칙하게 뭉개져 있다. 눈을 아무리 부릅떠도 선명하지 않다. 공업용 페인트와 도장용 붓으로 쓱쓱 문대듯이 그려놓은 영화배우의 핑크 빛 얼굴과 그 얼굴의 새파란 배경을 덮치는 새빨간 화염. 아크릴 판의 글씨들도 누군가 문질러놓은 듯이 번져 있다. 나는 뒷주머니에 찔러 넣은 두 손을, 열 손가락을 꼼지락거린다. 엉덩이를 쥐었다가 놓는다. 여러 차례, 여러 차례. 히프는 아직 탱탱하다. 파워풀하다. 그래, 십삼 년 전 엉덩이니까. 살찌고 둔해진 지금의 엉덩이가 아니라, 십삼 년 전의 엉덩이니까. 모든 게 아직 탱탱했을 때의 엉덩이니까.

'이런.'

나는 잠에서 깨어 눈을 뜬다. 검은 밤 배경에, 노랗게 불빛들이 어룽거린다. 차창 밖 풍경이다. 눈두덩은 축축하고, 턱도 된 침이 쏠고 내려간 자리가 쓰라리다.

좌석들은 비어 있고, 통로는 불이 꺼졌으며, 운전석에도 아무도 타고 있지 않다.

'일어나, 종점이야.'

나는 혼자 중얼거리며 좌석에서 일어난다. 여기저기 조금씩 흙탕물이 고인 통로를 조금씩 뒤로 밀어내며 나아간다. 빈 좌석들에선 벌써 냉기가 느껴진다. 엉덩이들이 얹혔던 자국은 그대로, 옴폭 팬 채 남아 있다.

유니폼을 걸친 사내가 뛰어올라와 요금 통을 뽑아 든다. 나를 돌아보며 이 버스는 오늘 영업 끝났어요, 하고 소리친다. 겨우 아홉 신데? 나는 시계를 보며 고개를 갸웃거린다.

'극장 객석에 불 꺼질 시간은 아닌데?'

'극장이 문 닫을 시간은 아닌데?'

그러다가, 나는 버스에서 뛰어내린다. 철퍽, 소리가 발아래를 울린다. 차가운 기운이 양말을 뚫고 스며들어온다. 주차장 콘크리트 바닥 여기저기 검은 진창들이 윤기를 발하며 고여 있다.

나는 들킨 사람처럼 가죽점퍼에 손을 찔러 넣곤 재빨리 종점 주차장을 빠져나간다.

내가 그 말을 누구에게서 들었지? 스크린에 흠집투성이 얼굴로 나타나던 어떤 배우에게서 들었나? 생존을 심각하게 위협당해본 사람은 안다고, 세상이 얼마나 공포스러울 수 있는지. 그리고 또한 안다고, 그 자신이 세상에 얼마나 공포스러운 존재가 될 수 있는지.

불란서식 누아르였나? 클린트 이스트우드의 〈더티 해리〉 시리즈였나? 아니면, 앨리스 쿠퍼나 키스의 노래 가사 중 한 구절이었나? 아니 어쩌면, 내가 방금 막 발명해낸 구절인지도 모른다. 어쨌거나,

'너무 긴 낮잠은 건강에 좋지 않아.'

나는 뻑뻑한 팔다리 관절들을 이리저리 놀리며 걸음을 재촉한다. 이곳은 짧은 사거리다. 팔 차선 도로가 약간 삐뚤어진 각도로 짧게 교차하고 있다. 한끝은 상일동을 향해 뻗어 있고 그 반대편 끝은 암

사동을 향해서, 다른 한끝은 둔촌동을 향해 뻗어 있고 그 반대편 끝은 하일동을 향해 뻗어 있다.

나는 교차로 한편의 횡단보도에 가 선다. 두어 번 보행 신호가 떨어지는 동안 나는 뻣뻣하게 등을 세우곤 담배를 태운다. 초록 등과 빨간 등의 신호 간격은 점점 짧아진다. 그리고 저쪽은 망가졌는지 빨간 등만 들어오고 있다. 빗줄기들이 밤하늘과 기름내 풍기는 대기를 긁어내리고 있다. 나는 빗줄기를 이제야 느낀다. 그것들은, 내 이마에 떨어져 방울이 되어 뺨으로 굴러 내릴 때가 돼서야 겨우 눈치챌 수 있을 만치 가늘고, 거의 느껴지지 않는 중량을 지닌 빗줄기들이다.

나는 언젠가 이 거리에서 내가 쓰고 다녔던 롤러 보이 모자를 떠올린다. 그것이라도 있다면 머리가 덜 젖을 텐데. 나는 횡단보도를 건넌다. 하일동 쪽이다. 그쪽에 볼일이 있는 건 아니다. 메모지의 문장이 가리키는 게 그쪽인지 확신이 서지 않는다. 나는 좀 더 건너다닐 셈이다. 이쪽저쪽, 위아래로.

나는 운동화 밑창에 붙은 검은 진흙을 연석에 대고 쓱쓱 문지른다. 회색 연석은 누군가 할퀴어서 검은 피를 흘리는 것처럼 기름 먹은 진흙으로 지저분해진다. 나는 두 발을 굴러보지만 이물감은 사라지지 않는다.

'진창이 돼버렸어, 정말.'

나는 교차로 사방에 포진한 진창들을 보며 속으로 중얼거린다.

진창은 거리 아무 데서나 눈에 띈다. 교차로 거리는, 진창 천지다. 이물감은 발바닥까지 불쾌하게 전염된다. 약간 무겁고, 약간 진득거리고, 약간 미끈거리는. 그저 약간일 뿐이라서 더 나빠지는 기분.

나는 무언가 더 중얼거리려다가, 구시렁대려다가, 그만 입을 다문다. 불평과 불만은 입 밖으로 새어나가지 않는다. 무슨 불평과 불만을 뱉어내려 했는지 금세 잊는다. 나는 대신, 연석을 새롭게 더럽히고 있는 진흙을 멍하니 내려다본다. 연석 아래쪽에서 야금야금 타고 올라오는 또 다른 검은 진창이다. 그것은 더 되다. 더 점성이 강하고, 더 검고 윤기가 난다. 그것은 아스팔트 지하를 흐르는 배수로가 토해낸 것으로서, 내가 이곳에 도착하기 얼마 전에 거대한 비가 교차로가 있는 이 거리를 휩쓸고 지나갔다는 것을 가르쳐주는 좋은 증거다.

'썩은 흙. 기름 찌꺼기. 오·폐수. 죽은 쥐의 고기와 아스팔트 가루들. 배설물들.'

나는 별다른 노력 없이도 이 진창의 성분을 분석해낼 수 있다. 아무 직관도 통찰도 필요 없다. 날 때부터 알고 있었던 것처럼, 생래적으로 깨닫고 있는 것처럼. 너무나 명징하게, 서로가 서로로부터 태어났다는 듯이.

나는 고개를 들어 내가 건너온 횡단보도 저편을 본다. 내 시야는 짧고 좁다. 나는 무엇이든 한눈에 살피지 못한다. 나는 조각조각 짚어봐야 한다. 버스 종점 주차장에 바싹 붙어, 엘지주유소가 있다.

사이를 가르고 있는 것은 빈약한 시멘트 블록 담과 쓰레기 더미뿐
이다. 그것은 언제 넘어갈지 모른다. 십이 번 버스가 좌회전하며 살
짝 스치기만 하면 블록 담은, 너무 얇고 오래전부터 삭아 있어서,
비명은커녕 한숨도 지르지 못하고 쓰러져버릴 것이다. 주유소에는
흰 바탕에 빨간 로고가 찍힌 피자 배달 차량이 서 있다. 빨간 모자
에 빨간 패딩 조끼를 걸친 배달원은 황급히 화장실로 사라진다.

　주유소는 전에 없던 것이다. 내 힘에 넘치던 엉덩이가 기억하던
주유소는 세 블록이나 바깥에 있었다. 밤거리를 산책할 때 내가 즐
겨 가던 코스에 있었다. 나는 그 주유소 주유기 앞에 서선 보란 듯
이, 가느다랗게 담배 연기를 뿜어내곤 했다. 주유소는 어느 거리에
서나, 가장 환히 빛나는 건물이다.

　나는 주유소로부터 고개를 돌려 걸음을 옮기기 시작한다. 오늘
밤의 내 산책에는 목표가 뚜렷하다. 얼마나 뚜렷한지, 아예 명시되
어 내 건빵 바지 호주머니에 곱게 접혀 들어 있다. 굳이 꺼내 펴볼
일도 없다. 나는 오늘 낮잠을 자며 잠결에 적어놓은 그 문장을 통째
로 외운다. 극장은 한물갔어. 여기저기 흘러 다니는 진창처럼 물러
져서, 알 수 없게 돼버렸어.

　나는 횡단보도로부터 이십 미터쯤 걸어 내려오다가 멈춰 선다.
그러곤 입술 끝에 낀 담배를 떨구곤 사방을 둘러본다. 노래방 간판
이 내 이마 위에서 나른하게 빛나고 있다. 현대자동차 대리점의 신

형 컨버터블 승용차의 헤드라이트가 내 무릎을 노리고 있다.

'극장은 한물갔어?'

나는 최근 몇 년간 주의 깊게 절제해왔던 행동을 도로 푼다. 보도 위에, 가볍게 침을 뱉는다. 그러곤 삐딱하게 고개를 꺾곤 주위를 살핀다.

'한물가도 아주 멀리 갔나 보군.'

극장은 보이지 않는다. 얼마나 멀리 갔는지 보이지도 않는다. 내 기억으로부터도 너무나 멀리 가서 나는 극장이, 어느 골목 어느 찻길 옆이었는지도 기억하지 못한다. 내 엉덩이가 힘이 빠지고 물러지는 동안에, 이 거리의 골목들과 찻길들도 지워지고 있었던 것이다. 새로 깔리고 있었던 것이다. 이 교차로 거리의 약도가 다시 그려지고 있었던 것이다.

'벌써 열 시가 가까워졌어.'

나는 다시 횡단보도로 돌아간다. 나는 횡단보도를 위쪽 아래쪽 왼쪽 오른쪽 건너다닌다. 결국 한숨을 쉰다. 극장이 이 네 개의 횡단보도 어느 쪽에 서 있었는지를 나는 알 수 없다. 나는 더 자주 침을 뱉고 더 삐딱한 각도로 고개를 꺾는다. 침은 점점 되어져서, 이젠 허파 깊숙한 데서 올라온 가래침 덩어리를 뱉는다.

눈에 띄는 진창도 점점 더 늘어간다. 보도블록 틈새에 고깃점처럼 끼어 있다가 빗물을 타고 비어져 나온 진창들이다. 배수로를 흐르던 오·폐수들이 쓰레기들에 갈 길이 막혀 끓어 넘치듯 터져 나온 진창들이다. 타이어 마찰에 떨어져 나온 아스팔트 가루들이, 오·폐수와 기름 찌꺼기들과 쓰레기들과 함께 검은 반죽이 되어 흘러 다니는 진창들이다.

'나는 그래, 내가 어떻게 폭력적이 되어갔는지 알고 있어.'

나는 빠따를 맞고 방금 학교에서 쫓겨난 얼치기 고등학생처럼 바지 뒷주머니에 두 손을 찔러 넣곤 이마에 주름을 그린다. 나는 인스턴트식품을 너무 많이 먹었다. 나는 통조림 뚜껑을 너무 많이 땄다. 초코 파이와 콘 아이스크림을 너무 많이 먹었고, 밥 대신 방부제가 든 싸구려 군것질거리를 더 많이 즐겼다. 기타 리프가 사정없이 몰아치는 시끄럽고 난폭한 음악들을 너무 많이 들었다. 그 음악들의 가사에 지나치게 열광했다.

'그뿐일까, 응? 그뿐일까?'

나는 성난 시궁쥐가 공격할 대상을 찾느라 희번덕거리는 것처럼 사방으로 눈을 돌린다. 이 진창 천지를 벗어날 길이 도무지 없어 보인다. 어느 쪽으로 운동화 코를 돌리든 기어코 진창을 밟게 되고야 말 것 같은 상황처럼 보인다.

내 입은, 지난 몇 년 동안 단 한 번도 발음해보지 않은 거친 욕지거리를 내뱉는다. 이 진창들은 일종의 부유성 진창이다. 무질서한 부유성 진창이다. 꼼짝 않고 서 있어도, 두 발을 떼지 않아도, 진창 스스로가 내 쪽으로 흘러와 내 운동화 뒤꿈치에 달라붙을 것만 같아 보인다.

'진창들은 참 좋겠어⋯⋯.'

나는 어느새 부러워하는 눈길로 진창들을 바라본다. 그러면서 다가오는 진창을 피하기라도 하려는 듯이 발뒤꿈치를 든다. 살짝, 가볍게.

'덤빌 대상이라도 있으니 말이야. 확실하니 말이야.'

나는 내가 어쩌다 진창들의 공격 대상이 되었는지, 잠시 궁금해한다. 아냐, 그럴 리 없어. 진창들이 날 공격할 리 없어⋯⋯. 난 진창들한테 잘못한 게 하나도 없는걸. 부러운 내 눈길은 거두어지지 않는다.

'극장은 도대체 얼마나 멀리 한물가버린 걸까.'

나는 청바지 뒷주머니에 두 손을 찔러 넣고 롤러 보이 모자를 더 깊숙이 눌러쓰곤, 지하로 통하는 층계를 내려갔다. 층계에 깔린 주홍빛 카펫은 흠뻑 젖어 있어서 밟을 때마다 검은 물이 찔끔찔끔 배어 나왔다. 곰팡내가 코끝을 쓰리게 했다. 좁은 층계의 발포 도장된 양쪽 벽면은 누군가 뱉어놓은 가래침들, 낙서들, 싸놓은 오줌 자국들로 가득했다.

'그래도 내 눈엔 그런 것 따위, 아무래도 상관없었어.'

어째서 지금 와서야 그 벽면이 구역질 난다는, 끔찍했다는 생각이 드는 것인지 알 수가 없다. 그때의 가래침은 내가 뱉은 것 같았고 오줌 자국은 내가 갈겨놓은 것 같았고 낙서들은 내가 긁어놓은 것 같았다. 나는 층계를 내려가 매표구에서 표를 사곤, 유리문을 열고 들어가 또 똑같은 사람에게 표를 끊었다. 재를 뒤집어쓴 것 같은 부스스한 머리칼의 여자였다. 중년도 막바지에 접어든 것 같은 나이 든 여자였다. 돈을 받고 표를 내주는 손과 표를 끊어주는 손의 피부는 누렇고 몹시 건조했다. 여자가 표를 끊어 돌려주면 나는, 화가 난 듯이 구겨 주머니에 쑤셔 넣었다.

'그런 다음엔, 또 무슨 일이 있었을까?'

나는 다시 횡단보도 아래로 한 발을 내려놓는다. 조심스레, 진창을 밟지 않기 위해서. 차들이 느릿느릿 멈춰 서며 검은 침을 내 발앞에 뱉어놓는다. 일단 표를 끊고 극장에 들어가서, 그다음엔 또 무슨 일이 있었지? 휴게실에도 주홍빛 카펫이 깔려 있었다. 여기저기 닳아 하얗게 바닥지를 드러낸 주홍빛 카펫. 담배꽁초를 눌러 끈 수백 개나 되는 자국들. 저 얼룩은 누군가 콜라를 엎지른 얼룩. 누군가 화장실 가는 것을 깜빡 잊고 오줌을 지린 얼룩. 창자 속을 말끔히 게워낸 얼룩도 있었고 핏덩이를 쏟으며 극장을 뛰쳐나간 얼룩도 있었다.

'그래, 나는 카펫을 빠는 걸 본 적도 있어.'

그건 그저 누구라도 흔하게 해치울 수 있는 일이었다. 화장실 수도꼭지에 기다랗게 호스를 연결하고, 가루비누를 고루고루 뿌린 다음, 에릭 클랩턴의 〈원더풀 투나이트〉를 콧노래로 흥얼거리며 동시에 화장실의 조수에게 물을 틀라고 고함을 치기만 하면 되는 일이었다. 장화 발을 철벙거리며 기다란 자루가 달린 쇠 솔로 거품이 일

때까지 긁어대기만 하면 되는 것이다. 북북, 그런 소리도 났다.

나는 벌써 여덟 번째 횡단보도를 건넌다. 열 시가 넘었다. 진창들은 가로등 불빛 아래 사방에 널려, 살아 있는 것처럼 일렁이며 검게 빛난다. 비는 여전하지만 얼마나 가벼운지, 아니면 진창의 낯짝이 얼마나 두꺼운지, 아무런 흔적도 내지 못한다. 영향도 미치지 못한다.

그렇게 닦아낸 카펫을 어떻게 말렸는지는 수수께끼다. 카펫은 습기로 항상 축축했다. 갑자기 내가 방금 건넌 횡단보도 주위에, 행인이 많아진다. 어디서 쏟아져 나왔는지 알 수 없다. 아이들이다. 입시 학원이 하나 있고, 그리고 콜라텍과 노래방 몇 개와 피시방 몇개가 있다. 아이들은 저그 종족의 럴커에 대해, 레인보 식스의 새 확장 팩에 대해 조잘거린다. 진창만큼이나 검게 어두워진 기억을 따라 여기까지 흘러들어온 내 목소리와는 다른 목소리들이다. 혼자 중얼거리는 내 목소리와는 전혀 다른 목소리들이다. 어지러운 궤도를 따라, 아니면 궤도를 잃고 어지럽게 떨리는 내 목소리와는 다른 목소리들이다.

나는 멍하니 넋 나간 눈을 들어 아이들을 돌아보다가, 속으로 외쳐 묻는다.

'극장은 어디 있지?'

다시 버스 종점 앞이다. 내가 타고 왔던 버스는 점검 중인지 수리 중인지, 옆구리를 활짝 열어놓고 있다. 아까 내게 영업이 끝났다고, 당장 내리지 않으면 발모가지를 부러뜨려놓겠다고 위협하던 그 사내가 달라붙어 있다. 버스 옆구리를 뜯고 큼지막한 랜턴으로 비춰 보며 이런저런 연장으로 들쑤시고 있다. 당장 내리지 않으면 이 멍키스패너로 내 이마를 깨주겠다고 협박하던 그 사내.

버스는 비어 있다. 횡단보도 신호등을 바라보는 내 눈빛처럼 비어 있다. 버스는 빈 좌석들을 싣고 가만히, 종점에 서 있다. 마땅히 공격할 대상을 찾지 못해서 더 공격적이 되는 거야. 딱히 공격할 대상을 찾지 못해서. 누굴 공격해야 할지 몰라서. 보행 신호가 들어오고, 나는 다시 횡단보도를 건넌다. 어깨를 움츠리곤 횡단보도를 건넌다.

객석에 들어가서도 나는, 롤러 보이 모자를 벗지 않았다. 벌써 일주일쯤 감지 않은 내 머리카락들은, 스크린에서 반사돼 나오는 흐린 불빛에도 지저분한 빛을 발한다. 기름 낀 반사광을 발한다. 그게 창피했을까? 더러운 십 대 소년이라는 사실을 들킬까 봐 걱정했을까? 냄새는, 악취는 또 어떻고? 일단 모자를 벗으면 내 주위의 여자애들은 코를 움켜쥐고 백 미터 밖으로 달아나야 한다. 악취를 달고 다니는 자식이란 소리를 듣기 싫어서였나? 아니면 어떤 상황에서도 롤러 보이 모자를 벗지 않는다는 게, 일종의 반항의 상징처럼 보일 것이라고 여겨서였을까?

나는 담배를 꺼내 입술 끝에, 살짝 끼웠다. 스크린에서는 그로테스크한 장면이 펼쳐지고 있었다. 사랑의 장면이었다. 남자는 여자의 허벅지를 베고 누워 있었다. 노랗게, 들꽃 천지다. 여자가 등을 기대고 있는, 따갑지만 더할 나위 없이 눈이 부신 환한 햇살을 피해 등을 기대고 앉아 있는 나무는, 수관이 넓은 호두나무다. 여자는 남자의 이마에 가볍게 손을 얹고 대화를 이끌어낸다. 여자는 하얀 원피스를 입었고 남자는 연미복 차림이었다.

보이지 않아도 두 연인의 주위엔 벌이 날아다니는 것 같고, 머리카락은 날리지 않아도 두 연인의 주위엔 산들바람이 불고 있는 듯했다. 그렇지, 그건 나를 추하게 만드는 장면이었다. 투지를 불러일으키는 장면이었다. 내게 싸우라고, 나가서 누구든 두들겨 패라고 종용하는 장면이었다. 담배는 약간 구부러져 있었다. 나는 입술 끝에 문 담배에 불을 붙였다. 불꽃을 손바닥으로 가리는 따위의 일은 수치스럽게 생각되었다.

나는 횡단보도를 건너는 대신, 상일동 쪽을 향해 쉰 발짝쯤 걸어 내려온다. 횡단보도에서 다만 십 미터만이라도 멀어질수록, 내가 뱉는 가래침은 더 되어진다. 눈썹은 더 치켜 올라가고 이마의 선들은 더 구겨진다. 호두나무 아래서 연인들이 무슨 밀어를 나누었는지는 기억나지 않는다. 스크린 코앞에 앉아 담배를 몇 개비나 피웠는지 기억나지 않는다. 연인들은 일어나 스크린 밖으로 걸어나갔다.

나는 휴게실로 나가 다음 편이 시작되길 기다렸다. 과자를 사 먹었는지도 모른다. 아무것도 사 먹지 않았는지도 모른다. 벨 소리가 났고 나는 다시 스크린 코앞에 다리를 꼬고 앉아 담배를 피웠다. 나는 담배를 꼬나문다. 교차로를 여전히 느릿느릿 적시는 비는, 어찌나 성기고 보잘것없는지 내 담배도 적시지 못한다. 이젠 담배를 무는 버릇도 바뀌었다. 앞니로 필터를 자근자근 씹는다.

나는 어느새 횡단보도로 돌아와 있다. 횡단보도 주위는 행인들로 갈수록 어지러워진다. 열 시가 한참 넘었다. 종점을 향해 코너를 도는 버스는 둥글고 검은 머리들로 점점 가득 차간다. 보험회사 빌딩 귀퉁이에 얼굴을 처박은 취객이 눈에 띈다. 서류 가방을 아무렇게나 던져놓고. 엉덩이가 아직 탱탱했을 때처럼 나는, 방치된 서류 가방에 다가가 그것을 들고는 조용히 모퉁이 어두운 안쪽으로 사라진다. 캑, 캑, 가방 대신 취객 옆에 가래침을 뱉어둔다. 값을 치른다. 내가 정말 그때 그랬을까? 서류 가방 속엔 서류뿐이다.

'그래, 너나 가져. 나 대신 이걸 삼켜.'

나는 서류 가방을 진창 속에 던져둔다. 하지만 진창은 빨리 집어삼키지 못한다. 열한 시면 이런 일은 비일비재힐 것이다. 이 진창 천지 거리의 일상이다. 벌써 빌딩 귀퉁이마다, 골목 모퉁이마다, 아무 데서나, 취객들은 슬픔에 젖어 웩웩대고 있다.

나는 그래, 여자애를 기다리고 있었다. 이 교차로 너머, 대여섯 정거장 떨어져 있는 어느 여고의 삼 학년 학생이었다. 그렇다고 그 아이는 내게 자신을 소개했다. 교복을 입은 모습은 한 번도 본 적이 없다. 누나라고 부르라고 했다. 예뻤나? 잘빠졌었나? 나는 그 여자애에게 새하얀 원피스를 입혀 호두나무 아래 앉히는 상상을 했다. 내가 직접 담배에 불을 붙여 그 애의 입술에 끼워주는 상상을 했다. 스크린에서는 극장의 두 번째 영화, 바로 극장 간판에 그려진 핑크빛 얼굴의 액션 배우가 나오는 영화가 상영되고 있었다. 그 배우가 영화에서 무슨 일을 했는지는 기억나지 않는다.

무슨 밀어를 나눌까? 호두나무 아래 연인들의 대사를 흉내 내면 닭살이 돋는다고 하겠지. 웃기지 말라고 하겠지. 무슨 애가 이리 촌스럽냐고 하겠지. 그러면서도 그 애는 내 입에서 사랑이라는 단어가 나오길 노골적으로 기대하고 있다. 나는 스크린 옆에 설치된 시계를 보았다. 다른 약속은 없었다. 극장에 가서 기다리는 것이 오늘의 유일한 약속이다. 지금 보고 있는 영화가 오늘의 마지막 회였다.

나는 다시 횡단보도를 건넌다. 열한 시다. 나는 이미 횡단보도를 아무리 건너봤자, 이리저리 위로 아래로 좌로 우로 아무리 건너다녀봤자, 내가 원하는 그 어떤 것도 찾을 수 없다는 사실을 잘 깨닫고 있다. 교차로 사방 어디에도 그것은 없다. 이 거리가 내게 제공해줄 수 있는 것은 기껏해야, 괜찮게 찬이 나오는 식당 정도인 것이다.

'극장은 없어, 그렇지? 한물간 게 아니라, 아주 가버린 거야, 그렇지?'

나는 버스 종점 주차장 앞에 서서 중얼거린다. 몇 시간 전 여기 도착했을 때처럼. 조금도 다르지 않은 목소리로. 아무리 머릿속을 헤집어봐도 그 액션 영화의 주인공이 영화에서 무엇을 했는지 기억나지 않는다. 라이벌 갱의 롤스로이스에 수류탄을 던져 넣었는지, 배신자의 관자놀이에 빨간 훈장을 달아주었는지, 창녀 애인을 구하기 위해 포주를 찾아 차 트렁크에 넣고 도시를 한 바퀴 돌았는지. 그런 따위를, 나는 너무 많이 봤다.

그리고 여자애는 오지 않았다. 아마 오지 않았을 것이다. 나는 영화가 채 끝나기 전에 극장을 나왔다. 객석에 앉아 담뱃갑을 다 비웠는데도, 아무도 내게 시비를 걸지 않았다. 내 롤러 보이 모자가 그렇게 지랄 같아 보였어? 극장에 범생이들뿐이었어? 담배를 좀 꺼줘, 라는 방송도 나오지 않았다. 영사기사가 지쳤어? 나 같은 자식들을 온종일 쫓아내고 쫓아내느라 지쳐버렸어?

나는 표 끊는 여자에게 담배를 사가지고 돌아오겠다고 말하고는 극장을 나왔다. 그러곤 담배를 샀고, 다시 지하로 통하는 층계 앞에 섰다. 입술 끝에 새 담배를 끼워 물고는.

'그래, 그때보나 지금이 훨씬 담배를 덜 피우지. 그땐 정말 골초였어.'

여자애는 왜 오지 않았을까? 내가 약속 날짜를 잘못 알았나? 갑자기, 교차로에 인적이 뜸해진다. 나는 시계를 보곤 탄식한다. 열두 시 이십오 분 전이다. 기이한 일이다. 그저 이쪽저쪽 횡단보도를 건너다닌 것이 내가 한 일의 전부인데도, 시간은 이렇게 빨리 흐른다. 그래, 그렇게 내 엉덩이도 힘이 빠지고 볼품없이 돼버렸지. 나는 훌쩍 서른 살이 돼버렸다.

나는 주머니에서 메모지를 꺼내 든다. 펼쳐 읽으려다 말고 구겨 거리에 버린다. 금방 진창에 물든다. 극장은 어디 있는가? 가서 오지 못할 곳까지 가버렸는가? 그러자 시끄럽고 난폭한 음악들에 둔해진 내 고막을 긁듯 울리며, 귀울림처럼 대답이 들려온다.

극장은 넘쳐나는 진창 속에 파묻힌 지 오래……

극장은 너의 발밑에 식은 재로 고여 있을 것이다……

나는 조금도 기분 나빠 하지 않는다. 내가 잠결에 손을 뻗어 메모지에 써놓곤 하는 그런 문장들과 조금도 다르지 않다. 나는 기껏해야, 너무 긴 낮잠은 건강에 좋지 않다는 사실에만 살짝 불평할 수 있을 뿐이다.

극장은, 너의 발밑에서 기름 찌꺼기에 범벅된 채로 검게 일렁이고 있을 것이다……

진창으로 떠다니고 있을 것이다……

나는, 거리가 대답처럼 내 발밑으로 진창들을 계속 흘려보내는 것을 본다. 내 물음에 대한 대답처럼, 진창들이 쉴 새 없이 내 발밑을 향해 흘러온다. 흘러오고 흘러간다. 나는 웃지도 울지도 못한다. 굳이 왜 웃거나 울어야 하는지도 알지 못한다. 나는 이탄 늪에 가라앉은 수백 년 전 누군가처럼 무표정하게 서 있다. 그게 좋다. 꼼짝 않고 서 있는 것도.

'이런, 제길.'

나는 겨우, 어눌하게 입속에서 혀를 굴린다.

'이제 남은 건, 진창뿐이군. 극장이 묻힌.'

나는 사방에 널린 진창들을 본다. 거리를 점령한 진창들을 본다.

횡단보도를 이쪽저쪽에서 건너는 행인들은 아주 가끔, 내게 눈을 돌린다. 나는 어깨를 턴다. 나는 유순하게, 운명에 순응하는 얼간이처럼, 어깨를 털고 진창들 사이를 걷는다. 난 이 거리를 너무 사랑해. 내 이들은 담배 필터를 끊어버릴 듯 잘근잘근 씹는다. 내 침은 더할 나위 없이 누렇고, 이제 본드나 마찬가지다. 내 으르렁 소리는 더 거칠어진다.

'너무 사랑해서 미쳐버릴 것만 같아.'

나는 그 여자애를 다신 만나지 않았다. 그건 한 번 봤으면 됐지, 두 번 세 번 볼 영화는 아니었던 것이다. 그랬나, 그랬었나? 여자애는 언젠가 앙탈을 부리며 말했다. 너무 사랑해서 미쳐버릴 것만 같아. 누가 이 거리를 떠나라고 한다면, 난 미쳐버릴 거야. 물어뜯어버릴 거야. 이 거리에서 난 인생을 배웠어. 이 거리가 내 스승이고, 이 거리가 부모고 친구고, 내 종교야. 씨발, 좆같은 세상.

"이봐, 그 여자애의 엉덩이는 까봤나?"

만취한 행인 하나가 고개를 돌리곤 묻는다.

'글쎄.'

나는 놀란 눈으로 그를 쳐다본다. 나를 둘러싼 진창들을, 행인들을 둘러본다.

"이 거리에선 사랑도 뭔가 다른 방식으로 진행되기 마련이지. 거리의 법을 따라서."

누군가 내 코에 대고 토사물 냄새를 풍기며 지껄인다.

'그래, 그래.'

나는 당황해선, 고개를 끄덕인다. 그래, 그래? 그래!

"너는 그 여자애를 사랑하듯이 이 거리를 사랑했고, 이 진창들을 사랑했어. 진창들로부터 모든 걸 다 배웠어. 그리고……."

'그리고, 뭐?'

"그리고 오물투성이 극장을 사랑했지."

나는 떨리는 손으로 담배를 꺼내 문다. 불을 붙였다. 만취한 행인 몇이 코앞을 스쳐 지나가며 소리 지른다. 씨발, 좆같은 세상아. 만취한 행인 몇이 내 어깨를 치고 지나가며 고함을 친다. 우린 이 거리를 너무 사랑해, 너무 사랑해서 우리는 아마 돌아버리고 말 거야. 셔터를 내리다 말고 슈퍼마켓 주인이 나를 향해 쇠막대기를 휘두른다. 미친놈들은 꺼져라! 간판을 들여놓다 말고 빵집 주인이 소리 지른다. 손모가지를 부러뜨려놓을 거야. 나는 몇 걸음 물러서며 커다랗게 기침을 지르며 침을 뱉는다.

"이제 이 거리엔 너 따윈 필요 없다. 그러니, 그만 꺼져주렴."

부동산 업소 주인은 발광한다. 이제 이 거리에 너 따윈 필요 없어. 주인은 미끈거리는 보도 바닥에 주저앉아 엉엉, 운다.

내 등 뒤에서 거리는, 붉은 신호등을 켜며 횡단보도를 닫는다. 거리는 조금 남아 있던 빗방울들을 마저 내 머리 위에 뿌린다. 비는 그쳤다. 내 머리는 젖었다. 별들이 나타난다. 누가……. 나는 중얼거린다. 나는 흥분을 가라앉히고 차분히, 누구에게랄 것도 없이 중얼거린다. 누가, 누가 극장을 죽였는가.

'이 거리는 이제 돌이킬 수 없이 점잖아졌어, 늙어버렸어.'

나는 딱히 어디랄 것도 없이 시선을 이곳저곳에 던지며 속말을 한다.

'가진 것이라곤 무덤 앞의 경건함뿐이야, 내 기운 빠진 엉덩이처럼.'

행인들 몇이 바삐 횡단보도를 건너고 있다. 신호는 빨리 열리고 빨리 닫힌다. 그러니까 닫히기 전에 빨리 뛰어 건너란 말이야. 여자애가 그랬다. 그랬었나? 이게 불행인지 아닌지 모르겠다. 나는 여자애를 사귀어본 적이 없다. 대화를 나눠본 적도 없고, 약속 따윈 잡아본 적도 없고, 엉덩이를 까본 적도 없다.

여자애는 내가 늦은 밤 이 교차로를 어슬렁거릴 때면 극장을 향해 횡단보도를 건너고 있었다. 자주는 아니지만 그랬다. 많지는 않았지만 그랬다. 거리의 어두운 모퉁이 어디선가 문득 나타나 극장을 향해 횡단보도를 건너고 있었다. 어느 땐 상일동 쪽을 건너고 있었고 어느 땐 암사동 쪽에서, 또 어느 땐 둔촌동이기도 했으며 하일동 쪽이기도 했다. 희고 긴 치마를 입고 있거나 라인이 멋진 흰색 긴팔 셔츠를 입고 있곤 했다.

여자애는 갑자기 어디선가 나타나 횡단보도 앞에서 발을 동동 구르고 있다가 신호가 떨어지자마자 빠르게 횡단보도를 건넜다. 그러곤 지하 극장이 있는 빌딩 앞에서 잠시 멈춰 서는 것이다. 내가 지하로 통하는 층계 앞에서 롤러 보이 모자를 눌러쓰고 바지 주머니에 두 손을 찔러 넣는 것처럼. 나는 그럼, 여자애를 쫓았다. 나는 멀찌감치 여자애가 눈에 띄면 걸음을 재촉했다. 딴죽을 거는 진창 따위 아무래도 상관없었다.

'바보야, 더 빨리 뛰었어야지. 신호에 걸렸잖아.'

여자애를 쫓다가 나는 횡단보도 앞에서 그렇게 자책을 하곤 했다. 여자애를 쫓을 때면 횡단보도는 바로 몇 발짝 앞에서 신호를 닫곤 했다. 짠 것처럼, 음모처럼. 그러면 여자애는 내가 자기 등 뒤 횡단보도 건너편에 와 있다는 것을 알고 있기라도 한 듯이, 사라지곤 했다. 알전구 하나 달리지 않은 지하 층계의 침침함에 흐린 그림자를 섞듯이, 빌딩 그늘에 그림자를 밀어 넣듯이, 겹겹의 어둠에 얇은 어둠 한 장을 더 끼워 넣듯이.

횡단보도를 건넌 행인들은 진창을 만나면 피해 돌아가거나, 장난치는 기분으로 날렵하게 뛰어넘는다. 열두 시다. 그래, 비는 그쳤지만 진창들은 끝이 없다. 진창들은 끝도 없이 행인들의 발아래서 질척거린다. 진창들은 아무도 앉지 않는, 낡고 망가진 버스 좌석들처럼 거리의 사방에 놓여 있다.

'그래.'

나는 겨우 고개를 끄덕인다.

'난 사실 지금, 극장의 스크린 앞에 앉아 있는 것인지도 몰라.'

그리고 나는 고개를 든다. 말끔히 비를 쏟아낸 밤하늘에, 별들이 총총 떴다.

'그래.'

나는 더 크게 고개를 끄덕인다.

'거리가…… 극장의 천장에 작고 하얗게 빛나는 별들을 매달아놓았군.'

여자애는 어디로 가버리곤 했던 걸까. 지하 층계를 달려 내려가 극장 안까지 찾아가보았지만 여자애는 없었다. 온종일 극장 안에서 죽치고 있어도 여자애는 나타나지 않았다. 여자애는 지하 층계를 내려가, 어디로 가버렸지? 극장은 그때, 이 거리의 모든 연인들을 위해 불을 밝히곤 하지 않았나?

'그랬어.'

나는 내 젖은 머리를 쓸어 올리며 롤러 보이 모자를 벗는 시늉을 한다. 몇 번이고 벗는 시늉을 한다. 이 거리의 기억 속에는 아직도, 이 거리의 청춘과 함께 죽어간, 모든 아름답고 선한 건물들의 유령들이 살고 있지 않겠어? 어쩌면 여자애가, 극장 자체였는지도 몰라. 극장의 유령이었는지도 몰라. 나는 얼이 빠진 얼굴로 횡단보도를 돌아본다. 행인들은 여전히 횡단보도를 가로지르고 있다. 횡단보도를 가로질러 일제히 극장의 무덤을 향해 오고 있다.

*

우리가 가진 것은 극장의 무덤뿐인지도 몰라…….

나는 중얼거린다. 소리 내 중얼거린다.

우리는 정말 미쳤는지도 모른다…….

나는 소리 내 한 번 더 중얼거린다. 진창 늪에 발 딛고 서서. 극장의 무덤에 발 딛고 서서.

아름답고 선한 그 유령이 다시 한번 횡단보도를 건너길 기다리며.

백민석과 백민석들

ㅡ 황현경(문학평론가)

완벽한 문장 같은 것은 존재하지 않아. 완벽한 절망이 존재하지 않는 것처럼.

— 데릭 하트필드

✳

좋은 작품은 시대를 뛰어넘는다고들 한다. 그렇다면 좋은 해석도 그럴까? 이건 더 생각해볼 문제다. '좋은 해석'이란 게 무엇인지부터. 오해하기 쉽지만, '좋은 해석'은 정답에 가까운 풀이가 아니다. 누가 언제 어디서 무엇을 어떻게 왜 읽었는지, 곧 읽는 이의 맥락과 좌표가 고스란히 기입된 해석이 '좋은 해석'이다. 해석의 주체가 바뀌는 것만으로도 기각되곤 하는 그것은 시공간적 좌표가 옮겨지면 완전히 틀린 해석이 되어야 한다. 2001년에 처음 묶인 백민석의 두 번째 소설집 《장원의 심부름꾼 소년》(이하 《장원》)을 뒤늦게 해석하려는 이 글은 십사 년 전에 쓰이지 못한 탓에 벌써 여러 번 기각되었어야 할 행운도 누리지 못하게 되었다. 제때 쓰였다면 그 글에는 '모든 독서는 오독'이라는 변명을 굳이 덧붙이지 않아도 되었지만, 이러한 시공간의 어그러짐으로 인해 나는 내가 왜 이 작품들을 잘못 읽게 될 것인지를 변명해야 한다.

백민석은 1971년에 태어나 1991년 대학에 입학했으며 1995년에 등단했다. 이 궤적은 내가 '90년대 작가'로 인식하고 있는 이들의 것과 비슷하다. 그 작가들에 대한 내 인상은 이렇다. 그들의 본격적인 글쓰기가 시작된 '1995년 즈음'을 전후해, 세계는 1991년 11월 9일에 한 번, 1997년 12월 3일에 또 한 번 붕괴했다. 두 번의 붕괴를 겪는 동안 그들은 먼저는 아직 작가가 아니었고, 나중에는 이미 작가였다. 출발점이 '붕괴 이후(post)'였던 덕분에 그들의 글쓰기는 (먼저의 것에 비해 별것도 아니었을) 두 번째 붕괴도 견뎌냈다. 십 년 일찍 태어났다면 일 차 붕괴에 책임을 느꼈을 테고, 그에 대해 어떤 식으로든 써야 했을 것이다. 십 년 늦게 태어났다면 두 번의 붕괴 모두 체험할 수 없었다. 체험은 있되 책임은 없던 그들은 저 두 번의 붕괴 사이에서 무엇을 썼는가. 대학에 입학하던 2000년 즈음 접한 무라카미 하루키가 독서의 원체험으로 남아 있는 나로서는 이렇게 답할 수밖에 없다. 하루키가 썼던 그것을 썼다. 물론 조금은 다르게. 그 차이에 매료되며 나는 하루키가 시시해졌다.

하루키의 첫 작품인 《바람의 노래를 들어라(風の歌を聽け)》는 1979년 발표되어 우리에게는 1990년 무렵 소개되었다. 이미 그때부터, 하루키의 인물들은 '모험'이 끝나면 출발했던 자리로 돌아오곤 했다. 돌아올 길의 지도를 손에 쥐고 떠나는 모험. 내가 뒤늦게 접한 '90년대 작가'들의 '1995년 즈음' 작품들은 그에 비해 훨씬 더 대책이 없었다. 이를테면 "나는 지구가 멸망한다고 해도 나일 뿐인 것이다. 화산의 폭발이나 행성들 간의 충돌도 나의 본질을 바꾸거나 할 수는 없다"(김경욱, 《모리슨 호텔》, 열림원, 1997, 169쪽). 혹은 "이 세상 따위야 알 게 뭐야. 될 대로 되라지. 그러니 뛰어. 그냥 뛰어. 아무 말 말고 그냥 뛰어"(김연수, 《7번 국도》, 문학동네, 1997, 101쪽). 이런 게 어떻게 가능했을까. 답은 의외로 간단한 것일 수 있다. 한번 무너진 것은 언제고 다시 무너질 수 있다는 불길한 예감을 뒤덮을 만큼 '1995년 즈음'의 거품은 풍성했으니까. 요컨대 파괴하건 뭘 하건 나는 나만 어떻게 하면 되었다.(김영하, 《나는 나를 파괴할 권리가 있다》, 문학동네, 1996) 주어도 나, 목적어도 나. 나 외엔 책임질 것도 걱정할 것도 없는 행복(?)했던 시절의 기록들이다.

알다시피 백민석 소설의 주된 정서는 고백이다. 정서라고 돌려 말하느라 애쓰지 말자. 그도 자인하듯 그의 소설들은 그냥 자기 고백이며, 《장원》은 특히 더 그렇다. 아니라면 작가 자신과 똑 닮은 모습으로 여기 여덟 편에 한결같이 등장하는 일인칭 화자 '나'를 설명할 길이 없다. 이 압도적 고백 앞에 '모든 소설은 자전소설'이라는 말은 도리어 너무 거창하게만 들린다. '90년대 작가'에 대한 편견을 가진 나는 이 고백과 동시대 다른 작품들의 같고 다름을 가려야 할 판인데, 그러다 보면 그의 체험에 무게를 더 실어주게 될지 모른다. 아니, 필시 그렇게 될 것이다. 상응할 만큼의 '체험'이 없는 내게 그 고백의 리얼리티는 그저 묵직하기만 하다. 그러나 동시에 나는 당대 문학의 현장에서 이 작품들의 자리매김을 고심할 '책임'도 없다. 이제 변명을 마친다. 서른 즈음의 그가 20세기 말 무엇을 어떻게 왜 고백했는지, 그 리얼리티를 거기서 여기로 고스란히 들어 옮겨놓는 게 내 일이다.

*

《장원》에 수록된 작품들의 발표 시기는 1999년과 2000년에 집중되어 있다. 저 두 해는 절필 이전 백민석이 가장 많은 단편을 발표한 시기다. 그 활발한 창작의 원동력이 무엇이었는지를 짐작해볼 만한 단서가 1999년 봄 〈작가세계〉의 '90년대 문학과 나, 그리고 전망'이라는 특집에 포함된 그의 글 〈그래서 그 책은 하드코어로 갔다〉에 있다. 거기서 그는 《불쌍한 꼬마 한스》(현대문학, 1998)를 쓰는 동안 제 안에서 "'위치'에 대한 자기 인식"이 깨져버렸다고 고백한다. 깨지기 전의 그것은 "무허가촌의 아이들"로 요약되는 그의 "태생"과 깊이 관련되어 있었다. "《헤이, 우리 소풍 간다》를 쓸 때의 나는 아마도, '그 개새끼가 말하는 우리의 태생이 어떤 건지, 진짜 다른 태생이 어떤 건지' 보여주고 싶어 했을 것이었다." 그랬던 그가 "스스로가 스스로의 보호자인 서른이 코앞인 총각"이 되어 "근교 신도시의 번듯한 아파트촌" 가까운 곳에서 "재산세를 내게 됐으며 최소한의 식주(食住)도 해결할 수 있게 되었다"(327~329쪽). 그에게 중요했던 건 위치가 아니라 인식이었기에, 위치는 옮겨졌으되 새로운 인식은 미처 확보되지 않았다는 게 문제가 된다. 《장원》의 출발점이다.

"바닥이 뻔히 보이는 은행 잔고"에서부터 "우체국으로 가져가 부쳐야 할 책 무더기들"(〈아주 작은 한 구멍〉(이하 〈구멍〉), 160쪽)에 이르기까지, 현재의 삶을 구성하는 너절한 일들의 목록을 가진 사내가 여기 또 있다. 이천 년에 접어들며 서른을 맞이한 '나'를 성가시게 하는 이러한 일들은, '나'가 오 년 전만 해도 가지고 있던 '아주 큰 한 구멍'을 지금 대체하고 있는 것들이다. 그런 '나'를 과거 연인이었던 '너'가 제 '아주 작은 한 구멍'에 대해 들어달라며 불러 세운다. '너'는 말한다. "아주 작은 한 구멍이라서 눈을 크게 뜨고 바라봐야 한다", "놓치기 쉬우니 한시도 한눈을 팔아선 안 된다", "잘못 빠진 이들의 심장을 멈추게 하고 다시는 그 불행한 혀를 놀릴 수 없

게 한다", "가까이 간 이들은 모두 실종되었다", "누군가 아주 부드
럽게 노크하더라도, 절대로 응답하지 말라", 그리고 "그 구멍이 오
늘 마침내 우리를 호출했다"(180~181쪽). 호출에 응한 '너'는 죽고,
'나'는 살아남았다. 〈구멍〉의 이야기다.

'너'로 하여금 불안에 몸서리치다 끝내 스스로 목숨을 끊게 한
'구멍'의 정체가 무엇인지 소설은 알려주지 않는다. '너'는 그게 무
엇인지를 모르고, '나'는 성급한 추리를 경계한다. 그러니 오독을 경
계하려는 우리 역시 '구멍'이라 읽을 수밖에. 가령 도넛의 뚫린 한가
운데처럼, 존재 그 자체의 숙명인 결여, 곧 구멍. 일찍이 하루키가
제기한 "도넛의 구멍을 공백으로 받아들이느냐, 존재로 받아들이
느냐" 하는 "형이상학적인 문제"(《양을 쫓는 모험(羊をめぐる冒険)》,
1982)를 떠올리며 답해보자면, 구멍이 없는 도넛은 도넛이 아니듯
결여가 없는 존재는 존재가 아니다. 이 존재론에 심취한 '너'는 마침
내 그것의 부름을 받아 생 너머로 향하며 기뻐한다. "이대로 죽겠구
나, 그럼 차라리 기쁠 거야."(181쪽) 생을 택했다면 예의 저 너절한
일들의 목록이 '너'의 존재에 따라붙을지니, 그것들을 뒤로하고 결
여라는 존재, 없음이라는 있음 쪽을 택하는 게 어찌 기쁘지 않을까.
이것이 '너'의 존재론적 결론이다.

〈검은 초원의 한편〉(이하 〈초원〉)을 같은 맥락에서 읽을 수 있다.
〈초원〉은 '나'와 옛 애인을 il과 창녀 kp에 대칭시키며, 그 육체만 남
은 관계를 통해 그들의 삶이 껍데기뿐임을 보여준다. il이 '나'와 다

르다면 그것은 그가 자신의 스무 평짜리 아파트에 키우는 '검은 초원' 덕분이다. 소설 전반부는 그 초원에 머물고 있던 il이 떠났느니 잠적했느니 하는 무수한 풍문으로 채워진다. 그 소문들이 꼭 틀린 것만은 아닌 게, 실로 그의 '얼'은 저 검은 초원의 한편에 자리한 "휴식을 꿈꿔오던 그 안의 또 다른 영혼이 지어 올린 집"(37쪽)에 머물고 있기 때문이다. 다시 말해 "그의 영혼의 일부가 그에게서 뚝 떨어져 나와서 지금, 그 초원 위 통나무집에 살고 있고. 그는 지금 분열돼선, 영혼도 둘이고 집도 둘"(24~25쪽)이다. 생사의 경계를 선명하게 그어놓은 〈구멍〉에 비해 이편이 다소 온건하긴 하나, 있는 곳에 없고 없는 곳에 있는 이들을 그렸다는 점에서는 다르지 않다. 요컨대 이 작품들은 '형이상학'이다.

그렇다면 '나'. 둘 모두에서 작가이며 서른 즈음을 지나고 있는 이 백민석의 분신과도 같은 '나'들의 정체성을 규정하는 것은 '생활'이다. "그때 내가 가졌던 아주 큰 한 구멍, 그건 나 자신이었다. 나 자신, 내 생활이었다."(〈구멍〉, 156쪽) "다락방 대신에 내 생활을 애완하기로 한 것이었다."(〈초원〉, 12쪽) "정상"에 가까운 모습으로 "아주 행복하지는 않지만 그럭저럭 행복하게" 살게 된 지금은 '생활'이 '나'의 결여를 덮어 가린 결과로 가능해진 것이다. 마주 선 이의 결여를 향한 적극적 투신은 그런 '나'의 삶에 "시커먼 색의 얼룩"(36쪽)을 남긴다. 이런 '나'들에게 없는 것은 '결여'가 아니라 '결여감'이다. 결여감의 결여. 다시금 도넛에 비유하자면, 제 한가운데 뚫린 구멍을 존재로 인식하지 않는 순간 그것은 도넛이라는 자기 정체성을 잃어버린다. 존재론적으로 가난한 "물질적인 존재"(〈구멍〉, 160쪽)로의 전락은 그렇게 진행된다.

　두 작품의 결론을 모아보면 이렇다. 결여감의 결여는 정체성의 상실로 이어진다. 그런데 결론이 이런 거라면 왜 '나'는 하필 작가여야 했을까. 두 '나'에게 공통으로 부여된 작가라는 설정은 소설 안에서 조금도 작동하지 않는다. 정체성의 상실이 저들의 글쓰기에 어떤 의미인지가 빠져 있다는 말이다. 그가 절필할 거라곤 상상도 못했던 2001년에 이는 중요한 문제가 아니었지만, 그의 절필을 지켜본 지금의 우리는 이를 간과할 수 없다. 그에게 글쓰기는 자기 고백과 다르지 않았으므로, 그는 같은 세대의 김경욱처럼 고백할 게 없어지자 작가적 정체성을 버리고 "소설기계"(서영채)로 진화하는 길을 택할 수는 없었다. 그런 방식이 아닌, 새로운 '위치'와 새로운 '인식'에서 새로운 글쓰기를 시작하려던 그가 결국 작가로서의 (한시적) 죽음에 이른 까닭은 무엇일까. 답을 얻으려거든 '정체성의 정체'를 향한 그의 노정을 조금 더 따라가봐야 한다.

＊

　대개 소설의 인물들은 과거를 되돌아보는 버릇이 있다. '회상'이라 이름 붙여진 그 행위를 통해 소개되는 전사(前史)는 '현재의 그'

라는 결과의 원인으로서 자리한다. 이런 식으로 그가 누구인지, 곧 그는 어떤 '성격'을 지닌 이인지 논증이 끝나면 이제 그가 맞이하게 될 '운명'이 펼쳐진다. '사건'의 형태로 인물 앞에 나타난 운명은 그의 성격이 지닌 결함(혹은 '결여')과 공명하며 그의 삶을 뒤흔든다. 아이러니하게도 그의 현재가 더 격정적으로 요동칠수록 그 삶의 '서사성'은 두드러지게 된다. 과거가 있어 현재가 있으니, 현재가 있어 미래가 있다. 여기까지가 일반론이라면 〈진창 늪의 극장〉(이하 〈극장〉), 〈구름들의 정류장〉(이하 〈구름〉), 〈인형의 조건〉(이하 〈인형〉) 등은 그로부터 살짝 비껴나 있다. 이런 소설들을 두고서라면 '과거 : 현재 = 원인 : 결과'라는 수식 말고 다른 게 필요하다.

〈극장〉은 '나'가 언제 썼는지도 모르는 문장을 발견하며 시작한다. "극장은 한물갔어. 여기저기 흘러 다니는 진창처럼 물러져서, 알 수 없게 돼버렸어."(293쪽) 문장이 적힌 메모지를 찢어 호주머니에 쑤셔 넣은 '나'는 롤러 보이 모자를 쓰고 찾곤 했던 십삼 년 전의 극장으로 향하지만, 메모에서처럼 극장은 이미 사라지고 없다. 하여 '나'는 극장으로 향하던 길의 사거리 횡단보도를 하염없이 건너 다니고, 그러자 회상인 듯 환상인 듯 과거의 극장이 눈앞에 나타난다. 나이를 먹어 "운명에 순응하는 얼간이"(311쪽)가 되어버린 '나'는 현재와 과거를 오가는 이 기묘한 산책을 통해 급기야 "최근 몇 년간 주의 깊게 절제해왔던 행동을 도로 푼다. 보도 위에, 가볍게 침을 뱉는다"(300쪽). 그런 '나'가 걷는 말끔하게 새로 깔린 도로 위로 그 옛날 극장의 낡은 카펫처럼 온갖 더러운 것들이 섞인 진창이 덮인다. "내 스승"이자 "부모고 친구고, 내 종교"(311쪽)였던 과거의 거리가 현현하며 "세상이 얼마나 공포스러울 수 있는지 (…) 그 자신이 세상에 얼마나 공포스러운 존재가 될 수 있는지"(296쪽) 일깨우던 극장의 가르침이 '나'를 다시 자극한다.

그렇다. 틀림없이 "무슨 일인가 이미 내게 벌어진 것이다"(〈구름〉, 137쪽). 그러나 "내가 왜 이리됐는지는 나도 모르겠다"(133쪽). 도대체 "무슨 수수께끼가 이렇게 많은 걸까"(129쪽). 과거의 유령이 현재의 '나'에게 의미심장한 노래를 들려주는 작품인 〈구름〉에서, 저 수수께끼에 지배당한 '나'는 결국엔 망가지기까지 한다. 아파트 베란다에 작은 화단을 꾸민다거나 od라는 여자아이를 집으로 불러 의지하는 등 무너져가는 삶을 지탱해보려는 안간힘도 소용없다. 어째서인가. 유령의 노래를 들어봐야 하겠다.

> ……너는 서너 발자국 앞에서 내 노랫말을 듣지 못하네……
> 그건 아마 우리 둘 중 누군가 죽었기 때문…… 오늘도 정류장에
> 선 시체들이 서성인다네 그렇지, 단순히 오전이 오후로 오후가
> 오전으로 행진하듯……(144쪽)

〈구름〉의 도입부는 시체가 수시로 굴러들어오던 '나'의 유년 시절 동네를 비춘다. 갓 십 대로 접어든 '나'와 친구들에게 시체는 "이마

위에 어떤 구름이 떠 있는지를", "어떤 구름이 지나가는지를"(128쪽) 항상 살피라고 주문한다. 구름이 무엇을 의미하는지는 알 수 없되, 그것을 살피지 않는 동안 '나'의 세상이 수수께끼 천지로 변해버린 것만은 분명하다. 망가진 채 저도 모르는 사이 집을 난장판으로 만든 후 잠에 빠졌다 이틀 만에 깨어난 '나'를 두고 od는 '시체 같다'고 한다. '단순히 오전이 오후로 오후가 오전으로 행진하듯' 시간들이 지나가는 동안, 살았으나 죽은 듯 좀비처럼 살아온 삶이 파국으로 치닫는 장면이다. 그러니 '나'는 이렇게 이야기할 수밖에 없지 않을까. "문득, 내가 이 모든 일의 해답을 벌써부터 알고 있지 않았는가 하는 생각이 들었다."(150쪽) 그렇게 '나'는 제가 아직 시체와 함께 놀던 유년에 머물러 있음을 깨닫게 된다. 아닌 게 아니라 고등학생 od와 "제대로 된 문장을 구사하는 법"(138쪽)도 잊은 채 의사소통을 하고, 그녀의 어깨에 머리를 기대곤 하는 '나'는 조금도 자라지 않았다. "전혀 늙지 않았어. 조금도 늙지 않은 거야."(142쪽)

진창처럼 물러져 알 수 없게 되었지만, 하룻밤의 배회만으로도 그 옛날의 극장은 새 거리 위로 제 지워진 흔적을 다시 그려낸다. 머리를 들면 여전히 '구름' 낀 하늘이 보이는 그곳을 과거의 유령들이 돌아다니며 노래한다. 극장도 시체도 사라진 게 아니라 잊혔을 뿐이며, 누구도 아닌 '나'가 잊었다. 우리는 과거가 있어 현재도 미래도 있다는 일반론에서 출발했지만, '해답'이 존재했던 과거 어느 순간에서 조금도 자라지 못한 백민석의 '나'에게는 현재도 미래도 없다. 이러한 '나'를 작가 자신의 새로운 '위치'에 대한 불안과 회의가 투영된 인물로 볼 수 있다면, 그 감각은 붕괴 이후의 세계를 부유하던 '90년대 작가'들이 공유했던 그것으로 볼 수도 있을 것이다. 가령 자신의 '90년대'는 "도무지 가볍고 투명하기만 한 것들뿐이었다"(김연수, '작가 후기', 《스무 살》, 문학동네, 2000, 292쪽)던 김연수. 그렇다면 '스무 살' 무렵을 거쳐 '내가 아직 아이였을 때'를 '회상'한 후 "이. 세상에서 사라졌다고 믿었던 것들이 실은 내 안에 고스란히 존재한다는 사실"(김연수, 〈뉴욕제과점〉, 《내가 아직 아이였을 때》, 문학동네, 2002, 91쪽)을 깨달았다는 말은 김연수뿐 아니라 백민석도 할 수 있었다. 다만 '존재한다'에 밑줄을 그은 김연수는 삶의 서사성, 곧 "삶은 이야기가 되려는 경향이 있다"(신형철)는 것을 받아들이게 됐고, '사라졌다'에 밑줄을 그은 백민석은 불가능한 '회귀'를 꿈꾸며 과거로 돌아가려고만 했다. 요컨대 그때 그는 '태생'의 기억만을 간직한 유령처럼 '조금도 늙지 않은' 채 '극장'의 스크린 앞에 앉아 있었다.

〈구름〉의 첫 장면에서 확인했듯 그에게 회귀의 종착점은 결국 유년이었다. "볕이 희박하던 흐린 날, 그렇지만 비구름도 없어 하늘은 거의 중량감이 느껴지지 않"(〈인형〉, 270쪽)던 어느 날, 〈인형〉의 '나'는 자신의 아파트 복도에서 ru라는 아이를 만난다. '나'는 세상의 소음이 들려오면 사라지곤 하는 이 유령 같은 아이에게 선물할 인형을 산다. 절필 직전 발표된 《죽은 올빼미 농장》(작가정신, 2003)에서

'인형'과 대화를 나누던 어른아이 '나'를 떠올린다면, ru의 조건에 '나'의 조건이 더해져 만들어진 그 인형의 주인은 ru가 아니라 '나'라고 해도 좋겠다. 사실은 ru라고 해도 마찬가지다. ru는 '나'가 머무는 현재의 시간대로 건너온 과거의 '나'이기도 할 테니까. 끝내 그 인형은 ru에게 전해지지 못했으니, '무슨 일인가 이미 벌어진' 이후의 '나'와 이전의 '나' 사이에는 건널 수 없는 강이 흐르고 있는 셈이다. 지금은 잊힌 옛날 그곳에는 무언가 있었고, '나'는 돌아갈 수 없는 그곳으로 돌아가고 싶어 한다. 거기서 도대체 무엇이 시작되었기에 그는 이 불가능한 회귀를 포기하지 못하는가.

✳

2013년 겨울 백민석이 돌아왔을 때 〈문학과사회〉는 복귀작 〈혀 끝의 남자〉와 함께 그와의 좌담을 실었다. 〈헤이, 백민석이 돌아왔다—세기말 세기초의 한국 소설, 그리고 10년의 공백〉이라는 이름의 그 좌담에서 소설가 권여선은 거듭 《장원》을 언급한다. 귀환을 환영하는 자리였으므로 뚜렷한 대결 구도가 만들어지진 않았던 모양이나, 사회자인 평론가 이수형과 권여선의 이런 말들에는 분명 충돌하는 지점이 있다.

잔혹이나 엽기는 《목화밭 엽기전》의 인상이 강했기 때문이고, 초기 작품들은 대중문화 등을 중심으로 한 도시적인 감성 혹은 도시에서 성장한 세대들의 문학적 선구로 평가되었고 그런 비평적 평가는 지금도 타당하다고 생각한다.(이수형, 210쪽)

그 시대 그 유년을 통해서 어떤 정서와 고통을 보여줄 수 있는가 하는 게 중요하지, 유년을 70년대에 보냈든 80년대나 90년대에 보냈든 그건 중요하지 않다. 언제나 사람이 성장을 전후한 시기에 겪는 고유한 뭔가가 있는데 그걸 잡아낼 수 있느냐 없느냐가 관건이다. (…) 나는 아직 내 유년이나 그 시대에서 뭔가를 정확하게 잡아내지 못했다. 이십 대를 잡아내는 데 너무 신경을 썼다. (…) 이제야 그 너머를 돌아보게 되는 것 같다. 유년만이 아니라 청소년기, 이를테면 십 대, 이십 대, 삼십 대의 정서가 시대와 어떻게 배치돼서 어떤 효과로 나오는가 하는 건 《장원의 심부름꾼 소년》에 나오는 단편들이 딱 보여주고 있다.(권여선, 219~220쪽)

좌담 이후 2014년 봄에서 가을까지 〈자음과모음〉에 연재한 〈장독 뒤에 숨어서〉를 《토우의 집》(자음과모음, 2014)으로 묶어내며 '그 너머'를 돌아보는 과업을 수행하게 되는 권여선은 '90년대 작가'에게는 없는 '80년대 체험'이 있는 작가다. 이 '체험'에는 '책임'이라는 대가가 따른다. 뒤이어 백민석은 "내가 이 지경이 된 이유를 알고 싶어서 자꾸 거슬러 올라가는 것"(221쪽)이라 덧붙인다. 65년생 83학번으로 '책임'이 있던 권여선은 《푸르른 틈새》(살림, 1996)를 통해 우선 이십 대와 '80년대'로, 71년생 91학번으로 '책임'이 없는 백민석은 궁극적으로는 유년으로 거슬러 올라갔다. 이러한 맥락을 고려하면 저 말들은 의미심장하게 읽히는데, '도시적인 감성'이라는 게 유효했다고 한들 그것은 초기작에 한정된 것이고, 정작 《장원》은 그러한 언급들을 다 기각할 만한 새로운 해석을 요구했던 것이라 받아들일 수 있기 때문이다. 조금이라기엔 많이 늦었지만 이제라도 그 해석을 제출한다.

　스스로 《혀끝의 남자》(문학과지성사, 2013)에 수록된 〈폭력의 기원〉과 함께 과거 실제의 부잣집 친구를 모티프로 삼았다고 밝힌 〈장원의 심부름꾼 소년〉(이하 〈장원〉)에서, 작가로 보이는 '나'는 유년을 떠올리며 다시 장원을 찾는다. 그 시절 초등학교에도 다니지 않고 장원에서 심부름꾼 노릇을 하던 '나'의 임무에는 주인집 아들 aw와 놀아주는 일도 포함되어 있었다. 말 그대로 주인과 노예라 할 수 있을 이 기묘한 관계는 죽은 aw의 자리가 그의 어머니인 '마님'으로 바뀌었을 뿐 십구 년이 지난 지금도 변함이 없다. 바로 이런 게 백민석이 말하는 '태생'일 것이다. 그 '태생'을 아는 이들은 '나'가 "회사에 다닌다고 하면 외판원인 줄 알고, 공장에 다닌다고 하면 기계공인 줄 알고, 건설 일을 한다고 하면 일용 잡부인 줄 안다"(68쪽). 유독 '변했다'는 말이 자주 등장하는 이 소설에서, 장원을 둘러싼 세상이 몰라보게 달라지는 동안 장원만은 별반 달라지지 않았다. 앞선 작품들을 염두에 두자면 이렇게 말해도 좋겠다. 모든 것이 번듯하게 변했지만, 변하지 않는 무언가가 십구 년 전 돌담 너머에서 시작되었으며, "한꺼번에 모든 게 돌아왔"(48쪽)다.

그게 무엇인지를 이야기하기 위해 〈이렇게 정원 딸린 저택〉(이하 〈저택〉)을 나란히 펴놓고 볼 필요가 있다. '나'는 유년 시절 저택 앞 소방 도로에서 공을 차며 자신은 들어가볼 수조차 없는 저택의 정원을 넘겨보던 이다. 저택의 주인 wt의 아버지에게 중학교 때 후원을 받은 인연으로 스물아홉이 된 지금에서야 저택에 발을 들이게 된 '나'는 끼니마다 wt가 직접 요리한 고기를 대접받는다. 고기의 맛을 제대로 느낄 수 없을 정도로 향신료들이 가미된 그 요리는 곳곳의 작은 균열들에도 불구하고 방향 장치들로 향기롭게 관리되는 저택 자체와 닮았다. 가히 비인간적 완결성을 지닌 이 부잣집 저택은 이런 정원의 잔디를 한번 밟아보는 게 어린 시절 꿈이었던 '나'의 '태생'적 가난과 극명하게 대비된다. 그런 '나'가 마주하게 되는 가장 잔인한 진실은 이렇다.

　　"아버지는 겁이 많았지. 아이들을 후원한 건 무서워서였어. 너 같은 애들이 무서워서였다고."(248쪽)

　　"……너희가 자라면서 세상에 원한을 품지 않도록, 개인적인 차원에서 손을 좀 써둔 거였어. 심성이 거룩한 부자도 있다는 걸 보여주고 싶었던 거지. 아무튼 빨갱이니 뭐 그런 걸로 난리를 치던 때였으니. 너 같은 애들은 워낙 없이 살아서, 크면 다 빨갱이가 될 거라고 여겼던 거야. 빨갱이가 돼서 현관을 박차고 들어올 거다, 뭐 그렇게. 어떻게든 막아야 할 텐데 방법은 모르겠고, 그래서 너흴 후원했던 거지. 아마 거의 사명감 수준이 아니었을까?"(249쪽)

실상 '나'는 후원금으로 고작 엘피판 몇 장을 샀을 뿐이며, 그때부터 시작된 수집벽은 스물아홉이 된 지금까지 이어진다. 고작 그것으로 '나'는 "만족감"(186쪽)을 느낀다. 자신을 갈고리로 여기는 wt에게 몸이 걸려, 두 대에 걸쳐 그려지는 저택의 큰 그림에 발끝을 들고 바닥에서 몇 센티미터쯤 떠오른 "밋밋하고 물렁물렁하고, 고분고분"(251쪽)한 모습으로 포획되며, '나'는 그들 세계의 최하층으로 안전하게 편입된 것이다. 비로소 소설의 첫 장면이 강렬하게 읽힌다. 제 안방 벽에 걸린 "분노존(忿怒尊)"(185쪽)의 도판 앞에, 이제는 어떤 분노도 느끼지 못하게 되어버린 '나'를 놓아둔 그 장면. 그렇게 '나'는 저택의 질서를 무의식중에 내재화하며, "그냥 좀 넓어진 방, 탁자, 도해집, 판 한 장"(186쪽) 따위에 만족하며, "어쨌거나 이렇게 컸고, 또 무엇이든 하고 있으니까, 하고 있을 테니까"(217쪽) 하는 wt의 말에 칭찬이라도 들은 듯 기뻐하며, 풍요로운 저택

밖 많은 것이 결여된 세계의 비루함을, 그로부터의 분노를 잊었다.

다시 〈장원〉. aw를 질투하던 '나'는 그의 걸음걸이와 표정, 목소리와 어투를 베낀다. "꽤 비슷하긴 했지만 결코 그것, 자체"(73쪽)가 될 수는 없음에도, 하물며 "내가 왜 그를 자꾸만 베끼려 하느냐"(77쪽)는 것조차 알 수 없음에도. 그런 '나'의 마지막 목표는 aw의 언어와 사유와 영혼이 담긴 일기장이었다. 그 일기장에 다음과 같이 적힌 어느 날의 일기가 〈장원〉의 가장 잔인한 진실이다. "가르쳐주고 싶다. 심부름꾼 아이 너에게는 나만 한 영혼이 없다는 것을. 아무리 읽어도 나와 똑같은 언어를 구사할 순 없다는 것을. 너는 영혼이 텅 빈 아이라는 것을."(85~86쪽) 이 진실의 무게는 '나'가 세월이 흘러 다시 찾은 장원의 저택에서 aw의 일기장과 그가 쓴 책을 훔쳐 나와 xp에게 보여주는 마지막 장면을 함께 읽어야 온전히 계측할 수 있다. 여자 친구인 듯한 xp는 '나'에게 말한다. "이건 네 일기장이잖아. 그리고 이건 네가 작년에 쓴 책이고."(88쪽)

정체성 상실이 글쓰기 층위에서 어떤 의미인지를 물었던 우리의 질문이 다다른 곳이 여기다. 〈장원〉에서 '나'의 글쓰기가 시작된 순간은 정체성의 상실이 시작된 순간과 정확하게 겹친다. 요컨대 시작부터 잘못되었다. 그런 것이었다면 《헤이, 우리 소풍 간다》(문학과지성사, 1995)에서 《목화밭 엽기전》(문학동네, 2000)에 이르는 작품들에 대한 해석은 일찌감치 기각되어야 했는지도 모른다. '내가 이 지경이 된 이유'를 알고 싶었다던 백민석의 글쓰기는 기어코 제 글쓰기마저 제 것이 아니었다는 깨달음, 곧 제 글쓰기 자체의 허위를 간파하는 데까지 도달했으므로. 삶과 글쓰기가 분리되지 않던 작가였으니, 이러한 글쓰기의 절망이 삶의 절망으로 이어지기 전에 삶에서 글을 멀찌감치 떼어놓아야 했던 건 아닐까. "개인의 속이란 또 하나의 현실이고, 또 하나의 리얼리즘"(백민석, 〈오늘의 작가 백민석〉, 〈세계의 문학〉, 2014년 여름호, 126쪽)이라는 것을 아직 몰랐던 때, 그 절망의 글쓰기가 세계의 절망을 묘파할 수도 있다는 것에 도박을 걸기에 삶은 너무도 큰 판돈이었을 테니까.

*

그의 소설을 고백으로 읽어온 이상, 애초에 그 최종심급은 '자전 소설'이라는 이름으로 발표된 〈이 친구를 보라〉(이하 〈친구〉)로 정해져 있었다. 당시의 작가 자신이 나신(裸身)에 가까운 모습으로 등장하는 이 작품은 초등학교 고학년에서 중·고등학교를 거쳐 지금에 이르기까지를 이토록 '무표정하게' 고백한다.

> 내 가난은 모두가 가난했던 시절의 가난이 아니다. 내가 겪은 가난은 누구는 가난했고 누구는 가난하지 않던, 그런 시절의 가난이다.(94쪽)

그러니 당신들이 내게서 보았던 것은, 본 것은 무엇이었을까. 나였을까, 한국 사회였을까. 그런 반응들과 마주할 때마다 나는 분하다거나 화가 나는 것이 아니라, 눈빛이 슬퍼진다. 하나 마나 한 얘기지만 한 사회가 갖는 편견이란 무서운 것이어서, 당사자들에게서 다른 가능성들을 앗아가고, 또 실제로 다수의 인생을 통해 그 전형을 꾸준히 확대 재생산함으로써 자기 입지를 강화해나간다.(104쪽)

솔직히 나는 내 나이 또래의 아이에게 '엄마'가 무슨 역할을 하는지 전혀 모르고 있었다. (⋯) 내가 대학을 졸업할 때까지 눈에 띄는 사건 사고 한번 저지르지 않고 무난히 학창 시절들을 마감할 수 있었던 것은 그런 까닭에서였다. 똑똑해서가 아니었다. 내 뒤에 아무도 서 있지 않아서였다. *스스로가 스스로를 도와야* 했던 탓이었다. 겁에 질려 있었던 것이다.(109쪽)

이런 고백들로 미루어 조심스레 짐작하건대, '90년대'는 그에게 아무것도 아니었던 것 같기도 하다. '일 차 붕괴' 이전에도 그와 그를 둘러싼 세계는 이미 '전형'으로 굳어져 있었고, 그러한 그의 '태생'에는 세계나 삶 이전에 생존의 문제가 무겁게 얹혀 있었으니까. 리얼리티의 무게는 상대적인 게 아니므로 '90년대 작가'들의 그것을 놓고 서로 비교할 수는 없다. 절대적으로, 백민석에게는 '90년

대'라는 세계를 구성하던 그 어떤 것보다 제 생의 무게가 무거웠을 것이라는 말이다.

참으로 한결같이, 이 날것의 고백에도 그 무렵 그에게 글쓰기가 무엇이었는지는 빠져 있다. 그래, 어쩌면 끝내 홀가분하게 고백 되지 않는 그 작가로서의 정체성이야말로 그에게는 쓰기를 계속하기 위한 최후의 보루였던 건지도 모른다. 그러고 보니 비밀이 없는 자 가난하다 했던 이도 작가였다. (그럴 때 가장 확실한 대답은 '다음 소설'일 것이나, 알다시피 그것은 제대로 쓰이지 못했다. 여러 인터뷰나 좌담 그리고 십 년간의 절필에 대한 소설 〈사랑과 증오의 이모티콘〉(《혀끝의 남자》)을 읽어보면, 그 무렵 그는 많이 지치고 또 절망했던 것 같다. 자신의 글쓰기에, 거듭되는 오해에. 평론가로서, 나는 분명 내 것은 아닐 '책임'을, 그러나 느낀다.) 다만 〈장원〉과 함께 이 작품에서는 비로소 '작가'라는 설정(이라기보다는 '사실')이 아주 조금이나마 틀림없이 작동하고는 있다. 〈상원〉이 글쓰기가 '무엇이었는지'를 돌아보고 있다면, 〈친구〉는 글쓰기가 '무엇이어야 할지'를 내다보고 있다. 그래서 이 작품이 최종심급이다.

고백의 끝자락에 놓인 대학로 뒷골목의 헤비메탈 전용 카페에서 더블유 에이 에스 피의 〈라이브…… 인 더 로〉 공연 실황 비디오를 보던 그 장면을 보라. 토막 난 가짜 시체들이 무대에 흩뿌려진 그 공연에서 그로 하여금 충격을 느끼게 한 것은 따로 있었다. 밴드가 입고 있던 바지의 동그랗게 도려낸 부위로 드러난 "모든 가식을 뚫

고 자신과 현실을 직시하는 추잡한 날엉덩이의 미학"(121쪽)이 그
것이다. 이 장면은 고백을 둘러싼 '밖 이야기'의 '거위'에 대한 언급
과 공명한다. 그가 어렸을 적 읽은 아동용 소설책의 어떤 거위는 딱
한 번, "사납게 경적을 울려대는 자동차들에 둘러싸였을 때", "자
신의 꽥꽥 소리로, 그 모든 소음들을 침묵시켜버리기라도 하겠다
는 듯이"(123쪽) 크고 사납게 짖어댄다. 그 거위는 발가벗은 채 식
탁 위에 누워 나이프를 기다리던 교과서 속 거위와도 다르고, "자기
앞에 있는 거위를 따라가기 마련"(114쪽)인 보통의 거위들과도 다
르다. 이런 장면을 마지막에 적으며 그는 모든 기식을 뚫고 자신과
현실을 직시하는 추잡한 날것의 미학만으로 이루어진, 크고 사납게
짖어대는 그런 소설을 꿈꾸었던 게 아닐까.

2000년 겨울 〈작가세계〉에 발표한 〈무어라 불러야 할지 알 수 없
는 전조〉(이하 〈전조〉)를 보면 그랬을 거라는 확신이 든다. 말 그대로
'무어라 불러야 할지 알 수 없는 전조'가 첫 장면에서 '나'의 몸을 휘
감는다. '나'가 그 경험을 eo라는 이에게 전하자 그녀는 그 전조의
또 다른 전조가 있었을 것이라며 "어쩌면 우리 삶 전부가, 전체가
무엇엔가의 전조일 수도 있는 거"라고 말한다. 그렇게 "이것은 그
것의 전조이고 그것은 또 저것의 전조이고……"(356쪽) 하는 식으
로 세계가 구성된다는 것을 깨달았던 그라면, 제 소설 역시 세계의
어떤 일들의 '무어라 불러야 할지 알 수 없는 전조'일지 모른다는 것
에도 생각이 미쳤으리라. 그렇다면 여기 여덟 작품과 비교해 가장

늦게 발표되긴 하였으나《장원》에 실릴 수도 있었던 〈전조〉는,《장원》이후 묶이지 못한 새 소설집의 첫 자리에 놓으려 아껴둔 작품은 아닐까. 이 모든 건 추측에 불과하지만, 그의 말을 살짝 바꾸자면 '소설이란 또 하나의 현실이고, 또 하나의 리얼리즘'이지 않은가.

거기서부터 출발할 수 있었던《장원》이후의 소설들은 불행히도 거기서 십 년간 멈췄다. 그 결과 우리는 한국 문학의 어떤 '전조'를 십 년간 잃었다. 이 말은 과장이 아니다.《혀끝의 남자》해설에서 평론가 김형중이 짚었듯 백민석의 유전자는 편혜영, 백가흠, 박민규, 황정은, 김사과, 박솔뫼 등의 후배 소설가들에게 전해졌다. 그가 만약 멈추지 않았다면 저들 중 몇은 같은 시기 같은 자리에서 그와 더 많은 이야기를 주고받아야만 했을 것이고, 다른 몇은 그 대화의 쟁점들과 싸우며 새로운 무엇을 써야만 했을 것이다. '만약'은 의미가 없고, 그 멈췄던 이야기들은 다행히《혀끝의 남자》직후 발표된 〈수림(愁霖)〉(《문예중앙》, 2014년 봄호)에서부터 늦게나마 다시 시작되었다. 소설가인 저 자신의 '혀끝'을 '종교'의 발상지라 선언하며 돌아온 그의 행적을 살펴볼 수도 있겠으나, 제때 쓰이지 못한 이 글은 여기까지만 읽기로 한다. 그가 돌아왔으니, 어차피 이 글은 마지막 마침표를 찍는 즉시 폐기될 운명이다. "그러니 이제 모든 것은 다시 씌어져야 한다."(《혀끝의 남자》, 49쪽)

책의 운명은 작가의 운명을 닮기 마련인지, 내가 글쓰기를 그만
두고 문단을 떠난 사이 내 책들도 함께 출판 시장에서 사라졌다.
《장원의 심부름꾼 소년》도 그런 책들의 하나였다. 절판 사실을 출판
계 바깥에서 알았을 때, 나는 별 감흥이 없었다. 응당 그러려니 했
고, 또 작가가 문학을 떠난 마당에 작품이 남아 있을 이유가 무언가
하는 생각에서였다.

내가 절필을 했던 이유는 셀 수 없이 많다. 복귀한 지 두 해가 된
지금도 주변에서 왜 절필했느냐고 묻는다. 그런 질문을 받을 때마
다, 내 머릿속엔 미처 생각지 못했던 새로운 이유들이 떠올라 이제

는 그 변명만으로도 책을 한 권 쓸 수 있을 정도다. 나는 단 하나의 신념에 따라 자신의 행동을 결정할 만큼 대단한 '멘탈'의 소유자가 아니다.

개정판의 작가 후기를 쓰려고 예전에 썼던 작가 후기 파일을 찾아보니, 이렇게 자진 삭제한 문장이 원본에 남아 있었다.

"나는 문학이 이 사회의 진화에 무슨 역할을 할 수 있는 시대는 지나갔다고 생각한다. 그리고 어지간해선 그런 시대는 다시 오지 않을 것이라고 생각한다. 그렇지만, 그렇다고 해서, 문학이 사회에 해가 되어서는 안 되지 않겠는가."

내가 왜 이런 문장을 삭제하고 '정제'된 작가 후기를 실었는지는 모르겠다. 과민하고 소심한 탓이라고 하자. 어쨌든, 내 생각은 지금도 크게 달라지지 않았다.

근 십오 년 만에《장원의 심부름꾼 소년》의 개정판을 낸다. 내 책도 나와 운명을 같이하는 것인지, 내가 돌아오니 내 책도 돌아온다. 극소수의 책들만이 작가의 운명을 벗어나 긴 세월 동안 생명을 이어간다. 나도 내 운명을 벗어난 책을 한번 써보고 싶다.

이 책의 출간을 결정하고, 기획하고, 수고를 아끼지 않은 분들께 머리 숙여 고맙다는 인사를 드린다. 특히 김윤정 전 문학 팀장에 대한 고마움이 크다.

2015년 11월

백민석

장원의 심부름꾼 소년

ⓒ 백민석 2015

초판 1쇄 발행 2015년 11월 6일
초판 2쇄 발행 2015년 12월 18일

지은이 백민석
펴낸이 이기섭
편집인 김수영
책임편집 김준섭
마케팅 조재성 정윤성 한성진 정영은 박신영
경영지원 김미란 장혜정

펴낸곳 한겨레출판(주) www.hanibook.co.kr
등록 2006년 1월 4일 제313-2006-00003호
주소 서울시 마포구 효창목길 6 (공덕동) 한겨레신문사 4층
전화 02-6383-1602~3 **팩스** 02-6383-1610
대표메일 munhak@hanibook.co.kr

ISBN 978-89-8431-936-3 03810